聽彈琴

거문고 타는 소리를 듣다

맑고 고운 일곱 줄의 거문고
차가운 솔바람 고요히 듣는다
옛 가락 스스로 좋아하지만
지금 사람들은 대개 연주하지 않는다

泠泠七弦上
靜聽松風寒
古調雖自愛
今人多不彈

음공의 대가

음공의 대가 5
일성 新무협 판타지 소설

초판 1쇄 찍은 날 § 2005년 3월 12일
초판 1쇄 펴낸 날 § 2005년 3월 22일

지은이 § 일성
펴낸이 § 서경석

편집장 § 문혜영
편집책임 § 서지현
편집 § 장상수 · 김민정 · 최하나

펴낸곳 § 도서출판 청어람
등록번호 § 제1081-1-89호
등록일자 § 1999. 5. 31
어람번호 § 제2-0548호

주소 § 경기도 부천시 원미구 심곡1동 350-1 남성B/D 3F (우) 420-011
전화 § 032-656-4452   팩스 § 032-656-4453
http://www.chungeoram.com
E-mail § eoram99@chollian.net

ⓒ 일성, 2004

ISBN 89-5831-466-4 04810
ISBN 89-5831-346-3 (세트)

※ 파본은 본사나 구입하신 서점에서 교환하여 드립니다.
※ 저자와 협의하여 인지를 붙이지 않습니다.

음공의 대가 5

Fantastic Oriental Heroes

일섬 新무협 판타지 소설

도서출판 청어람

목차

제1장 노인과 여인 _7
제2장 마지막 생존자의 위기 _19
제3장 최악의 상황 _44
제4장 독립선언 _55
제5장 감추려는 자와 들추려는 자 _67
제6장 운남으로 가는 길 _79
제7장 발톱을 드러내는 호랑이들 _104
제8장 일 년이 지나고…… _116
제9장 운남금룡회와 금천방 _135
제10장 의문의 기녀(1) _149

제11장 의문의 기녀(2) _164

제12장 미궁으로 빠져든 사건 _188

제13장 사라진 장일 _200

제14장 여장한 미끼 _208

제15장 구출 _223

제16장 살수의 길 _248

제17장 하룻강아지 범 무서운 줄 모른다 _255

제18장 범의 무서움 _272

제19장 대립 _290

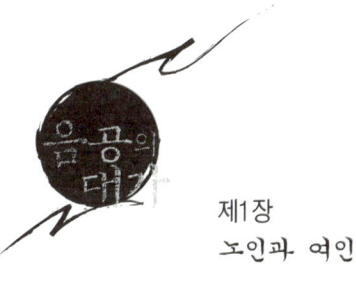

제1장
노인과 여인

　방산당에 협조를 구한 악마금은 만월교에서 왔다는 이유만으로도 융숭한 대접을 받았다. 이미 만월교의 힘이 귀주 대부분에 미치고 있었으니, 방산당 같은 작은 세력이야 당연히 쌍수 들고 환영할 수밖에 없었던 것이다. 그 때문에 당주에게 좋은 피리까지 선물받은 그였다.
　사 일이라는 시간을 방산당에서 보낸 그는, 만월교의 총단으로 연락을 보낸 후 곧장 환산으로 향했다. 그렇게 길을 재촉한 지 며칠 되던 어느 날, 관도(官道)를 가로막는 비교적 큰 마을에 당도할 수 있었다.
　하늘을 보니 한 시진 후면 날이 어두워질 것 같았기에 악마금은 마을에 위치한 객잔을 찾았다. 그리 급한 일은 없었으므로 느긋하게 쉬어갈 생각이었다
　마을은 상당히 조용했다. 아이들은 동네 어귀에서 뛰어놀고 있었고,

저 멀리 보이는 황금 밭에는 노인과 청년들이 등을 보이며 가을 추수에 여념이 없었다.

악마금이 찾아간 곳은 이 층으로 된 청수객잔(淸秀客棧)이란 곳으로 낮에는 식당, 저녁에는 술집, 밤에는 숙박까지 겸하는 실용적인 객잔이었다. 사람이 많지 않은 곳인 만큼 좀 더 포괄적인 장사를 해야 생계가 유지되었다.

끼이익—!

식당 문을 열고 들어선 악마금은 약간이지만 놀라움을 드러냈다. 허름한 건물의 모양새로 보아 손님이 없을 것이라 생각했는데 예상과는 달리 꽤 손님들이 있었기 때문이다. 그래 봐야 열 명도 안 되는 손님이었지만, 의외였다.

그가 모습을 보이자 주방 안에서 나이 지긋해 보이는 사내가 쪼르르 달려나왔다. 그는 악마금을 발견하고는 약간 비굴한 자세를 취하며 친근한 척했다. 그것으로 보아 장사가 안 되기는 안 되는 모양이다.

"어서 오십시오. 식사? 술? 아니면 자고 가실 겁니까?"

"하룻밤!"

순간 사내의 입이 기쁨으로 벌어졌다.

"헤헤, 그럼 식사도 하시겠군요. 우선 짐을 주십시오, 제가 방으로 안내해 드리겠습니다."

사내는 악마금의 짐을 잽싸게 빼앗아 든 후 이층으로 안내했다. 악마금은 그를 따라가며 식당을 차지하고 있는 세 군데 탁자에 신경을 곤두세웠다. 이런 시골에 무림인들이 올 리는 없겠지만 혹시나 하는 기분에서였다.

한 곳은 마을 청년들인 모양이다. 방금 전 밭을 메고 왔는지 수수한 차림의 복장에 흙투성이인 걸 보고 쉽게 알 수 있었다. 다른 한 곳도 그리 특별해 보이지는 않았다. 중년인 두 명이 무엇이 그리 좋은지 깔깔거리고 있는데, 무기가 없는 것으로 보아 무림인은 아니었다.

그리고 남은 한 탁자!

거기에는 칠십은 족히 넘어 보이는 늙수그레한 노인과 이제 묘령 정도 된 듯한 여인이 마주 앉아 있었다. 그것도 그리 특이해 보이지 않았으므로 고개를 돌리려는데, 순간 노인 옆에 놓인 두 개의 짐이 악마금의 눈길을 끌었다. 하나는 짐 속에 파묻혀 툭 튀어나온 물건이었다. 천으로 싸여 있기는 했지만, 그것이 검이라는 것을 악마금은 단번에 알 수 있었다.

'무기를 숨겨?'

보통 무림인들은 언제나 검을 뽑을 수 있도록 허리에 차고 다니거나 그것이 불편할 경우, 특히 이런 식당 같은 데 있을 때는 탁자나 의자 옆에 기대어 놓는 것이 정석이었다. 언제 적이 들이닥칠지 모르니 생겨난 버릇 같은 것이었고, 지금에 이르러서는 무언의 법칙 같은 것이라 할 수 있었다. 그런데 짐 속에 꼭꼭 숨겨놓은 듯한 느낌이 드는 것이 분명 무슨 사정이 있어 보였다.

하지만 악마금이 신경 쓸 일이 아니었으니 이내 관심을 돌려 다른 짐을 바라보았다. 그것 역시 넓은 천으로 감싸 있었는데, 형태로 보아 비교적 작게 만들어진 금(琴)이라는 것을 알 수 있었다. 아마 검은 노인의 것이고, 금은 여인의 것 같았다. 거기에 약간의 호기심이 든 악마금이었지만 가타부타 참견할 필요성까지는 느끼지 못했기에, 이제 마지막 계단을 밟고 있는 사내를 따라 올라가 버렸다.
 이층에는 다섯 개의 방이 있었다. 복도 양쪽으로 각각 두 개씩, 계단 맞은편에 하나였다. 악마금이 배정받은 곳은 계단 바로 옆에 있는 오른쪽 첫 번째 방이었다. 허름한 건물답게 방 또한 그리 좋은 편은 아니었지만 깔끔하게 정돈되어 있었다.
 "여기 놓으면 될까요?"
 사내는 침상 옆에 있는 탁자에 악마금의 짐을 올려놓으며 다시 물었다.
 "식사는 어떻게 할까요? 가져다 드릴까요?"
 "아니오. 내려가서 먹지!"
 "알겠습니다. 그럼, 뭘 드릴까요?"
 "이 집에서 가장 맛있는 걸로 해주시오."
 "헤헤, 알겠습니다. 정리하고 내려오시면 바로 준비해 드리지요."
 악마금은 방 정리의 필요성을 느끼지 못했기에 간편한 옷으로 갈아입고는 곧장 일층 식당으로 내려갔다. 그가 내려오자 사내가 황송한 듯 허리를 굽신거리고는 주방을 향해 외쳤다.
 "고기 완자랑 야채 볶음!"
 그런 후 악마금을 창가 쪽으로 안내했다.
 "여기에 앉으십시오. 우리 식당에서 경치가 가장 좋은 곳입니다요."
 창가라고 해봐야 두 곳밖에 없으니 경치가 가장 좋다는 말에 그리 믿음이 가지 않았다. 하지만 악마금이 유람을 온 것도 아니니 그 또한 신경 쓸 필요는 없었다.
 "고맙소. 그리고 식사가 나오기 전에 술도 한 병."

"헤헤, 알겠습니다."

사내가 사라진 후 악마금은 다시 주위로 시선을 돌렸다. 마을 청년들로 보이는 자들은 이미 볼일을 끝낸 듯 보이지 않았고, 중년인 두 명과 이제 음식을 다 먹은 듯 자리에서 일어서는 노인과 여인만이 식당을 지키고 있을 뿐이었다.

노인과 여인은 악마금처럼 이곳에서 묵을 모양이었다. 이미 이야기가 되어 있었는지 주인의 안내 없이 이층으로 올라가기 시작했다. 그러면서도 새로 등장한 사내에게 관심이 갔는지 노인이 악마금을 힐끔 쳐다보았다. 순간 악마금과 노인의 눈이 서로 마주쳤다.

악마금은 다시 의아함을 느꼈다. 자신과 눈이 마주치자 무언가 잘못을 저질렀다는 듯 노인이 황급히 시선을 피했기 때문이다. 그러면서 누군가에게 짐을 빼앗기지 않으려는 듯이 가슴 쪽으로 꼭 끌어안고 계단을 올라가는 모습이, 흡사 누군가에게 쫓기는 듯한 인상을 강하게 풍기고 있었다. 그 뒤로 여인이 금을 들고 따라 올라가자 결국 참지 못한 악마금이 전음을 보냈다.

"금을 연주할 줄 아시오?"

순간적으로 들린 음성에 여인이 몸을 흠칫 떨더니 주위를 둘러보았다. 그리고 악마금과 시선이 마주치자 겁에 질린 듯 고개를 미세하게 끄덕였다. 그것으로 보아 여인은 무공에 대해 모르는 것 같았다. 악마금은 금에 관심이 많았으므로 더 물어보려 했지만 여인이 황급히 노인을 따라 올라가 버리는 바람에 마음을 접을 수밖에 없었다.

'수상하군! 어떤 관계일까?'

금을 연주할 줄 안다는 여인, 그리고 무언가 사정이 있어 보이는 노인의 행동에 호기심이 피어오르는 것은 사실이었다. 하지만 곧이어 나온 음식 때문에 호기심을 억눌러 버리는 악마금이었다. 그러나 그 호기심은 그날 새벽에 다시 그를 자극했다.

쿠당탕!

갑자기 들려오는 난동 소리에 악마금은 슬며시 눈을 뜨며 자리에서 일어났다. 그리고 또다시 들려오는 소리에 악마금은 청력을 끌어올렸다.

퍽!

"흐윽!"

무언가에 가격당하는 소리와 함께 신음성이 감지되었다.

"뭐지?"

직감적으로 저녁에 보았던 노인과 여인의 행동이 생각났기에 악마금은 방을 나와 소리가 들리는 곳으로 걸음을 옮겼다. 그리 큰 소리는 아니었지만 그렇다고 작은 소리도 아니었다. 사람들이 놀라 나와 볼 만도 하련만 이층에 다른 손님이 없는 것인지, 아니면 싸움에 휘말리기 싫어 조용히 숨죽이고 있는 것인지 복도를 내다보는 사람은 없었다.

소리는 복도 끝에 위치한 방에서 흘러나왔다. 연이어 무언가 깨지는 듯한 소리가 들렸고, 악마금이 문 앞에 도착했을 때는 상황이 종료됐는지 사내의 탁한 음성만 나직이 흘러나오고 있었다.

"어디다 숨겼나? 감히 물건을 훔쳐 도망치면 무사할 줄 알았더냐?"

탁한 음성 뒤로 고통을 참는 듯한 늙은 목소리가 대답했다.

"나, 난 모른다. 차라리 죽여라!"

그러자 놀란 여인의 음성!

"안 돼요. 화룡검이라면 제가……."

"안 돼!"

노인의 외침 다음으로 또다시 둔탁한 소리가 들렸다. 노인의 말을 제지하기 위해 누군가가 가격한 모양이었다.

퍽!

"크윽! 차라리 날 죽여라!"

"호호호, 그럴 수는 없지. 물건이 어디 있는지 말한다면 둘 다 목숨은 보장해 주겠다. 그래야 공평하지 않은가?"

목소리에서 흘러나오는 느낌으로는 결코 노인과 여인을 살려줄 것 같지 않았다. 하지만 상당한 협박성의 목소리였고, 그에 겁먹은 듯한 여인의 목소리가 작게 떨려 나왔다.

"치, 침상 밑에 있어요."

"호호호, 고맙군! 어이, 찾아봐!"

"존명!"

대답과 함께 누군가가 움직이는 소리가 들렸다. 그것으로 보아 노인과 여인을 협박하는 자들은 적어도 두 명 이상임을 알 수 있었다. 악마금은 즉시 내력을 이용해 오감을 넓혔다. 그러자 정확히 다섯 명의 사람이 방 안에 있다는 것을 파악할 수 있었다. 여인과 노인을 빼면 괴한은 세 명이라는 말이었다.

"있습니다."

"확인해 봐라!"

스르릉!

명쾌한 검명이 울리며 괴한들의 감탄성이 터져 나왔다.

"대단하군!"

"말로만 들었지 실제로 보기는 처음입니다."

"좋아, 물건도 회수했으니 마무리는 해야겠지?"

그 말에 여인의 겁먹은 목소리가 튀어나왔다.

"화룡검을 넘기면 목숨은 살려주신다고 하셨잖아요."

"흐흐, 충고 한마디 하지. 무림에서 나 같은 자의 말은 믿는 것이 아니야. 다음에 그런 기회가 있을지 모르겠지만……. 처리해라!"

"존명!"

대답과 함께 검이 뽑히는 소리가 들렸다. 하지만 곧이어 들려야 할 비명의 주인공은 노인과 여인의 것이 아니었다. 순간 고통에 찬 사내의 신음이 들리며 무언가 터지는 소리가 흘러나왔다. 그리고 경악성이 뒤를 따랐다.

"이, 이게 어떻게 된 일이냐?"

대답은 문이 열리며 들려왔다.

"머리가 터진 것일 뿐. 보고도 모르나?"

갑작스러운 악마금의 등장에 두 명의 사내가 인상을 찡그리며 급히 방어 자세를 잡았다.

"누구냐?"

하지만 악마금은 대답할 필요를 느끼지 못하고 곧장 손을 저었다. 그리고 이어지는 광경은 바닥에 쓰러져 있던 노인과 여인에게 지옥도를 보는 것 같은 착각을 하게 할 정도였다.

파파파팟!

허공을 향해 살며시 손을 저었을 뿐인데, 사내들의 살점이 순식간에 찢어지듯 분리되며 피떡이 되어버렸다. 노인은 고통도 잊은 채 입을 벌렸고, 여인은 더 이상 못 보겠다는 듯 눈을 질끈 감아버렸다.

잠시간에 상황을 간단히 정리해 버린 악마금은 널브러져 있는 세 구의 시체 사이에서 고개를 돌려 노인을 바라보았다. 옆구리에서 피가 흐르고 있었지만 문제는 팔 전체가 기이하게 꺾여 있다는 것이었다. 아마 어깨뼈가 부러진 모양이었다. 악마금이 다가가 노인의 혈도를 눌러 지혈을 한 후 여인에게 말했다.

"우선 방을 치워주시오."

말을 하던 악마금이 내심 고개를 저었다. 무공을 익히지 않은 여인이 저 무거운 시체들을 치우는 것은 상당히 힘에 붙이는 일이었기 때문이다.

어쩔 수 없이 직접 시체를 치우고 돌아온 악마금을 향해 그동안 방 안에 고여 있던 피를 닦아낸 여인이 조심스럽게 입을 열었다.

"고, 고맙습니다."

"그런 말 들으려고 한 짓은 아니니 상관하지 마시오. 그보다 노인을 좀 더 자세히 봐야 할 것 같은데……."

그러면서 악마금이 침상으로 다가가자 노인이 떨떠름한 표정으로 물었다.

"소, 소협은 누구신가?"

"그런 건 알 필요 없습니다."

"그럼, 왜 우리를 도와주었는지 그 이유라도 알 수 없겠나?"

"흠!"

잠시 생각하던 악마금이 고개를 끄떡이며 의미 모를 말을 했다.

"금 때문이지요. 그것 때문에 관심이 갔거든요."

"금? 악기?"

"……."

악마금은 대답없이 노인의 어깨뼈를 슬며시 더듬었다. 다행히 뼈가 어긋나 있었을 뿐, 부러진 것은 아니었다.

"조금 아플 수도 있습니다. 참으십시오."

동시에 손을 움직이자 노인의 어깨에서 뼈가 뒤틀리는 기괴한 소리가 들려왔다.

"으윽!"

뼈를 맞춘 후 다음은 검상이었다. 하지만 특별히 악마금이 할 일은 없었다. 악마금이 시체를 치우러 간 동안 이미 치료를 끝내고 붕대를 감은 상태였기 때문이다.

"금창약은 바르셨습니까?"

"그렇네!"

"그럼, 제가 더 이상 할 일은 없겠군요."

그러면서 악마금이 자리에서 일어나자 노인이 급히 그의 소매를 잡았다.

"이름이라도……."

악마금은 고개를 저었다.

가르쳐 주기 싫다는데 굳이 캐물어 기분을 상하게 할 필요는 없었기에 노인은 슬며시 화제를 돌렸다. 사실 이 말이 그에게 가장 필요한 것이기도 했기에 그동안 기회를 보고 있었던 것이다.

"보아하니 여행객인 것 같은데 어디까지 가는 건가?"
"환산으로 가는 길입니다."
"환산?"
"그렇습니다."
그 말에 노인의 얼굴에 화색이 돌았다.
"잘됐군!"
"……?"
"우리는 정영으로 간다네. 환산과 같은 방향이니 동행을 하면 안 되겠나?"
순간 악마금이 난감한 표정을 지었다. 한 번 도와주었더니 귀찮은 일이 뒤따라 붙은 격이 아닌가!
'이래서 다른 사람들 일에 상관해서는 안 돼!'
내심 그런 생각을 하며 거절하려던 악마금의 눈에 그의 눈치를 살피며 애처로운 표정을 짓고 있는 여인이 들어왔다. 그리고 탁자 위에 올려져 있는 금도!
'젠장! 마음 약해지는군!'
생각과 함께 악마금이 피식 웃었다.
"전 대가 없이는 일을 하지 않습니다. 노인장의 말을 들어보니 가는 길까지 보표를 해달라는 것 같은데……."
"어, 얼마를 원하나?"
악마금은 대답을 회피하며 여인을 바라보았다.
"식당에서 금을 연주할 줄 안다고 그랬소?"
"네? 네!"

"흠, 지금은 기분이 좋지 못할 테니……. 그럼, 나중에 내게 금음을 들려주시오. 그것으로 대가는 받겠소."

"네?"

뜬금없는 소리에 여인이 고개를 갸웃거렸으나 악마금은 노인에게로 다시 시선을 돌렸다.

"저들이 누구인지는 모르겠지만 추적이 있지 않겠습니까?"

"그렇지는 않을 거네. 개별적으로 움직이고 있으니 내일쯤에나 다른 자들에게 연락이 가겠지."

"그 말은 하루 정도는 여기서 쉴 수 있다는 말이군요."

"그런 셈이네."

"그럼 노인장의 몸 상태도 있으니, 내일 오후쯤에 출발하도록 하지요."

"고마우이, 젊은이!"

그러자 악마금이 인상을 찌푸렸다.

"그런 말은 하지 마십시오. 제가 듣기 싫어하는 말 중 하나입니다."

말과 함께 악마금은 성큼성큼 방을 빠져나가 버렸다. 그리고 다음날 오후, 우연히 알게 된 두 명의 동행과 환산으로 향하게 되었다.

제2장
마지막 생존자의 위기

"어떻게 됐나?"

푸르스름한, 그리고 일 척 반(대략 45센티미터)은 되어 보이는 손톱이 달빛 아래서 번뜩였다. 손 주인의 이름은 구로! 만월교의 구대장로 중 한 명이며, 교주와 더불어 신화경의 고수였다. 만월교를 통틀어 공손 손과 함께 네 명의 최고 고수 반열에 올라 있는 그의 특기는 마독조로 펼치는 마독신조였다. 그의 마독조에 걸리면 살아남는 이가 없다 할 정도였으며, 약간이라도 상처를 입으면 급속히 살이 썩어 들어간다는 무시무시한 무공의 소유자였다. 그의 말에 적룡사의 대주 무용학이 고개를 숙였다.

"차질없이 준비 중입니다."

"조만간 목표물이 들이닥칠 것이다. 초반의 황룡사가 외부에 나간

만큼 신중에 신중을. 그가 눈치 채지 못하게 철저히 마무리 지어라."

"알겠습니다."

무용학이 다시 한 번 수하들을 관리하기 위해 달려가자 남아 있던 구로는 옆에 있던 유용과 공손손을 바라보았다.

"어떨 것 같습니까?"

그러자 유용이 자신감 넘치는 어조로 대답했다.

"이 정도로 계획해 놨으니 충분할 것이오. 결코 빠져나가지 못하겠지."

하지만 공손손의 생각은 조금 다른 모양이었다. 그는 처음 이곳에 올 때부터 못마땅하단 표정을 짓고 있었다.

"과연 이것으로 되겠습니까?"

"아직도 불안하신 모양이군요!"

"그의 실력은 제가 가장 잘 아니까요."

"흠! 예전에 그와 비무를 한 번 했다고 들었습니다. 도대체 어느 정도입니까?"

"저야 알 도리가 없지요. 그때가 수년 전의 일이었으니까요. 하지만 꼭 이렇게까지 할 필요가 있겠소?"

"무슨 말씀이신지……?"

"악마금의 실력은 현 귀주 최고라고 본인은 생각하오. 그의 실력을 만월교가 온전히 보유할 수만 있다면 엄청난 힘이 될 것이라는 말이오. 굳이 이런 식으로 처리하지 않아도……."

그의 말을 유용이 급히 끼어들어 막았다.

"아니될 말씀."

"……?"

"그의 실력은 공손 장로님께서 가장 잘 아시겠지만, 그의 성격과 됨됨이는 제가 가장 잘 알 겁니다. 그는 이렇게 놔두어도 될 인물이 결코 아닙니다. 제가 보증하지요. 훗날 본 교의 큰 재앙거리가 될 것이 분명합니다."

"흠!"

침음 사이로 공손손이 고개를 저으며 회의적인 반응을 내보였다.

"그렇다면야 어쩔 수 없지요. 하지만 이미 계획한 만큼 철저히 해야 할 것이오. 그와 정면으로 붙을 지경까지 이른다면 오히려 우리가 당할 수 있다는 것도 생각해야 되오."

그러자 구로가 약간 놀라움을 드러냈다. 공포감이 깃든 공손손의 표정이 너무 과장된 반응 같아 보였던 것이다.

"왜 그렇게 그를 두려워하십니까?"

"그의 음공에 대한 힘을 잘 알고 있기 때문이오. 그리고 그 무공의 응용력과 깊이를 짐작할 수 없기 때문이기도 하지요. 아무튼 저도 따로 준비할 것이 있으니 잠시 다녀오겠소."

공손손과 구로가 이곳에 온 지 삼 일째. 그간 공손손은 매일같이 어디론가 혼자 갔다 오고 있었다. 그것이 이상했지만 같은 장로의 입장에서 물어볼 수는 없는 일. 하지만 점점 계획했던 시간이 다가오자 참지 못한 유용이 물었다.

"무슨 일인데 그렇게 자주 자리를 비우십니까?"

"따로 준비해야 할 것이 있어서 그렇소. 마무리가 되면 알려 드리겠소이다."

"……!"

 공손손은 언제나처럼 더 이상의 언급을 피하며 자리를 빠져나갔다. 그러자 유용이 언짢은 표정으로 구로에게 입을 열었다.

 "무슨 일을 꾸미고 있는 것일까요? 혹시……."

 "설마요. 만월교에서 다음 아이들까지 지원을 약속한 터에 그럴 일은 없을 겁니다."

 "흠! 하지만……!"

 그래도 왠지 미덥지 못한 유용이었지만, 이 상황에서 서로 의심해 봐야 좋을 것이 없으므로 말끝을 흐려 버렸다.

　　　　　　　　*　　　　*　　　　*

 노인은 이름을 정확히 밝히지 않고 자신을 환노(歡老)라 부르라 했다. 그리고 여인은 진화(珍貨)란 이름을 가지고 있으며, 손녀라고 일러주었다. 악마금이 보기에 환노라는 노인도 말을 아꼈지만 여인은 더 아꼈기에 다가가기 힘든 구석이 있었다. 물론 그렇지 않다 하더라도 악마금 자신이 그들과 친해지고 싶은 마음은 없었지만. 아무튼 자신들을 소개하니 악마금도 신분을 밝혀야 했다.

 "저는 장이지(長二指)라고 합니다. 환산에 있는 숙부 댁에 가는 길이죠."

 능청스럽게 거짓말을 해대는 악마금을 보며 환노가 의심없이 물었다.

 "장이지? 둘째라는 말이군!"

"그렇습니다. 형은 관부에 있습니다."

"흠, 그럼 본래 사는 곳은 어디인가?"

"운남과 귀주의 경계인 방산당에 몸을 담고 있습니다."

"오호! 그곳에 아는 자가 있는데……."

순간 뜨끔한 악마금. 그는 환노의 말을 끊으며 급히 화제를 돌렸다.

"어르신의 상처는 어떻습니까?"

"조금 아프기는 하지만 걷는 데는 문제가 없네. 내가 크게 다치면 혹시 검을 찾을 수 없을지도 모르니 사정을 둔 것이겠지."

"다행이군요. 그런데 이유를 여쭈어봐도 되겠습니까?"

"무슨 이유 말인가?"

"보아하니 쫓기는 모양인데, 어젯밤에 잠입했던 괴한들은 누구입니까?"

그 말에 노인이 난감한 기색을 역력히 드러내더니 이내 고개를 저었다.

"미안하지만 그건 말할 수 없네."

"그럼 그 화룡검이라는 건 무엇입니까?"

"흠……! 자네 혹시 무림 팔대기보(八大奇寶)라고 들어봤나?"

"정확히 어떤 것들인지는 알지 못하지만 언뜻 소문으로 들어봤습니다."

"순서를 매길 수 없을 만큼 대단한 물건들이지. 무림에서 말하는 신병이라고 보면 될 걸세. 그 첫 번째가 바로 빙백신검(氷白神劍)이라네. 검 하나만으로 극강의 한기를 뿜어내기에 평범한 사람이 휘둘러도 엄청난 힘을 발휘할 수 있다고 알려져 있는 검이지. 하지만 이것을 실제로 본 사람이 없으니 지어낸 것일 수도 있다고 말하는 사람들도 있네. 내 생각은 조금 다르지만……."

"직접 본 사람이 없는데 어떻게 팔대기보로 사람들 입에 오르내리는 것입니까?"

"글쎄……. 내가 생각하기로는 예전에는 있었는데 누군가에 의해 사라졌던 것 같네. 백 년 사이에 본 사람이 없다고 하니, 그 이전에 사라졌겠지. 지어낸 말이라면 있지도 않은 물건이 지금까지 사람들 사이에 전해져 내려올 리는 없지 않은가?"

"그렇군요."

"두 번째는 혈향귀성검(血香鬼聲劍)이네. 그것도 검인데, 신기한 것이 피 냄새를 맡으면 귀신의 음성이 울린다고 알려져 있지."

황당한 말에 악마금이 피식 웃었다.

"검을 움직이면 나오는 검명 정도를 착각한 것이 아닐까요?"

"아닐세. 검을 움직이지 않고, 검신에 피를 묻히기만 해도 괴성이 나온다고 들었네. 그리고 검명과는 분명한 차이가 나는 귀신의 소리라고 들 하지."

"그건 실제로 본 사람이 있습니까?"

"그렇지, 존재하는 것일세."

"주인이 누구입니까?"

"지옥교(地獄敎)라고 들어봤나?"

"지옥교?"

"지옥교란 중원에 있는 마인(魔人)들의 집단일세. 굳이 따지자면 귀주의 만월교 같은 족속들이지. 종교적 입장을 취하고 있지만, 그래도 무림에 깊이 관련되어 있어 많이 퇴색한 느낌도 주고 있네. 그곳의 교주가 중원에서 이름 높은 잔성대마(殘星大魔)인데, 중원의 고수들끼리 실력을 모두 겨뤄본 것은 아니지만 중원 전체를 따져서 세 손가락 안에 든다고 소문이 나 있는 자일세."

"잔성대마……. 어느 정도 수준입니까?"

"글쎄… 나도 거기까지는 자세히 모른다네. 그저 소문만 주워들었을 뿐이지. 아무튼 대단한 자라는 것은 분명하네. 혈향귀성검이 바로 그자의 신물일세."

"흠. 그럼 세 번째는 무엇입니까?"

"세 번째는 철혈갑(鐵血鉀)이라고 불리는 것일세. 입는 옷이라 말하지만 사실은 갑옷 비슷한 거라네. 그 옷을 입으면 도검불침(刀劍不侵)이 되니 따로 내력을 소모하며 호신강기를 만들 필요가 없지. 게다가 인위적으로 만든 호신강기보다 훨씬 안전하기도 하고. 네 번째는 화룡도(火龍刀)일세."

"화룡도?"

"그렇다네. 일천 년 전, 명장인 자원(資源)이라는 사람이 평생에 걸쳐 명검 하나를 만들었네. 그것이 바로 화룡도지. 내력을 집어넣으면 검신에서 열이 발산된다고 알려져 있는데, 그 열기가 신기하게도 검의 주인 외에 다른 사람에게만 느껴진다고 하더군! 제대로 사용하면 엄청난 화염을 뿜어낸다던데……. 그 또한 소문으로만 들어봤을 뿐이네. 하기야 팔대기보 모두 소문만 들었을 뿐이지만."

"그런데 화룡검과는 무슨 연관이 있습니까?"

이야기가 잠시 다른 곳으로 새자 노인이 '아차' 하는 기분으로 말을 이었다.

"화룡검은 화룡도의 분신일세."

"분신?"

"좀 전에 말했듯이 자원이라는 명장이 심혈을 기울여 화룡도를 만들었는데, 그 과정에서 하나의 검이 더 탄생되었다고 알려져 있네. 소문이 아니라 실제로 있는 일이지."

"그것이 지금 어르신께서 가지고 계신 검이라는 겁니까?"

"그렇네."

"그걸 어떻게 압니까? 그것이 그 자원이라는 사람이 만든 것인지, 아니면 다른 사람이 만든 것인지?"

"검신에서 느껴지는 화열(火熱)을 보면 알지."

"화열이라……. 한 번 볼 수 있겠습니까?"

환노는 고개를 저었다.

"미안하지만 그럴 수 없으니 이해해 주게."

내심 아쉬운 마음이 들기는 했지만 악마금은 이내 신경을 꺼버렸다. 검, 도 등 무기에 크게 관심이 없는 그였기에 당연했다. 하지만 환노의 이야기가 재미있었으므로 계속 팔대기보에 대한 설명을 원했다. 환노도 그것을 알아차리고 계속 설명했다.

화룡도 다음 다섯 번째는 용마(龍馬)라는 것이었다. 용마는 손에 끼는 장갑 같은 것이었다. 상대의 호신강기를 전문적으로 파괴하는 묘용을 가지고 있지만, 그것도 빙백신검처럼 실제 본 사람이 없으니 확인할 길은 없었다.

여섯 번째는 화령비(花靈匕). 말 그대로 비수의 일종이었다. 특이한 것은 주인의 기운을 흡수한다는 점이었다. 일곱 번째는 충의멸마검(充義滅魔劍). 사이한 기운을 전문적으로 제압한다 하여 붙여진 이름이었다. 마지막으로는 벽악신부(劈嶽神斧)가 있었다. 산을 쪼갠다는 의미로 엄청난 무게를 자랑하지만, 그 파괴력은 상상을 초월한다고 알려진 신병이었다.

환노는 팔대기보와 함께 다른 것까지 설명을 이어나갔다. 악마금 또한 지루하지 않았기에 그 이후 이야기도 묵묵히 들으며 길을 재촉했다. 그렇게 잡다한 대화를 나누며 한참을 걸어가자 장산(壯山) 초입에 도착할 수 있었다. 그리 늦은 시간은 아니었지만 산을 넘으면 야숙을 해야 했기에 악마금이 걸음을 멈추며 물었다.

"근처 마을을 찾아 쉬는 것이 어떻겠습니까?"

그러자 환노가 의외로 고개를 저었다.

"아닐세. 도망자 신분에 이곳에서 시간을 지체할 수야 없지. 지금쯤이면 녀석들도 추적을 시작했을 걸세. 이 산만 넘으면 관도가 있는 벌판이 나오니 그곳에서 야영을 하세."

"하지만 어르신의 몸 상태가……."

"난 괜찮네."

순간 악마금은 의아함을 느꼈다. 처음 객잔에서는 느긋하더니 지금에 와서는 추격을 걱정한다는 것이 이상했기 때문이다. 하지만 굳이 가야 한다는데 악마금도 더 이상 거절할 이유가 없었다. 그에 수긍을 하며 다시 길을 재촉했다.

악마금의 예상대로 산 중간쯤이라 생각되는 곳에 이르자 이미 해는 기울고 달이 떴다. 혼자였다면 당장 경공술을 발휘해 산을 벗어났겠지만 부상자와 무공을 모르는 여인이 있으니 어쩔 수 없이 어두운 숲을 뚫고 갈 수밖에 없었다.

"정말 괜찮습니까?"

악마금의 물음에 환노는 약간 지친 기색을 드러내며 고개를 끄덕였다. 그 모습이 안쓰러워 보였기에 악마금이 다시 걸음을 멈추며 제안을 했다.

"조금만 쉬었다 가지요. 진 소저가 많이 지쳐 보입니다."

그제야 환노가 손녀를 보며 걱정스러운 듯 입을 열었다.

"피곤해 보이는구나. 장 소협의 말대로 조금 쉬었다 가자꾸나!"

"전 괜찮아요, 할아버지."

"흠!"

잠시 생각하던 환노가 악마금을 보며 씁쓸한 미소를 지었다.

"진화가 괜찮다니 좀 더 가세."

"그렇게 하지요."

대답과 함께 악마금이 앞서 나가기 시작했다. 사실 이런 곳에서 시간을 보내기 싫은 그였다. 내심 바라던 바였으니 역시 거절할 이유가 없었다. 하지만 그렇게 일 리를 더 가자 결국 환노가 더 이상은 안 되겠다는 표정으로 고개를 저었다. 그나마 좀 전보다 쉴 만한 공간이 있는 공터에서였다.

"옆구리에 난 검상이 아려오는군! 미안하지만 잠시만 쉬었다 갈 수 있겠나?"

"알겠습니다."

그러자 환노와 진화가 쉴 만한 곳을 찾아 앉았다. 악마금 또한 그들과 약간 거리를 둔 나무 아래 앉으며 몸을 기대었다. 그때 달은 이미 중천에 떠올라 공터를 환하게 비추고 있었다. 달을 보던 악마금이 슬며시 진화 옆에 놓여 있는 금을 바라보았다. 그러자 그것을 놓치지 않은 진화가 금을 싼 천을 풀며 일어서더니 악마금에게 다가왔다.

"어제 객잔에서 금을 들려달라고 하셨지요?"

약간은 수줍은 듯한 표정을 짓는 그녀를 보며 악마금이 고개를 끄덕였다.

"지금 들려 드릴게요."

"지금?"

"네. 언제 무슨 일이 일어날지 모르니 미리 보답은 해야 하잖아요."

그녀의 말에 담긴 의미가 이상했기에 악마금이 미비하게 인상을 찌푸렸다. 하지만 진화의 연주가 시작되자 금세 표정을 바꾸었다. 그녀의 금 타는 실력이 그리 뛰어난 편은 아니었지만 무언가 다른 색을 가지고 있었기 때문이다. 그러니 호기심이 피어오를 수밖에.

그녀의 연주가 끝나길 기다려 악마금이 물었다.

"누구에게 배웠소?"

그녀는 미소를 지으며 살며시 눈을 감고 있는 환노를 바라보았다.

"할아버지에게 배웠어요."

"어르신도 금을 연주할 줄 안단 말이오?"

"그럼요. 전문적으로 금을 다루시는 분인 걸요."

악마금은 눈을 감고 있는 환노를 향해 시선을 돌리며 생각에 잠겼다. 환노는 그의 시선을 의식하지 않은 채 여전히 눈을 감고 있었다.

감습이 규칙적으로 움직이는 것이 잠이 든 모양이었다.

'금을 연주할 줄 안다? 그런 사람이 왜 화룡검 같은 보검 때문에 도망을 치지?'

이들의 사정이 무엇인지 자신이 신경 쓸 이유가 없다 생각했기에 흘려 넘겼지만 지금 보니 수상한 점이 한둘이 아니었다. 환노를 처음 보았을 때부터 분명 무공을 익히고 있다는 것을 알 수 있었다. 그런데 금을 전문적으로 다루는 악사라는 말은 이해가 가질 않았다.

'도대체 이들의 정체가 뭐지?'

하지만 그런 생각은 갑자기 들리는 미약한 소음에 더 이상 이어지지 않았다.

파꽉!

귀를 기울이지 않는다면 들을 수 없을 정도로 미약한 소리! 하지만 악마금의 귀를 벗어날 수는 없었다. 귀를 쫑긋 세운 그는 청력을 끌어올렸다. 그러자 무언가 빠르게 움직이는 소리가 정확히 들려왔다.

사사삭! 사삭―!

순간 악마금이 표정을 굳히며 숲 저편에 시선을 고정시키자 진화가 고개를 갸웃거리며 물었다.

"어디 불편한 곳이라도 있으세요?"

"조용하시오!"

"네?"

"누군가가 오고 있소."

그 말에 진화의 얼굴이 겁에 질려 하얗게 탈색되기 시작했다.

"빨리 어르신을 깨워 공터 중앙으로 데려가시오."

진화는 재빨리 악마금의 말에 따라 환노를 깨워 공터 중앙으로 이끌었다. 얼떨결에 일어난 환노가 의아함을 드러냈으나 악마금의 표정을 보고 금세 무슨 사정인지 알아챈 듯 물었다.

"우리를 쫓는 자들인가?"

"그런 것 같습니다."

악마금은 더욱 청력을 끌어올려 사정권을 넓혀 나가기 시작했다. 그리고 잠시 후 비릿한 미소를 지으며 말했다.

"모두 네 명입니다."

말과 함께 그가 소리가 들리는 쪽으로 한 걸음을 떼자 진화가 본능적으로 그의 소매를 잡았다. 가지 말라는 의미였지만 악마금이 매몰차게 고개를 저었다.

"모두 한 방향으로 오고 있소. 그런 만큼 뭉쳐 있을 때 처리하는 것이 좋으니 잠시 기다리시오."

"하지만……."

"걱정 마시오. 다른 곳에서 접근하는 자들은 없으니까!"

악마금이 그렇게 말하자 진화는 어쩔 수 없이 소매를 놓아주었다. 그리고 순간적으로 사라지는 악마금의 엄청난 경공을 보며 경악스럽다는 표정을 지었다. 소매를 놓는 순간 그의 신형은 이미 보이지 않았기 때문이다.

'사람이 저렇게 빠를 수도 있는 걸까?!'

악마금은 섬전과 같은 속도로 소리가 들린 곳으로 다가간 다음 신형을 멈춰 세웠다. 갑자기 느껴지던 기척과 소리가 거짓말처럼 사라졌던 것이다.

"뭐야 이건?"

그래도 혹시나 해서 은밀하게 주위를 수색해 봤지만 아무것도 없었다. 그는 다시 청력을 끌어올렸다. 하나하나 미세한 소리까지 감지해 나갈 때쯤 처음 공터에서 들었던 소리가 다시 귀를 자극했다.

순간 악마금이 눈살을 찌푸렸다. 자신이 온다는 것을 미리 알기라도 했다는 듯 소리의 주인들은 십 장 밖으로, 그리고 지금도 점점 멀어지고 있었기 때문이다.

"눈치 챘을 리 없을 텐데?"

문득 의아함을 드러낸 악마금이 두 눈을 부릅떴다. 번뜩 떠오르는 생각이 있었던 것이다.

"설마?"

추측은 현실로 다가왔다.

"까아악!"

저 멀리서 아련히 들려오는 목소리는 진화의 것이었다. 아무도 없는 적막한 숲 속이라 더욱 또렷이 들렸다.

"젠장!"

악마금은 급히 신형을 날려 공터로 향했다. 그러면서도 의혹은 풀리지 않았다. 분명 청력으로 주위를 탐색했을 때 공터 주위에는 아무도 없었다. 그런데 갑자기 추적자가 자신이 나타날 것을 알았다는 듯 도주했다는 것, 그리고 의외로 환노와 진화가 있는 공터에서 문제가 발생했으니…….

더 이상 생각할 정신은 없었다. 빠른 속도로 공터에 도착하자 검은 복면인 하나가 악마금을 발견하고는 급히 숲 속으로 몸을 날리는 것을 목격할 수 있었기 때문이다. 악마금은 그의 추격을 포기하고 쓰러져 있는 환노에게 다가갔다.

"괜찮습니까?"

"크윽!"

외견상으로는 별다른 부상은 없었으나 무언가에 충격을 받았는지 환노는 신음만 흘리고 있었다. 악마금은 그가 왜 이러는지 물어보기 위해 한쪽 구석에서 겁에 질려 떨고 있는 진화를 보았다.

"어떻게 된 겁니까?"

"모, 모르겠어요. 가, 갑자기 검은 그림자가 할아버지를… 할아버지를…… 덮쳐서…….”

"무기를 사용했소?"

"그, 그것도 잘 모르겠어요."

그때 환노가 고통 중에도 힘겹게 입을 열었다.

"약을, 약을 주게."

"약?"

환노는 최대한 큰 목소리로 떠듬거렸다.

"진화야, 약을 다오."

그러자 진화가 다급히 짐 속을 더듬더니 알약 몇 개를 꺼내 다가왔다. 악마금은 다시 환노의 증상을 살피기 시작했다. 말을 들어보니 지병이 있거나, 내상을 입은 것 같았기 때문이다. 하지만 환노의 가슴에 손을 얹고 전신의 혈맥을 검사해 보니 내상은 없었다.

"어디를 어떻게 다치셨습니까?"

"미안하네!"

"예?"

의미 모를 말에 악마금이 의아하단 표정을 지었다. 그리고 곧이어 그것이 무슨 의미인지를 알 수 있었다. 갑작스럽게 느껴지는 싸늘한 기운! 무언가가 자신의 정수리로 예기를 풍기며 다가오고 있었던 것이다.

악마금은 본능적으로 고개를 틀었다.

휭!

순간 악마금은 인상을 찡그리며 진화를 바라보았다. 그리고 그녀의 손에 들려 있는 비수 하나를 보았다.

"뭐 이런?!"

갑작스럽게 악마금의 몸에서 퍼져 나오는 찌를 듯한 한기에 진화가 몇 걸음 뒤로 물러섰다. 하지만 거기에서 악마금은 실수를 저질렀다. 진화에게 신경 쓰느라 환노를 놓쳤기 때문이다.

푹!

"크윽!"

단전에서 느껴지는 뜨끈한 통증 뒤로 자신의 배에 또 다른 비수의 손잡이가 보였다. 그리고 손잡이는 환노가 잡고 있었다.

"젠장!"

악마금은 순간적으로 환노의 머리를 향해 주먹을 뻗었다.

퍽!

"흐윽!"

환노는 별 저항 없이 머리가 터지며 절명해 버렸다. 악마금의 단전에 찔러 넣었던 비수를 놓으며 바닥에 널브러졌다.
"빌어먹을 놈들!"
악마금은 이미 힘을 다한 환노를 팽개치며 진화에게 달려들었다. 그때 옆에서 번뜩이는 빛을 보았다. 악마금은 진화에게 접근하려다 멈추고는 급히 손을 저었다. 그러자 표창 몇 개가 시간이 멈춘 듯 공중에서 멈추더니 바닥으로 우두둑 떨어져 내렸다.

그는 급히 표창이 날아온 곳을 바라보았다. 아무도 보이지 않는 것으로 보아 상당한 거리를 두고 표창을 날린 모양이다. 그런데도 정확히 자신을 노린 것을 보면 엄청난 실력임에 틀림없었다.

"죽어!"
악마금은 급했기에 더 두고 볼 것도 없이 손을 휘저어 진화의 몸을 터뜨려 버린 후 비수가 날아온 쪽으로 몸을 날렸다. 자신에게 상처를 입혔으니 대가는 치러줘야 할 것이 아닌가. 그의 성격상 이대로 끝낼 수는 없었다.

"옵니다!"
누군가의 외침 뒤로 평지에 서 있던 수백 명의 흑의인과 적의인이 자신이 맡은 위치에 따라 미리 파놓았던 구덩이 속으로 들어간 후 그 위를 덮었다. 그러자 평지는 아무것도 없는 허허벌판으로 보일 뿐이었다.

잠시 후 그 위로 또 다른 흑의인, 무용학이 진땀을 흘리며 지나쳤다. 그는 신법에 자신있는 만큼 달리는 중에도 연신 놀랄 수밖에 없었다. 막강한 내력을 동반한 경공인 만큼 충분히 악마금과의 거리를 유지할 수 있을 거라고 생각했는데, 결과는 예상밖이었기 때문이다. 거의 오십 장 밖에서 표창을 날렸고, 동시에 도주를 감행했기에 더욱 그랬다. 일 리라는 짧은 거리를 도주하는 동안 악마금이 거의 삼십 장 가까이 쫓아왔으니 식은땀이 날 수밖에.

그는 벌판을 지나 언덕으로 치달리며 재빨리 외쳤다.

"살(殺)!"

우렁찬 외침 후 그를 뒤쫓던 악마금을 향해 바닥에서 예리한 칼날이 쏘아져 올라왔다.

파파파팟!

발을 딛는 곳마다 기습적으로 암습이 이루어진 덕분에 악마금은 어쩔 수 없이 무용학을 포기하고 공중으로 치솟아 올랐다. 그러자 목표를 잃은 흑룡사와 적룡사 대원들이 지면을 뚫고 올라와 악마금 주위로 진법을 구성하며 둘러싸기 시작했다. 음공의 위력을 들었던 만큼 폭넓게 포진한 진법이었다.

"네, 네놈들은?!"

악마금은 자신을 암습한 엄청난 놈들의 얼굴과 복장이 익숙하다는 것을 깨닫자 내심 놀랄 수밖에 없었다. 분명 적룡사와 흑룡사들이었기 때문이다. 하지만 더욱 그를 놀라게 한 것은 그들이 진법을 구성하기 무섭게 오른편에 위치한 언덕에서 모습을 드러낸 인물들 때문이었다. 그들을 보며 악마금은 경악한 표정을 지었다. 언덕에 서 있는 인물 중 하나는 바로 자신의 사부인 공손손이었기 때문이다.

"왜……?"

그의 물음은 유용에 의해 이어지지 못했다.

"너의 오만함과 교인으로서의 불손함이 화를 자초했다는 것만 알아라!"

붉은 머리를 휘날리는 그의 말에 악마금이 인상을 찌푸렸다.

"다 필요없고, 누구의 지시지? 그것만 말해 봐!"

"닥쳐라! 아직도 죄를 뉘우치지 못했단 말이냐?"

어느 정도 상황 파악이 된 악마금은 놀라움을 가라앉히고 입 꼬리를 말아 올렸다.

"흐흐, 결국 이딴 식으로 가게 되는군!"

순간 악마금의 몸에서 차가운 한기가 사방으로 휘몰아쳤다. 그 막강한 기운에 주위를 둘러싸고 있던 수백 명의 무사가 치를 떨었다. 하지만 그것도 잠시, 내력을 끌어올리던 악마금이 입에서 울컥 피를 쏟아냈다.

"크윽, 젠장!"

그는 급히 내력을 갈무리하며 자신의 배를 바라보았다. 출혈이 심할 것 같았기에 뽑지 않은 비수가 아직 박혀 있었다.

악마금이 기운을 거두며 잠시 주춤거리는 것을 본 유용은 이때가 기회라 생각하고 공격 명령을 내렸다.

"지금이다, 쳐랏!"

말과 함께 앞쪽에 있던 백여 명의 무사가 동시에 악마금을 향해 몸을 날렸다.

"어떻게 됐어?"

마야의 말에 영선이 난감한 표정으로 대답했다.

"함정에 걸렸습니다. 지금쯤이면……. 몰래 도움을 주려 했지만 너무 늦게 총관을 찾은데다, 그를 중심으로 드넓게 감시를 하고 있어 지켜보는 수밖에는 달리 방법이 없었습니다."

내심 아쉬운 마음이 들었으나 마야는 이해한다는 듯 영선에게 고개를 끄덕여 주었다.

"잘했다."

"어떻게 하실 생각이십니까?"

"내가 직접 가야겠어."

순간 영선이 경악한 표정이 되었다.

"예? 하지만 우리가 모습을 드러내 정면으로 총관을 감싼다며 역시 본 교의 율법대로……. 참으십시오. 이미 어쩔 수 없는 상황까지 갔습니다."

"아니, 나 혼자 갈 테니 너는 빠져라!"

그러자 연선이 갑자기 바닥에 무릎을 꿇었다.

"그럴 수는 없습니다. 명색이 저는 소교주님의 호위입니다."

"하지만 모두에게 비밀로 붙이고 너 혼자 여기까지 따라왔다. 무엇을 할 수 있겠느냐?"

"상관없습니다."

하지만 마야는 매몰차게 그의 호의를 거절했다.

"명령이다. 너는 이만 돌아가!"

"하지만……."

그는 움찔하며 말끝을 흐렸다. 마야의 눈빛이 어느 때보다 무섭게 느껴졌기 때문이다. 전에 없던 위엄이 눈빛에서 절로 흘러나와 그의 의지를 무너뜨리고 있었다.

"몸조심하십시오."

마야는 고개를 한 번 끄덕여 준 후 몸을 돌려 악마금이 있는 곳으로 향했다.

콰콰콰쾅!

"크아악!"

엄청난 폭음과 함께 회오리가 장내를 휩쓸고 지나가자 서른 구의 시체가 바닥에 널브러졌다.

"저럴 수가!"

멀찍이 떨어진 언덕에서 그 광경을 지켜보고 있던 유용 및 공손손 등은 발을 동동 구를 수밖에 없었다. 은근히 두려움까지 드러내며 치를 떨었다. 말로만 듣던 음공의 파괴력은 상상 이상이었기 때문이다.

'준비없이 정면으로 부딪쳤다면 오히려 우리가 당했을지도……!'

내심을 숨긴 유용이 공손손과 구로를 바라보며 놀랍다는 듯 입을 열었다.

"음공에 저런 모용이 있는 줄은 오늘 처음 알았습니다. 저것이 가능한 것입니까?"

구로 또한 유용과 같은 생각이었기에 고개를 저었다.

"글쎄요. 아무튼 엄청난 놈인 건 사실입니다. 본교의 지시만 잘 수행했다면 이렇게까지 할 필요는 없었는데……."

그의 말은 이어지지 못했다.

콰콰쾅!

악마금이 손을 한 번 휘젓자 하늘이 번쩍이며 수십 가닥의 일자형 강기가 굉음을 토하며 지면에 부딪쳤기 때문이다. 그와 함께 역시 십여 명의 무사들이 피떡이되어 바닥을 굴렀다.

일각 만에 백여 명이 넘는 대원들이 쓰러지자 구로가 더 이상 참지 못하고 입을 열었다.

"이제 우리가 합세를 해야겠습니다. 지켜보니 그의 약점은 속도입니다. 빠르게 움직여 그의 신경을 분산시킨다면 크게 피해를 줄일 수 있겠습니다."

유용이 고개를 끄덕였다. 그러자 흑룡사와 적룡사의 대주, 부대주들이 앞으로 나섰고 구로와 유용, 그리고 공손손까지 기회를 엿보며 장내로 걸어가기 시작했다.

악마금은 내력의 한계를 느끼며 뱃속이 뒤틀리는 극심한 통증을 호소했다. 하지만 그것을 돌볼 겨를이 없었다. 마구잡이로 내력을 끌어올려 사용하기에 바빴기 때문이다. 확실히 지금까지 상대한 녀석들과는 차원이 다른 흑룡사와 적룡사는 힘에 겨웠다. 엄청난 속도로 이러저리 진법에 따라 내달리며 치고 빠지기를 반복하는 것에 대책이 서질 않았던 것이다. 비수로 인해 단전이 파괴되지 않았다면 그나마 나았겠지만 그렇지 않으니 상황은 최악이라 할 수 있었다.

횡!

둘러싸인 적들을 향해 푸르스름한 막을 형성하며 호신음강으로 몸을 보호하고, 부단히 음공을 펼치고 있었지만 정신이 없었다. 서서히 내력이 바닥을 드러내고 있었기 때문이다. 그때 그의 머리 속에 경종이 울렸다. 언덕에서부터 여러 명의 고수가 급속히 거리를 좁혀오고 있었기 때문이다. 그중 공손손과 구로가 있는 것을 보고 악마금은 더 없이 긴장할 수밖에 없었다. 그 둘은 교 내에서도 알아주는 신화경의 고수들이었으니 말이다.

'점점 어렵게 되는군! 이렇게 끝내야 하나?'

하지만 미리 포기해서 좋을 것이 없다는 걸 그는 알고 있었다. 그렇기에 순간적으로 내력을 가라앉히며 공격에 대비했다. 이렇게 끝내기에는 그동안 겪어왔던 지옥 같은 수련이 아까울 뿐이었다.

'몸이 상하더라도 어쩔 수 없지! 이대로 방어만 한다면 결과는 뻔하다.'

생각과 함께 선두에서 치고 나오는 적룡사의 대주 무용학이 검을 움직이는 것을 보았다. 그의 자랑은 혈룡강마검법, 구성 이상 익히면 검에 강기를 뿜아낼 수 있는 것이다. 대성한 무용학의 검에서 붉은 반월형의 강기 세 가닥이 뿜어져 나왔다.

"어림없는 짓!"

평소였다면 쉽게 받아쳤겠지만 내력을 아껴야 하는 상황이기에 악마금은 신법을 전개해 강기를 피해 버렸다. 그사이 상대들은 더욱 접근해 왔고 악마금은 뒤로 몸을 피했다.

그가 다가오자 진법을 구성하며 진땀을 흘리던 무사들이 다시 공격을 퍼부었다. 무공에 의한 검기와 강기가 사방을 휩쓸며 다가오자 악마금은 어쩔 수 없이 내력을 이용해 호신음강을 만들어 몸을 방어했다.

쾅쾅!

몸 주위로 퍼져 나온 호신음강과 피하지 못한 검기가 부딪치며 굉음을 만들어냈다. 그 충격 때문에 악마금은 속이 뒤틀리며 울컥 피를 토

마지막 생존자의 위기 41

할 뻔했지만 극도의 인내심으로 참아내며 좀 더 적들이 밀집되어 있는 곳으로 이동했다. 단 일 격. 그것으로 승부를 볼 심산이었던 것이다. 그러는 사이에도 무용학 외 유용과 흑룡사의 대주 등이 끝까지 따라붙으며 공격 기회를 잡기 위해 애를 썼다.

'어쩔 수 없지!'

악마금은 좀 더 깊이 파고들어야 했지만 바로 지척까지 뒤따라온 무용학 때문에 급히 몸을 돌리며 기합성을 터뜨렸다.

"크아압!"

상당한 내력이 실린 갑작스런 소리는 주위를 우렁우렁하게 울렸다. 웬만한 무인이라면 그 소리에 주저앉아 버렸겠지만 여기에는 그 정도로 약한 인물들은 없었다. 하지만 소리 다음으로 퍼져 나오는 빛과 그에 동반된 강력한 한기는 모두를 경악하게 만들었다. 그 무시무시한 힘에 놀란 누군가가 급히 경호성을 발했다.

"모두 흩어져랏!"

쿠콰콰콰콰쾅!

경호성은 악마금의 몸 주위로 터져 나오는 폭발에 휩싸여 버렸다.

"크으윽!"

경공술을 펼칠 수 있는 약간의 내력만 남기고 모두 음폭으로 터뜨려 버린 악마금은 결국 피를 토해냈다. 하지만 이 상태로 끝낼 생각은 절대 없었다. 그는 즉시 뒤틀리는 내력을 잠재우며 경공술을 발휘해 반대편 숲으로 몸을 날렸다.

엄청난 폭발은 거의 삼십 장 이내의 모든 것을 초토화시켜 버렸다. 그 놀라운 파괴력에 거의 육 할이 넘는 흑룡사와 적룡사 대원들이 검게 탄 채 바닥을 메우고 있었다. 그중에는 유용과 무용학, 그리고 악마금의 실력을 알기에 기운이 느껴지자마자 멀찍이 몸을 피했던 현령도 속해 있었다. 현령이야 크게 다치지는 않았지만 그래도 상당한 내상을 입었는지 바닥에서 일어나다 다시 쓰러져 버렸다.

한 번의 공격으로 이제 백여 명만이 장내를 지키게 되었다. 그리고 신화경의 고수인 구로 또한 상당한 내상을 입었는지 몸을 부들부들 떨고 있었다. 막강한 내력으로 만들어낸 호신강기와 그 밖으로 다시 이중 강기를 만들었지만 모두 파괴되면서 충격을 받았던 것이다. 하지만 정면으로 음폭을 맞은 것치고는 크게 다친 곳이 없었다. 그는 급히 혼란해진 틈을 타 숲으로 몸을 날린 악마금을 향해 신형을 움직이며 외쳤다.

"쫓아라!"

그러자 움직일 수 있는 모든 무사들이 그를 쫓아 달렸다.

제3장
최악의 상황

피피핑―!

악마금은 달리는 중에도 부단히 몸을 비틀었다. 암기 때문이었다. 평소였다면 대부분 몸으로 받아내도 상관없는 것이었지만 지금은 몸을 보호할 만한 내력이 없으니 어쩔 수 없었다. 속도를 늦추더라도 피할 수밖에. 그나마 다행이라면 숲 속이라 은폐물이 많다는 것이었다. 하지만 그것도 어느 정도 한계는 있다. 어떤 암기는 상당한 내력이 실렸는지 나무까지 뚫으며 직선으로 그의 급소를 노렸기 때문이다.

팍!

"크윽!"

어깨로 들어오는 차가운 이물질이 벌써 다섯 번째. 하지만 악마금은 몸을 돌볼 생각도 하지 못하고 달리기만 했다. 치명적인 암기만 피했고, 나머지는 크게 신경 쓸 필요성을 못 느꼈기 때문이다. 상처 하나 남는 것과 목숨을 바꿀 수 있다면 누구든 당연히 후자를 택할 테니까. 하지만 그런 그의 실리적인 행동도 운이 다한 모양이었다.

"핑―!"

뒷등으로 느껴지는 파공성과 함께 악마금이 몸을 뒤틀었다. 그 순간 옆으로 지나쳐야 할 암기가 방향을 틀어 그의 허벅지를 향해 돌진했다. 내력을 실어 암기를 움직일 수 있을 정도의 고수라면 신화경을 넘어야 하니, 공손손과 구로 중 한 명일 것이다. 누가 쏘았는지는 모르나 악마금은 피하지 못하고 허벅지 깊숙이 느껴지는 통증에 바닥으로 내려설 수밖에 없었다.

"이젠 끝이군!"

포기라는 단어가 주는 허탈한 마음과 그 뒤로 강렬히 피어오르는 삶에 대한 욕구는 어쩌면 모순일지도 몰랐다. 어쩔 수 없는 상황에 닥쳤음에도 이렇게 끝낼 수 없다는 의지가 호승심처럼 뭉게뭉게 피어오르는 것이다. 그리고 그때 그의 눈에 익숙한 사람이 들어왔다.

순간 악마금의 두 눈이 섬광이 스치듯 번뜩였다. 그리고 뒤틀리는 입 꼬리는 자신감을 나타내고 있었다.

'죽으라는 법은 없군!'

생각 중에도 그는 앞으로 치달렸다. 정확히 말해 갑자기 앞쪽에 모습을 드러낸 소녀에게였다.

"이럴 수가!"

뒤쫓던 구로가 경악성을 발하며 외쳤다.

"모두 공격을 중단하고 포위망을 갖춰라!"

말과 함께 백여 명의 무사들이 명에 따라 악마금의 주위로 원을 그리듯 둘러쌌다. 포위망이 완전히 갖춰지자 구로가 떨리는 음성으로 입을 열었다. 그는 아직도 믿어지지 않는다는 표정이었다.

"소교주님이 이곳에 어쩐 일이십니까?"

갑작스럽게 악마금에게 목줄이 잡힌 마야도 경악한 표정이었지만, 이내 평정심을 되찾으며 대답했다.

"일의 진행을 보기 위해 왔다."

"여, 여기는 어떻게 알았습니까?"

그때 악마금이 승리의 비소를 흘리며 가늘게 뜬 눈으로 구로를 바라보았다.

"지금 그것이 중하지는 않을 텐데?"

말과 함께 그의 손에 힘이 들어가자 마야의 표정이 굳어지고 있었다. 그것을 보며 구로가 몸을 떨며 인상을 찌푸렸다.

"어, 어떻게 하자는 거냐?"

"흐흐흐, 뻔한 것 아닌가? 소교주가 다치는 것을 원치 않는다면 포위를 풀어라!"

"말도 안 되는 소리!"

"흐흐, 말이 되고 안 되고는 내가 결정할 일이지."

그러면서 악마금의 손에 더욱 힘이 들어갔다. 그럴수록 마야의 얼굴이 점점 더 붉어지더니 이내 하얗게 변하기 시작했다.

"무엄하다. 감히 교도로서 소교주님께 위해(危害)를 가할 셈이냐?"

"교도?"

악마금이 피식 미소 지었다.

"하하, 웃기는군! 네놈들이 날 공격할 때부터 난 이미 교도가 아니지. 너희도 그렇게 생각했기에 날 공격한 것이 아닌가? 그리고 예전부터 만월교 따위에 휘둘릴 생각은 없었어. 단지 귀찮은 것이 싫었기에 몸을 담고 있었을 뿐이지."

"닥쳐라!"

목소리의 크기와는 달리 구로와 주위에 있던 무사들은 난감한 표정만 지을 뿐이었다. 훗날 교를 이끌 고귀한 몸에 흠집이라도 난다면 자신들 또한 무사하지 못할 테니 말이다. 하지만 그 안에서도 구로는 의아함을 느끼고 있었다. 지금 악마금의 상태는 최악. 그러니 소교주의 무공이라면 충분히 악마금의 손아귀에서 빠져나올 수 있다고 생각되었기 때문이다.

'어쩔 수 없군!'

구로는 생각과 함께 주위를 향해 외쳤다.

"길을 터주어라!"

"아니! 생각이 바뀌었다."

돌연한 악마금의 말에 구로가 인상을 구기며 물었다.

"무슨 말이냐?"

"어차피 이곳을 빠져나간다 해도 다시 추격해 올 것은 뻔한 것이고, 이 녀석을 인질로 삼았다고 해도 안심할 수는 없지. 언제 도망칠지 모르니까. 그래서 말인데……."

악마금은 말끝을 흐리며 주위를 둘러보았다. 백여 명의 흑룡사와 정룡사의 대원들이 바짝 긴장한 채 자신을 바라보고 있었다. 그들을 하나하나 확인한 후 악마금이 말했다.

"모두 움직이지 말고 내력도 잠재워라!"

"뭐? 지금 무슨 소리를 하는 거냐?"

"시키는 대로 해! 안 그러면 목을 비틀어 버릴 테니까!"

악마금이 더욱 마야의 목을 움켜쥐자 구로가 한 걸음 물러서며 어쩔 수 없다는 듯 다시 명을 내렸다.

"시키는 대로 해라!"

그것을 보고 악마금이 비릿한 웃음을 흘린 후 그나마 약간 남아 있던 내력을 끌어모으기 시작했다. 내력을 혈도를 따라 돌리는 동안 엄청난 고통이 밀려들었으나 어쩔 수 없었다. 이대로 간다면 단전이 파괴될 위험도 있었지만 그 또한 상관하지 않았다. 우선 사는 것이 중요했으니까!

따다닥!

순간 악마금이 손가락을 연속으로 튕겼다. 그러자 놀라운 일이 벌어졌다.

파파팟!

"크아악!"

"하악!"

순식간에 열 명의 흑룡사가 차례로 바닥에 쓰러졌다. 악마금이 그들의 몸에서 퍼져 나오는 음파를 내공을 이용해 교묘히 뒤틀었기 때문이다. 지금까지는 상대가 음파를 감지할 수 없을 정도로 빠르게, 그것도 수백 명이 움직이고 공격을 가해왔기에 사용할 시간적 여유가 없었지만, 지금은 내력까지 거둔 요지부동 상태이니 손쉽게 해결할 수 있었다.

"이, 이건 무슨……?"

갑작스러운 일이 벌어지자 구로가 경악하며 주위를 둘러보았다. 그러는 중에도 열 명이 더 쓰러져 버렸다.

"모두 물러나랏!"

죽음이라는 공포가 교인으로서의 의지를 꺾어버렸는지, 아니면 소교주를 구해야 한다는 막중한 임무 때문인지 모두 구로의 명을 착실히 따라 급속히 악마금과 멀어지기 시작했다. 그 순간까지도 다시 열 명의 대원이 더 쓰러지고 있었다.

더 이상 상대가 보이지 않자 악마금은 구로의 생각을 읽을 수 있었다. 분명 모습을 감춤으로 자신에게 받아야 할 난감한 협박을 피하려는 의도였을 것이다.

'끝까지 추격하겠지?'

생각과 함께 그는 바닥에 널브러져 있는 서른여 구의 시체를, 그리고 아직도 숨을 참으며 고통에 인상을 쓰고 있는 마야를 보았다.

'이대로 죽여 버려?'

생각은 강렬했다. 비록 교주의 친자식은 아니었지만, 그에 준할 정도의 위치에 있지 않은가! 하지만 그는 이내 고개를 저었다. 지금은 그녀의 몸이 필요했기 때문이다. 간사하게 자리를 피해 버린 구로가 언제 다시 나타날지 모르는 일! 귀찮기는 하겠지만 소교주라는 인질이 있는 이상 자신이 유리한 고지를 점령하고 있는 셈이었다.

"괜찮아?"

주위에 아무도 없자 마야가 말을 걸어왔다. 하지만 악마금의 대답은 간단했다.

"닥쳐!"

차갑게 가라앉은 눈으로 죽일 듯 바라보는 그의 말에 마야가 움찔거렸다.

"왜, 왜 그래 지아?"

"젠장! 앞으로 그따위 이름 거론하지 마라! 그렇지 않으면 입을 찢어 버릴 테니까. 쓸데없는 말 주절거리지 말고 앞장서!"

마야는 아무 말 없이 악마금의 지시대로 앞서 걷기 시작했다. 하지만 거기에서 문제가 생겼다. 그녀를 뒤따라가던 악마금의 뒤로 무언가가 섬전과 같은 속도로 날아와 그대로 악마금의 허리에 꽂혔던 것이다. 악마금도 엄청난 파공음을 내며 무언가가 자신을 공격하려 한다는 것을 알고 있었지만 이미 힘이 다한 몸으론 피할 수가 없었다.

"크아악!"

지금까지 참아왔던 고통이 또다시 단전에 박힌 비수에 의해 단말마를 토해내게 했다.

"크윽!"

입으로 피를 쏟으며 악마금이 앞으로 넘어지려 하자 마야가 급히 그를 받쳐 주었다.

"괜찮아, 지아?"

"흐윽! 끝까지 물고 늘어질 작정이군!"

결국 한쪽 무릎을 꿇은 그가 마야를 밀쳤다.

"꺼져!"

"안 돼. 이렇게 놔두면 지아가……."

"소교주님, 괜찮으십니까?"

빠른 속도로 다가오는 구로의 외침에 마야가 인상을 쓰며 그에게 다가갔다. 악마금에게서 벗어난 마야를 보고 구로는 다행이라는 듯 한숨을 쉬었다. 하지만!

짝!

구로의 얼굴이 한쪽으로 돌아갔다. 그녀의 힘 때문이라기보다는 그 상황에서도 그렇게 해야 소교주의 손이 아프지 않을 것 같았기 때문이다. 그리고 이어지는 황당한 표정.

"소교주님, 왜……?"

구로는 떨떠름한 얼굴로 마야를 바라보았다.

"내가 맞았으며 어떻게 할 뻔했느냐? 감히 나를 상대로 도박을 할 생각이었단 말이냐?"

"그, 그런 것이 아니오라…… 저는 확신이 있었기에……."

"닥쳐라!"

그때 악마금이 자리에서 힘겹게 일어서며 웃었다. 듣기에는 웃음소리조차 상당히 힘겹게 느껴지고 있었다.

"호호, 닥쳐야 할 것은 너희 모두다. 결국 끝장을 봐야 한다는 말이군!"

그 말에 구로가 험악하게 표정을 바꾸며 으르렁거렸다.

"그 상황에서도 입을 나불대는 것을 보니, 확실히 네놈은 미쳤구나. 하기야 그렇지 않고서야 교도로서 그런 불손한 행동을 했을 리가 없겠지."

"호호, 많이 주절거려 봐! 곧 죽음을 선사해 줄 테니까!"

말도 안 되는 협박 같은 소리에 구로가 실소를 머금었다. 하지만 잠시 후 그의 얼굴은 경악으로 물들 수밖에 없었다. 어마어마한, 하지만 내력과는 또 다른 기운이 느껴졌기 때문이다.

'설마 진신내력(眞身內力)을?'

진신내력이란 임의로 사람이 키워낸 내공과는 다른 일반인의 몸에도 숨겨져 있는 내공이다. 보통 육체의 수련을 통해 진신내력을 느끼게 되고, 그 후부터 진신내력을 점점 키워 단전에 내공을 쌓는 것이 대부분인 것이다. 말 그대로 진신내력이란 인간의 생명, 즉 음양오행으로 이루어진 기운이라고 할 수 있었다. 인간에게 진신내력이 사라진다는 것은 죽음을 뜻하는 말이었다.

"빌어먹을. 무공을 전폐할 생각인가?"

어차피 죽을 녀석에게는 웃기는 질문일 수도 있었다. 하지만 구로는 시간을 벌어야 했다. 급격히 커지는 기운이 빛을 발하고 있었기 때문이다. 하지만 상대, 악마금은 그에 연연하지 않고 곧이어 거친 고함을 질렀다.

"피하십시오!"

구로는 급히 내력을 끌어올려 호신강기를 만들었다. 하지만 그러는 와중에도 소교주의 안전을 잊지 않았다. 자신이 자리를 피할 수 있는 기회를 던져 버리고 마야의 팔을 잡아 빠르게 집어 던져 버렸던 것이다.

악마금이 힘이 없기는 없는지 마지막 회심의 음폭이 터지는 시간은 꽤나 길었다. 하지만 갑작스러운 공격이었고, 남아 있던 흑룡사와 적룡사 대원들이 마야를 보호하기 위해 날아가는 그녀의 주위를 둘러싸기에 온전히 타격을 줄 수 있었다.

콰쾅!

빛과 함께 일어난 거대한 폭발, 그리고 굉음이 뒤를 이었다. 처음 벌판에서의 파괴력에 비한다면 달 아래 반딧불이었지만 악마금으로서는 최선이었다.

"크으윽, 지독한 놈!"

악마금의 마지막 공격에 다행히 구로는 무사할 수 있었다. 그리 크지 않은 폭발이었기에 호신강기로 충분히 막을 수 있었던 것이다. 하지만 그의 옷은 형체를 알아보기 힘들 정도로 타 들어가 있었고, 입가에는 내상으로 인해 피가 역류해 선혈을 흘리고 있었다. 그는 진저리가 난 듯 악마금을 바라보더니 비틀거리며 그에게 다가갔다.

"그 상황에서도 목숨이 붙어 있구나!"

간헐적으로 들리는 숨소리로 보아 죽지는 않은 모양이었다. 진신내력까지 써가며 음폭을 시전했던 그였지만, 마지막 순간 본능적으로 내력을 잠재웠기 때문이다.

"아무튼 이제 끝이군!"

"아니!"

갑자기 구로 앞으로 공손손이 모습을 드러냈다. 악마금을 추격할 당시 갑자기 사라져 의아하게 생각했지만 신경 쓰지는 않았다. 그보다 악마금을 척결하는 일이 중요했고, 시간이 급박했기 때문이다.

"어, 어디에 있다가 나타나셨소? 그리고 아니라니?"

공손손이 고개를 절레절레 저으며 쓰러져 있는 악마금을 가리켰다.

"이 녀석은 죽지 않을 거라는 말이오."

"무슨 소리?"

순간 구로의 표정에 두려움이 깃들기 시작했다. 공손손의 몸에서 압도적인 기운이 풍겨 나왔기 때문이다. 그리고 그것은 살기였다. 몸 상태가 상태인 만큼 지금의 구로는 공손손의 상대가 될 수 없었다.

"무, 무슨 짓을……?"

불빛이 번뜩거렸기에 그의 말은 더 이상 이어지지 않았다. 공손손이 검집에서 검을 뽑았기 때문이다.

투르르륵—!

구로의 머리가 몸을 잃고 바닥을 구르자 음폭에도 무사할 수 있었던 삼십여 명의 대원들이 경악한 표정으로 장내의 상황을 지켜보고 있었다. 그런 그들을 보며 공손손이 나직이 입을 열었다.

"미안하지만 자네들도 여기에서 입을 다물어줘야겠네."

말과 함께 공손손의 신형이 빠르게 움직였다.

제4장
독립선언

　누런 갈대 숲 사이로 강이 흐르고 있었다. 높게 펼쳐진 가을 하늘과 강 수면에 비쳐진 푸른 하늘!
　휘이잉—!
　선선한 바람결에 강물이 물결 치자 강에 비친 하늘이 금세 흔들거렸다. 저 멀리서 들려오는 산새 소리만 제외한다면 고요하고 평온한 모습이었다. 하지만 잠시 후 '철퍽철퍽' 거리는 소리가 강가를 흐려놓았다.
　강 중간 중간 솟아 있는 갈대 사이를 비켜가던 배는 이 장 정도의 제법 긴 나룻배였다. 배 중앙에는 사람이 지낼 수 있도록 작은 방이 만들어져 있었고, 선미에는 회색 머리를 휘날리는 노인이 노를 젓고 있었다. 크게 힘을 들이지 않는 모습이었지만 의외로 배는 미끄러지듯 빠르게 강을 가르고 있었다. 그때 째질 듯한 비명이 강가를 갈랐다. 그에 맞춰 바람이 더욱 거세게 불었다.

"크아악!"

"이런! 깨어났나?"

갑작스런 비명에 노를 젓던 손이 멈췄다. 곧이어 방에서 소녀가 놀란 표정을 지으며 튀어나왔다.

"저, 정신이 들었어."

그녀의 말에 노인, 공손손이 급히 방으로 들어갔다. 그러면서 걱정스러운 표정으로 그녀를 한 번 보고는 한마디 덧붙이는 것을 잊지 않았다.

"제가 들어오라고 할 때까지 여기 있으십시오."

공손손은 온몸에 붕대를 감고 있는 악마금을 보고 급히 그의 몸을 부여잡았다. 몸을 부들부들 떨면서 입으로 피를 토해내고 있었기 때문이다.

"어떻게 된 것입니까?"

밖을 향해 외치자 마야의 목소리가 들려왔다.

"자, 잘 모르겠어! 갑자기 비명을……."

그녀의 말을 흘려들은 공손손은 악마금에게 다가가 그의 가슴에 손을 얹고 내력을 불어넣어 검사하기 시작했다. 그러자 순간적으로 악마금의 손이 그의 손을 잡았다. 잠시 놀란 공손손이었으나 이내 표정을 풀며 나직이 물었다.

"깨어났나?"

"크윽! 여, 여기는 어디입니까?"

물음 뒤로 경악한 악마금!

"헉, 너는?"

순간 악마금이 공손손을 알아보고 급히 몸을 일으키려 했지만 일어날 수가 없었다. 공손손이 힘으로 그의 어깨를 누르고 있었기 때문이다. 악마금의 마음을 알고 있었기에 그는 온화한 표정을 지으며 고개를 저었다.

"걱정 말아라! 너를 해칠 생각은 없으니까."

하지만 악마금은 불안한 표정을 지우지 못하고 공손손을 매섭게 노려보았다.

"쯧쯧, 너를 해할 생각이었다면 구해주지도 않았다."

"그럼 왜 그때 거기에 있었습니까? 그리고 왜 제게 미리 말해 주지 않았습니까?"

"만월교에서 나에 대한 감시가 철저했으니 어쩔 수 없었지. 아무튼 모든 일이 마무리되었으니 걱정 마라. 그래, 몸 상태는 어떤가?"

그러자 악마금이 몸을 약간씩 움직여 보았다.

"부상당한 곳이 아프지만 견딜 만합니다."

"흠, 그럼 몸속은?"

순간 악마금의 표정이 심하게 흔들렸다. 내력을 끌어올려 일주천 시키려는데 기운이 잡히질 않았기 때문이다. 처음에는 긴가민가하는 심정으로 다시 내력을 끌어올렸지만 역시 힘이 느껴지지 않았다. 세 번째 시도에서야 그는 경악한 얼굴로 공손손을 바라보았다.

"어, 어떻게…… 이럴 수가!"

"흠, 역시 그렇군."

이미 알고 있다는 듯한 그의 말에 악마금이 급히 되물었다.

"무엇이 그렇다는 겁니까?"

"기억이 나질 않나? 자네는 단전이 심하게 다쳤지. 그 상태에서 등 뒤로 비수를 맞고, 또다시 진원지기(眞元之氣)까지 써버리지 않았나?"

"그럼……."

"단전이 파괴된 거지."

그의 말에 악마금의 인상은 더 이상 구겨질 수 없을 정도로 구겨졌다. 이미 예상을 했던 것이지만 그래도 현실로 다가오자 믿어지지 않았다. 출가경의 경지에 오르기까지 겪어야 했던 뼈를 깎는 고통이 주마등처럼 지나갈 수밖에!

"빌어먹을!"

결국 일갈을 터뜨린 악마금이 물었다.

"어느 정도입니까? 제 몸 상태를 검사해 보셨을 것 아닙니까?"

"흠!"

잠시 생각하던 공손손이 미비하게 미소를 지었다.

"그래도 자네는 다행이지."

"……?"

"다른 무인 같았으면 벌써 죽었을 거야. 운 좋게 살아났다고 하더라도 무공이 없어진 채 병신으로 살았을 거네."

"저는 다르다는 말입니까?"

공손손이 고개를 끄덕였다.

"확신할 수는 없지만 내가 보기에는 일시적인 현상 같다. 실제 신화경에 올라선 고수들의 경우에는 몸이 무공을 시전하기 적당한 체형으로 바뀌는 것이 사실이지. 그렇기에 나이도 젊게 변하는 거지."

악마금이 못 미더운 눈빛을 드러내며 물었다.

"그것이 저와 무슨 상관입니까?"

"상관이 있지. 신화경에 오르면 환골탈태를 겪어 몸이 변하지만 그 시기가 꽤나 길지. 그리고 어느 순간 변화가 멈추는데, 그건 이미 몸이 무공을 시전하기에 가장 알맞게 변했기 때문이다. 그 후는 몸에 상처가 나거나 부상을 입으면 보통 사람보다 훨씬 빠른 치유력을 가지게 되지. 그건 몸이 의지와는 상관없이 끊임없이 상처와 부상을 치유해 가장 좋은 상태를 유지하려는 것이야. 하물며 자네는 벌써 출가경이 아닌가? 솔직히 자네 상태를 봐서는 가망이 없어 보였는데 지금은 어떤가? 그나마 송장 같지는 않지 않나?"

"그래서 어떻다는 말입니까?"

짜증 섞인 말에 공손손이 고래를 절레절레 흔들며 악마금을 한심하다는 듯 바라보았다.

"쯧쯧, 성미하고는! 단전이 파괴되면 운 좋게 살아난다 하더라도 대부분 무공을 상실하게 되지. 하지만 미약하게나마 자네의 몸속에 내력이 느껴진다는 데에 가망이 보이네. 그것으로 봐서는 무공을 상실할 정도는 되지 않을 것이라는 말이야."

"언제쯤 예전처럼 회복하겠습니까?"

"그거야 모르지. 상태가 워낙 엉망이니까. 그리고 예전과 같이 된다는 보장도 없고. 어쩌면 단전만 완전해질 뿐 내공 수련을 다시 해야 할지도 몰라. 자네 같은 상태는 나도 처음 보니까 알 수가 없지!"

"젠장!"

욕과 함께 악마금이 입술을 깨물었다.

"상처는 언제쯤 낫겠습니까?"

"지금도 어느 정도 아물었지. 아프기는 하겠지만 움직이는 데 지장은 없을 거다."

악마금이 고개를 갸웃거렸다. 자신이 기억하기로는 상당히 심하게 부상을 입었었기 때문이다. 아무리 내공이 높아 치유력이 좋다고 하더라도 한계가 있었다.

"벌써 아물었다는 말입니까?"

그러자 공손손이 다시 악마금을 한심하다는 듯 바라보며 말했다.

"멍청한 놈! 네놈이 며칠 만에 깨어났다고 생각하는 게냐?"

"……?"

공손손이 손가락을 세 번 쥐었다 폈다 했다. 그것을 보고 악마금이 믿을 수 없다는 눈빛을 드러냈다.

"보, 보름이나?"

"그렇다. 처음에는 정말 송장 치우는 줄 알았지."

잠시 한숨을 흘린 공손손이 은근한 표정으로 물었다.

"이제 어떻게 할 생각이냐?"

"모르겠습니다."

"모르겠다? 흠. 혹시 복수를 한다느니, 만월교로 다시 돌아간다느니 하는 생각들은 버려라!"

그러자 악마금이 피식 웃었다. 비꼬는 표정을 여실히 드러내며 공손손에게 입을 열었다.

"저는 그렇게 무모하지 않습니다."

"흐흐, 하기야 아주 실리적인 놈이지. 지금 상태는 부상이 완치된다 하더라도 하수도 이기기 힘들 지경이니까."

말과 함께 공손손이 은근한 표정으로 다시 물었다.

"그럼 나와 함께 가볼 생각은 없나?"

"하하, 사부님을 따라가서 뭘 하라는 말입니까?"

"음공에 대해 더 연구를 해볼 생각이다. 아직 밝혀지지 않은 부분이 너무 많아. 좀 더 심도있게 연구를 한 후 비급을 만들어야지. 거기에 네가 도움을 주면 더욱 좋을 거다."

악마금은 매몰차게 거절했다.

"됐습니다. 전 그런 것에는 관심이 없습니다."

"음공에 관심이 없다니…… 그럴 리가?"

"음공에 관심이 없다기보다는 그렇게 숨어서 평생 썩을 생각이 없다는 표현이 맞죠."

"건방진 놈!"

"어쩔 수 없습니다. 아무튼 저는 제 갈 길을 가렵니다."

"갈 곳은 있더냐? 아! 그러고 보니 너 기억이 살아났다고 했지? 그럼 집으로 돌아갈 생각이냐?"

"아닙니다."

"그럼?"

"집으로 가봐야 저를 반겨줄 사람은 없을 겁니다. 그리고 지금 가족들을 만난다 하더라도 짐만 될 뿐이죠."

말과 함께 악마금이 음침한 웃음을 흘렸다.

"아이들을 가르쳐 볼 생각입니다."

"뭐?"

잠시 침묵 후, 공손손이 갑자기 광소를 터뜨렸다

"크하하하하! 네가 아이들을 가르친다고?"

그러자 불퉁해진 악마금의 목소리!

"저라고 못할 것은 없지 않습니까? 예전부터 할 생각이었습니다."

"크하하. 놀랍군, 놀라워!"

연신 믿어지지 않는 듯 웃고 있는 공손손을 향해 악마금이 인상을 찌푸렸으나 이내 신경을 끄고 말을 이었다.

"도균에 있을 때 해화라는 친구를 사귄 적이 있는데, 그녀에게 들은 적이 있습니다. 그녀가 말한 곳에 가서 내공이 돌아올 때까지 소일이나 하면서 지낼 생각입니다. 지금 돌아다니다 만월교의 눈에 띄면 죽도 밥도 안 되지 않습니까?"

"흠, 힘을 찾을 때까지 기다리겠다는 말이군! 그럼 그 후에는?"

"그때 가서 생각해야죠."

"정말 복수할 생각이 없느냐?"

"귀찮습니다. 하지만 만약 힘을 찾은 후에 만월교의 교주가 눈에 보인다면 흐흐흐! 아무튼 일부러 복수할 계획으로 찾아가는 일은 하지 않을 생각이니 걱정 마십시오."

공손손은 약간 아쉬운 표정을 지으며 어쩔 수 없다는 듯 고개를 끄덕였다.

"알겠다. 하지만 목적지가 어디인지는 말하거라."

"또 볼 일이 없을 텐데 그건 알아서 뭐 하시게요. 이제부터 제게 신경 쓰지 마십시오."

"……."

"사부님은 어디로 가실 생각입니까?"

"세외로 빠져나가야지."

"세외?"

"그렇다. 북해로 갈 생각이다. 목적지는 가서 결정을 할 것이고."

"만월교는?"

"호호, 만월교에서는 이미 우리가 죽은 것으로 알고 있다. 너를 빼오면서 기름으로 그 일대를 전부 불살라 버렸지. 그리고 미리 준비했던 비밀 통로로 빠져나왔으니……."

"철저하시군요. 그럼 전부터 저를 구할 생각이었던 겁니까?"

그러자 공손손이 살짝 얼굴을 붉혔다.

"갈! 그런 소리보다 이거나 받아라!"

말과 함께 그는 품속에서 작은 책자 하나를 꺼내 악마금의 머리맡에 올려놓았다.

"뭡니까?"

"악마지서!"

"그걸 어떻게……?"

경악한 표정을 짓는 악마금을 향해 공손손이 흡족한 표정으로 대답했다.

"그것 때문에 너를 구한 것이다. 이런 걸 적을 정도로 뛰어난 녀석이 죽는다면 손해가 아니겠냐. 게다가 음공으로서는 현재 가장 가능성 있고, 유일하게 살아남은 녀석이기도 하고. 단, 나도 필사를 해놓았으니 그건 이해를 해라. 너를 구해준 대가라고 생각하면 될 거다. 아! 그리고……."

그는 말과 함께 밖을 향해 외쳤다.

"들어오십시오."

그러자 문이 열리며 마야가 악마금의 곁에 와서 앉았다. 그녀를 보며 악마금이 몸을 벌떡 일으켰다. 아직 움직일 상태가 아니었기에 그의 거친 행동에 붕대에 피가 배어들었다.

"괘, 괜찮아?"

"닥쳐!"

악마금은 그녀의 목소리조차 듣기 싫은 듯 일갈과 함께 손을 뻗어 그녀의 목을 그러쥐었다.

"빌어먹을 네년 때문에……. 크윽!"

악마금은 그녀를 죽일 듯이 힘을 주었지만 어쩔 수 없이 손을 놓아야 했다. 공손손이 그의 팔목을 잡았기 때문이다.

"놓으십시오."

다시 거칠어진 악마금을 향해 공손손이 엄한 투로 말했다.

"닥쳐라!"

하지만 악마금도 지지 않았다. 공손손이 잡은 팔목이 저릴 정도로 아파왔지만 끝내 마야를 잡기 위해 노력하고 있었다.

"다 똑같은 족속들입니다. 내가 당한 거를 생각하면 사지를 찢어버리고 싶습니다."

"성질하고는! 소교주는 악마대의 척결 계획을 모르고 있었다. 그리고 그날 너를 구하기 위해 일부러 찾아간 것이 아니냐? 은인을 죽일 생각이냐?"

"크으윽!"

결국 힘이 다해 팔을 늘어뜨린 악마금은 그래도 분노의 시선을 거두지 않았다. 한참을 씩씩거리다 떨리는 음성으로 마야에게 말했다.

"꺼져!"

마야는 말없이 눈물만 흘리더니 이내 자리에서 슬며시 일어섰다. 그리고 문을 열고 한마디 말을 남기며 갈대 숲으로 경공술을 발휘해 사라져 버렸다.

"미안해, 지아!"

그녀가 사라지자 공손손이 지그시 악마금을 바라보며 충고했다.

"그렇게 보낼 아이가 아니었다. 며칠 동안 교로 돌아가지 않고 너를 간호했던 사람이 누구라고 생각하나?"

"그딴 건 알 필요도 없고, 알고 싶지도 않습니다. 제가 힘을 잃어버리지 않았다면 당장에 죽여 버렸을 겁니다."

"쯧쯧, 네놈은 지극히 자기 중심적인, 더러운 성격을 죽여야 장수할 게다. 아이들을 가르치겠다는 놈이 그렇게 성질이 고약해서야……!"

"그것과는 다릅니다. 아무튼 몸이 다 나으면 저는 제 길을 갈 것이니, 조그마한 마을이 있으면 거기에 내려주십시오."

"나도 그럴 생각이다. 그리고 훗날 생각이 바뀌면 북해로 오거라! 나도 평생 숨어 지낼 생각은 아니니까. 찾고자 한다면 찾을 수 있을 거다."

"그럴 일은 없을 겁니다."

"매정하군!"

"사부님께 배운 것이죠. 기억 안 나십니까? 악마대 아이들이 죽어나갈 정도로 혹독하게 수련을 시키지 않았습니까. 그런 수련을 거치면 당연히 저 같은 놈이 생길 수밖에 없죠."

"그런가?"

공손손은 괜스레 입을 열었다는 생각을 하며 머쓱한 표정을 지었다. 부정할 수 없는 사실이니 찔릴 수밖에. 그때 악마금이 약간 걱정스러운 표정으로 물었다.

"내공을 찾으려면 얼마나 걸릴까요?"

"글쎄……. 사실 신화경을 넘어선 자들은 단전이 파괴돼도 원상 복귀되는 것으로 알고 있다. 다만 그 시일이 문제인데, 하루아침에 다시 돌아올 수도 있을 거고, 십 년이 넘도록 안 될 수도 있겠지. 하지만 내가 볼 때 너는 무공이 다른 자들과 완전히 다르기에 예측할 수가 없다. 지켜보는 수밖에 없겠지만, 그래도 상처가 치료되면 심법 수련을 게을리 하지 말아라. 그나마 시간을 단축시킬 수 있는 유일한 방법일 거다."

"알겠습니다."

제5장
감추려는 자와 들추려는 자

"어떻게 살아남았지?"

어둠 속에서 한줄기의 빛이 사내를 비추고 있었다. 그 외에는 전부 암흑이었다. 사내는 전신에 붕대를 감고 있었다.

"모르겠습니다."

암흑을 뚫고 다시 질문이 던져졌다.

"다른 자들은?"

"죽은 것 같습니다."

"죽은 것 같다?"

사내의 목소리가 떨리기 시작했다.

"그렇습니다."

"불은 누가 질렀지?"

"그것조차 모르겠습니다."

"……!"

"……!"

끈적끈적한 침묵 뒤로 힘 빠진 노인의 목소리가 자조적으로 들려왔다. 그때까지 사내는 머리 위로 떨어지는 빛을 받으며 온몸에 남겨진 상처에 떨고 있을 뿐이었다.

"조사단이 판단한 결론은 이렇다. 악마금 척결 계획에 실패. 하지만 부상을 입혔고, 그로 인해 백여 명이 추격 시작. 계획 장소에서 동북쪽으로 십 리 떨어진 숲 속에서 악마금을 포위. 그러나 결과는 없음!"

"……!"

"성공과 실패의 유무를 판단할 수가 없다는 말이네."

"……."

"자네는 계획 장소에서 악마금의 저항에 피해를 입고 부상. 경미한 화상이지만 상당한 내상 덕택에 혼절. 그리고 깨어났을 때는 모두 전멸된 상황. 그리고 추격한 곳과는 반대쪽으로 이십 리 정도 이동 중 다시 기절."

"맞나?"

"맞습니다."

"운이 좋았군!"

"그럴지도……."

"하지만 결과를 확인했어야 했다. 흑룡사의 부대주 정도라면 어떻게 마무리가 되었는지 확인을 했어야 했다는 말이다."

사내는 무언가 말하려 입을 열려고 했지만 어둠 속의 노인이 더 빨랐다.

"알고 있다. 그럴 정신이 아니었겠지! 그래서 본 교는 아쉬울 뿐이다. 이로써 확신없이 악마금을 추적할 수 없게 되었으니 말이다. 지금 본 교의 사정은 주저앉을 대로 앉은 상황. 그에 소비할 여력이 없다. 쯧쯧!"

말을 끝으로 '끼이익!' 거리는 소리가 암흑 속을 흔들어놓았다. 그걸로 사내는 앞의 단상에 앉아 있는 노인이 의자에서 일어났다는 것을 알 수 있었다.

"그만 가서 쉬게. 취조까지는 아니지만 아픈 사람을 불러서 미안하네."

"아닙니다."

암흑 밀실에서 문을 열고 나온 현령은 눈살을 찌푸렸다. 찌를 듯한 가을 햇볕이 강렬하게 느껴졌기 때문이다.

그는 자신의 막사로 향하며 통천 장로의 말대로 운이 좋았다고 느꼈다. 그날 음폭에 당한 후 깨어났을 때 본능적으로 반대편으로 향하지 않았다면 어떻게 됐을지 몰랐을 테니까. 악마금이 살았는지 죽었는지는 모르겠지만 분명 다시 한 번 격전을 치렀을 것이다. 그리고 가능성이 높은 것은 지금처럼 숨을 쉬고 있지 못했을 거라는 점이다. 어쩌면 그 또한 수많은 동료처럼 바닥에 뒹군 채 불에 그슬려 형체를 알아보기 힘든 고깃덩어리가 되어 있었을 것이다.

문득 걸음을 옮기던 그가 몸을 떨었다. 그날 있었던 지옥의 야차와도 같은 악마금의 모습이 떠올랐기 때문이다.

그는 지금 생각해도 믿어지지 않았다. 수십 평생 무공만 익혔던 흑룡사와 적룡사의 수백 명의 고수들이, 그것도 암습으로 부상당한 한 명을 상대로 전멸했다는 것이!

"다시는 그런 자와 부딪치기 싫다!"

중얼거림은 가슴에서 우러나오는 솔직한 그의 심정이었다.

유일한 생존자 현령의 취조를 끝으로 만월교의 장로 회의가 열렸다. 밀실에 참가한 인원은 모두 여섯 명! 교주를 포함해 총 열 명이 모였어야 할 자리는 한산하기만 했다. 악마대 척결 계획으로 유용과 구로, 공손손이 죽었고, 황룡사를 이끌며 여경(余慶) 연합과 부딪쳤던 제오장로인 양상화도 전사했기 때문이다. 그러니 회의 분위기는 차갑게 가라앉아 있을 수밖에 없었다.

"여경 연합이 무너지면서 그곳의 모든 문파들이 우리에게 항복을 선언했습니다. 그곳에 있던 장양문과 진타문, 토록방 등 일곱 개의 문파에서도 약간의 고수들을 지원해 주었기에 큰 피해는 없었습니다."

화령의 말에 교주가 무표정한 얼굴로 물었다.

"피해가 전혀 없을 수는 없겠지?"

화령이 난처한 듯 대답했다.

"네, 황룡사에는 이백 명의 사상자가 났습니다."

"흠!"

여기저기에서 침음성이 들려왔다. 여경에서 연합을 구성하던 문파는 총 서른네 개. 그들과 정면으로 부딪쳤으니 작은 피해일 수도 있겠지만 지금 만월교의 전력을 따진다면 그 이백 명의 손실은 엄청난 것이었다.

분위기가 계속 가라앉자 화령이 그나마 희소식을 전했다.

"이번 여경의 전투로 인해 단목문과 혈천문에서도 화해를 청하며 우리와 귀주 통합에 동참하겠다는 의사를 밝혀왔습니다. 이로써 남은 연합은 하나! 천주(天柱)입니다."

그러자 통천이 입을 열었다.

"천주 연합에 소속된 문파는 모두 스물세 곳이라 들었소. 그렇다면 이제 귀주 통합은 거의 이루어진 것이나 진배없군요."

"그렇습니다만 문제는 이제부터가 아니오?"

불만스러운 말을 내뱉은 자는 성격 급한 마영이었다. 모두 돌아보자 그는 분노를 숨기지 않고 입을 열었다.

"흑룡사 전멸, 적룡사 팔백 명, 그리고 황룡사 이백 명이 사라졌습니다. 남은 전력은 적룡사 이백과 황룡사 팔백 명이지요. 그리고 장로님들이 따로 임무를 맡아 고른 정예가 천오백 명. 교주님의 독립 호위대가 오백 명. 모두 합쳐 지금 우리 만월교의 전력은 모두 삼천 명밖에 안 된다는 것입니다. 예전과 비교한다면 거의 절반으로 준 셈입니다. 거기에 악마대 오백 명의 손해를 생각한다면 삼분지 일로 줄었다고 해도 과언이 아니지요. 아니, 그 이상의 힘이 떨어져 나갔다고 보여집니다. 이 상황에서 귀주 통합은 무의미합니다."

"의미가 전혀 없지는 않지요. 우리의 첫 번째 목표가 귀주 통합이었으니까요."

흑설랑의 말에 마영이 버럭 소리를 질렀다.

"통제 능력이 없는데 통합한다고 능사가 아니니까 문제지요."

회의실에 잠시 침묵이 흐를 수밖에 없었다. 안 그래도 분위기가 좋지 못한 상황에서 마영의 현실적이면서도, 직접적인 말에 더욱 가라앉게 되었던 것이다.

한참 후 묵묵히 장로들의 말만 듣고 있던 모양야가 입을 열었다.

"지금부터 중요한 것은 단 한 가지입니다."

모두 궁금증을 드러내며 그에게 시선을 모았다.

"무엇입니까?"

"보안 유지."

"보안 유지?"

마영이 고개를 갸웃거리자 모양야 장로는 고개를 끄덕이며 설명했다.

"마영 장로의 말씀대로 현재 본 교의 힘은 예전의 삼 할 정도밖에 되질 않소. 그렇다면 귀주가 통합된다 하더라도 우리의 통제가 이루어지질 않지요. 하지만 그것은 우리의 힘이 약해졌을 때, 그리고 그것이 알려졌을 때의 이야기입니다."

"그렇지요. 그렇다면 모양야 장로님의 말씀은 우리의 전력을 숨기자는 말씀이십니까?"

"그렇습니다. 외부에 알려지지만 않는다면 문제가 없지 않소? 다행인 것은 지금까지 우리 만월교에 대한 정보가 외부로 빠져나가지 않았다는 거지요. 귀주는 우리의 힘을 예측하기 힘들 겁니다. 여기서 문제는 앞으로도 그렇게 해야 하며, 더욱 보안 유지에 철저해야 한다는 것입니다."

"흠!"

모두 수긍하며 생각에 잠기기 시작했다. 그때 교주가 모양야의 말에 동조를 하며 나섰다.

"옳은 말이다. 지금 와서 포기할 수는 없는 노릇! 지금부터 교 내의 정보를 담당하고 있는 모든 고수들을 외부로 돌리고, 책임자인 통천 장로 또한 그에 책임을 진다. 통천 장로는 화령 장로와 힘을 합쳐 당분간 교 내의 모든 정보를 막아라."

"존명!"

"그리고 언제까지나 이렇게 있을 수는 없는 노릇! 수련 중에 있는 고수들은 몇 명이나 있지?"

그러자 통천이 재빨리 대답했다.

"삼천 명 정도의 재질이 뛰어난 아이들이 있습니다만 지금 당장 쓸 수 있는 자들은 오백 명도 안 됩니다. 아직 십 년은 더 지켜봐야 합니다."

"흠, 어쩔 수 없구나!"

약간은 실망한 교주는 고개를 저으며 모양야에게 말했다.

"오늘부로 남은 전력을 다시 구성한다. 흑룡사가 전멸한 만큼 그대로 놔둘 수는 없겠지. 그에 대해서는 모양야 장로가 책임지고 인원과 실력을 구별하여 체계적인 단체를 만들어라!"

"알겠습니다."

"그리고 남아 있는 연합이 천주라고 했지?"

"그렇습니다."

"그곳에 사신을 보내 항복을 권유해 보아라. 지금 거기까지 힘을 뺄 수는 없다. 그것은 화령 장로가 맡는다."

"존명!"

"귀주 통합이 온전히 이루어진다면 우선 안정을 되찾는 것이 급선무다. 그러기 위해서는 귀주에 있는 모든 문파를 하나로 묶는 수밖에 없겠지. 천주의 항복을 받아내는 즉시, 모든 문파의 수장들에게 전서를 띄워 우리 만월교가 수장이 아니라 같은 길을 걸어가는 문파의 하나라는 인식을 심어줘야 한다. 그렇기에 내가 직접 귀주를 돌며 문파 하나하나 찾아가 문주들과 이야기를 나눌 것이다. 그에 대한 준비는 마영 장로가 하거라!"

그러자 마영이 약간 걱정스러운 표정으로 슬며시 물었다.

"하지만 교주님, 귀주에 속한 문파 수는 엄청납니다. 모두 찾아가기에는 시간이……."

마영의 말을 화령이 급히 끊었다.

"그 시간이 우리 만월교에 천금이 될 것입니다. 교주님의 모습을 보여줌으로 만월교의 위용을 살리고, 그러는 사이 우리는 잃었던 힘을 다시 회복할 수 있으니까요. 그리고 다른 마음을 품을 수 있는 문파를 애초에 막을 수도 있습니다."

"흠!"

고개를 끄덕인 마영이 즉시 고개를 숙였다.

"명을 받들겠습니다."

막힘없는 교주의 명령 덕분에 모두 안도의 표정을 지었다. 막막한 사정이 한 번에 풀리는 느낌이 들었던 것이다.

잠시 후 흑설랑이 무언가 생각난 듯 좌중을 보며 물었다.

"그런데 모양각은 어떻게 되었습니까?"

그러자 화령이 고개를 저으며 한숨을 흘렸다.

"계획적으로 숨어버렸습니다. 찾으려 한다면 못 찾을 것도 없겠지만 시간과 그에 들어갈 인력이 부족한지라······. 그리고 크게 위험한 놈들은 아니라 판단했기에 수색을 중단한 상태입니다."

"흠, 그래도 정보력 하나는 대단하니 그에 대한 대비도 해놓는 것이 좋을 겁니다."

"알겠습니다. 그쪽으로도 신경 쓰겠습니다."

　　　　　*　　　　*　　　　*

대방 남쪽 천인장(天人莊)은 얼마 전 땅으로 귀주에서 다섯 손가락 안에 드는 거부(巨富)인 양강(良薑)이라는 노인이 산 곳이다. 벌 만큼 번 돈으로 노후 대비를 위해 경치 좋은 대방에 천인장을 금화 삼천 냥이라는 거금을 들여 샀다. 하지만 그 뒤에는 보이지 않는 세력이 양강을 밀어주고 있었고, 천인장이 바로 그 세력의 본거지가 되었다.

천인장 내원 밀실에 검은 복면을 쓴 사내가 부복해 있었다. 그리고 그 앞에는 장난기 가득한 표정의 여인이 태자의에 앉아 있었다. 그들은 모양각의 제일사 묘강과 제이사였다.

놀랍게도 그녀는 다른 곳에 숨지 않고 대방으로 다시 와 있었다. '등잔 밑이 어둡다'라는 말을 착실히 이용한 셈이었다.

"어떻게 됐어?"

묘강의 말에 복면인이 음침한 웃음을 흘렸다.

"흐흐, 계획대로 된 모양입니다."

"그럼 악마대의 전멸?"

"그렇습니다."

"악마금은?"

"그에 대해서는 자세히 알아볼 수 없었습니다. 만월교에서도 의문만 남기고 조사를 매듭지었으니까요."

"그럼 네가 생각하는 결과는 어떤 거야?"

"글쎄요. 그 일대가 모조리 불에 타버려서 시신조차 구별이 힘든 실정입니다. 하지만 불을 질렀다는 자체가 수상하지요."

"수상하다……."

말끝을 묘하게 흘린 묘강이 흥미롭다는 표정을 지었다.

"그럼 살아 있을 가능성이 높겠네?"

"그렇습니다."

"그런데 왜 만월교에서는 조사를 중단했지?"

"인력이 없겠지요. 그보다 더 중요한 문제가 닥쳤으니까요."

"역시 세력이 급격히 줄었던 거겠지?"

"그렇습니다. 지금까지 모아둔 정보에 의하면 예전의 절반 이하로 줄어 있을 겁니다. 그 상황에서 악마대까지 없으니 엄청난 타격이겠죠. 가장 큰 타격은 역시 악마금이 사라진 것과 그를 처단하기 위해 파견된 사백여 명의 절정고수들을 한 번에 잃은 것입니다."

"호호호, 점점 재밌어지겠네!"

"흐흐, 그럴 겁니다. 어떻게 하실 생각이십니까?"

"어떻게 했으면 좋겠어?"

"만월교의 행동으로 보아 자신들이 가진 전력을 철저히 숨기려는 의도가 보이는데, 그렇게 된다면 조만간 귀주는 그들의 손에 넘어가게 되어 있습니다. 막는 것이 좋지 않겠습니까?"

"글쎄……. 귀주가 그들 것이 된다 하더라도 빛 좋은 개살구 아닐까? 먹지도 못할 먹이를 쥐고만 있는 격이기도 하고."

"그렇기는 합니다. 그럼 일사 생각은?"

"좀 더 지켜보도록 하지."

"그럼 만월교에 귀주를 넘길 생각이십니까? 우리가 조금 위험해질 수도 있는데요."

"아니, 우리가 위험해질 이유는 없지. 그동안 만월교 때문에 엄청난 피해를 입었으니 오히려 이번 기회에 보상받을 수 있을 거야."

순간 복면인의 눈빛이 흔들렸다.

"위험한 생각이군요. 만만한 자들이 아닙니다."

"당연히 만만하지는 않겠지. 하지만 앞뒤 분간 못하는 멍청이도 아니니 오히려 우리가 이익을 챙길 수 있어. 우선 그들이 귀주를 삼킨 후에 조심스럽게 교섭을 해봐. 대가는 그간 우리에게서 가져갔던 정보에 대한 금전적인 보상과 따로 금화 이십만 냥, 그리고 앞으로 모양각이 성장하는 데 전폭적인 지원을 해준다는 약속이야."

"우리는 무엇을 줘야 합니까? 거래는 오가는 것이 있어야 하지 않습니까?"

그러자 묘강이 고개를 가로저었다. 그런 후 한심한 듯 복면인을 바라보며 말했다.

"이것이 거래라고 생각해?"

"……?"

"그런 생각은 집어치워. 난 협박을 하는 거야. 만약 조건을 들어주지 않는다면 그들의 세력이 얼마나 되는지에 대해 귀주에 있는 전 문파에 낱낱이 퍼뜨릴 거라고 전하면 돼. 머리가 있다면 앞으로 우리를 건드리지는 못하겠지."

"흐흐흐, 역시 상책이십니다. 그러면 이제부터 만월교에 붙을 생각이십니까?"

묘강은 고개를 저었다.

헷갈리는 그녀의 대답에 복면인이 의외라는 눈빛을 드러냈다.

"그럼……?"

"일시적인 지원 정도라고 해야 할까? 이득을 어느 정도 보면 기회를 봐서 몇몇 문파에 만월교에 대한 정보를 팔아야지. 만월교가 귀주를 완전히 통합하게 되면 우리는 위험할 뿐! 그 전에 싹을 잘라 버려야 하지 않겠어?"

"흠! 그때쯤이면 또다시 혈풍이 불겠군요."

"그렇겠지. 우선 어느 정도 힘이 받쳐 주는 문파 몇 개를 알아봐! 훗날 그들에게 정보를 넘기면 재밌는 일이 벌어질 거야."

"재미있는 일?"

"그래, 귀주의 집안 싸움이 벌어질지도 몰라. 드러나지 않게 은밀한 싸움이 시작되겠지. 만월교와 귀주의 싸움이 아니라 귀주를 삼키기 위한 춘추전국 시대가 열릴 거야."

말과 함께 묘강은 기대감을 드러내며 웃었다.

"호호호, 그런 사태가 벌어진다면 당연히 정보 집단이 돈을 벌게 되고, 다시 한 번 모양각은 성장하겠지……."

제6장
운남으로 가는 길

악마금은 공손손과 헤어진 후 작은 마을 약방에서 오 일간 더 치료를 한 후 당황으로 출발했다. 당황은 예전 해화에게서 들었던 곳으로 정말 그녀의 말처럼 경치가 좋고, 사람 좋은 곳인지 궁금해서였다. 그녀의 말과 같다면 당분간 거기에서 자리를 잡을 생각이었다.

보름 만에 귀주의 경계를 넘어 곡정(曲靖) 입구에 도착한 그는 허기를 달래기 위해 성문으로 향했다. 공손손에게 약간의 돈을 받기는 했지만 넉넉하지는 않았다. 그러니 이틀 동안 건량만으로 허기를 채울 수밖에 없었고, 입고 있는 옷 또한 마을에서 농민들이 흔히 입는 것이었다. 지금에 이르러서는 오랜 여행으로 인해 옷이 상당히 지저분해져 있었다. 내공까지 상실했으니 피곤하고 초췌해 보이는 것은 어쩔 수 없었다.

당황 성문으로 가기 전에 개울가에 비친 자신의 모습을 보았던 악마금은 다리 밑으로 내려가 얼굴을 씻기 시작했다. 늦가을, 겨울이 조만간 다가올 추운 시기였지만 운남의 날씨는 귀주보다 더욱 따듯했기에 상관없었다.

그나마 조금 깔끔해진 악마금은 머리까지 다듬고서야 성문으로 향했다. 고급스런 복장과 뛰어난 외모는 사람들의 시선을 끌지만 반대의 경우도 사람들의 시선을 끌 수 있었기 때문이다.

성문에 도착하자 관군 네 명이 조각상처럼 우뚝 서 있고, 지나다니는 사람들을 바라보고 있었다. 크게 눈에 띄지 않는 악마금이었기에 무사히 성문을 통과한 후 식당이 많은 번화가로 걸어갔다. 대부분의 번화가는 도시의 중앙에 위치하기 마련. 그렇기에 성문에서 직선으로 연결된 대로를 따라 걸었다. 역시 그의 생각대로 반 시진 정도를 걷자 사람들이 북적거리기 시작하더니 잠시 후 술집과 노점상, 그리고 식당이 거미줄처럼 뒤엉켜 있는 거리가 나왔다.

문득 악마금의 눈을 끄는 장면이 있었다.

콰당탕!

무언가가 부서지는 소리와 함께 자판 위를 뒹구는 동전들!

그 앞에는 겁에 질린 아이가 눈물을 찔끔거리며 무언가를 품속에 품고 있었다. 그리고 그 아이 주위로 네 명의 장한이 험악한 인상을 쓰며 위협적인 모습을 보이고 있었다. 악마금의 추측으로는 장한들은 이 거리에서 노점상을 상대로 돈을 뜯는 건달패들이고, 아이는 허락없이 장사를 한 것 같았다.

"며칠 전에 분명히 말했는데. 우리 말이 말 같지가 않나, 꼬마?"

"죄, 죄송해요. 하지만 배가 너무 고파서……."

"닥쳐!"

멀찍이 떨어져 그들의 대화를 들은 악마금은 자신의 생각이 맞다는 것을 확신할 수 있었다. 이제 열네 살 정도 되어 보이는 아이는 그의 말대로 며칠을 굶었는지 쾡 하니 들어간 볼이 보기 안쓰러울 정도였다. 하지만 악마금은 그런 사소한 일에 신경 쓸 정도로 여유롭지 못했다. 그래서 막 지나치려는데 아이가 품속에 품고 있는 물건을 보았다.

"어, 저건?"

검게 빛이 바래 반짝이는 피리! 그것이 눈에 들어오자 악마금의 마음이 슬며시 변하기 시작했다. 그리고 자신의 어릴 때 기억이 문득 떠올랐다. 거리에서 연주를 하며 행인들을 상대로 돈을 벌었던 아련한 기억이…….

결국 악마금은 귀찮은 일에 끼어들었다.

"아직 어린아이인데 너무하지 않소?"

그러자 장한 하나가 악마금을 쳐다보았다. 약간 움찔한 것 같았으나 그의 초라한 행색을 보더니 이내 눈을 부라렸다.

"괜스레 나섰다가 험한 꼴 당하기 싫으면 꺼져라!"

그 말에 악마금이 피식 웃었다. 그것에 기분이 나빠진 장한 하나가 빠르게 악마금에게 달려들며 주먹을 내질렀다.

비록 내공을 상실하기는 했지만 어릴 때부터 수많은 수련으로 단련된 악마금이었다. 게다가 호신술부터 수많은 권각법에 검도봉술 등을 익혀왔으니 동네 건달패의 주먹에 맞아줄 리가 없었다. 가볍게 주먹을 흘리고 장한의 허벅지에 무릎을 올렸다.

푹!

큰 소리는 아니었지만 충격은 소리에 반비례했던 모양이다. 허벅지를 찍힌 장한이 답답한 신음을 흘리며 뒤로 급히 물러섰다. 절뚝거리는 그를 뒤로하고 남은 세 명의 건달이 다시 악마금에게 우르르 달려들었다. 하지만 그들 또한 악마금의 상대는 아니다. 가볍게 몇 대를 얻어맞고는 모두 바닥을 뒹굴었다. 처음 허벅지를 맞았던 장한에게 마지막 입가심으로 날린 악마금의 일격으로 상황은 완전히 종료되었다.

"괜찮냐?"

악마금이 바라보자 아이가 멍한 표정으로 고개를 끄덕거렸다. 그러자 악마금이 바닥에 떨어진 동전들을 보며 고개로 가리켰다.

"힘들게 번 돈인데, 주워라."

"아! 아, 네! 고맙습니다."

급히 정신을 차린 아이가 동전을 줍기 시작하자 싸움 구경을 하기 위해 원을 그리고 있던 사람들이 물러서며 갈 길을 가기 시작했다. 아이가 돈을 주워 손에 모았다. 그리 많은 돈은 아니었다. 그것을 바라본 악마금이 아이의 소매를 갑자기 잡아끌었다. 갑작스런 그의 행동에 아이가 놀라며 적개심을 드러냈다.

"왜, 왜 이러세요?"

"배고프지 않나?"

"고, 고프지만……."

"따라와라, 내가 사지."

그제야 안도의 한숨을 쉰 아이는 진심이 배인 투로 입을 열었다.

"감사합니다."

"그따위 소리는 집어치워, 비싼 건 못 사니까."

그들이 들어간 곳은 싸움이 일어났던 장소에서 꽤 멀리 떨어진 곳이었다. 이 층으로 된 식당으로, 현관에는 가가반점(可嘉飯店)이라고 적혀 있었다. 식당은 일층과 이층으로, 중앙이 탁 튀어 있어 이층의 손님들이 난간을 통해 일층을 한눈에 내려다볼 수 있는 구조였다.

식당에 들어선 그들을 반기던 점소이가 악마금과 아이의 행색을 보고는 가장 구석 자리를 내주었다. 그것이 기분 나쁠 수도 있겠지만 악마금은 자신이 드러나는 것이 내키지 않았기에 묵묵히 지정해 준 자리에 앉아 주문을 했다.

"소면 두 그릇!"

"잠시만 기다리십시오."

퉁명스레 대답하고 사라지는 점소이를 일별한 악마금이 물었다.

"피리를 들고 있던데, 어디에서 배웠냐?"

"아버지에게 배웠어요."

"아버지?"

"네!"

"아버지는 무엇을 하기에 네가 거리에서 돈을 벌고 있나? 아직 돈을 벌 나이는 아닌 것 같은데?"

"두 달 전에 돌아가셨어요."

약간 어두워진 표정 다음으로 눈물이 글썽거렸다. 하지만 상관하지 않은 악마금이 계속 물었다.

"어머니는?"

"삼 년 전에……."

"흠! 고아냐?"

"네. 하지만 상관없어요. 어차피 인생은 혼자 사는 거잖아요."

어른스러운 그 말에 악마금이 불현듯 실소를 머금었다.

"갈 곳은 있나? 잠은 어디에서 자지?"

"예전에 아버지랑 같이 살던 초가가 있는데, 잠은 숲 속에 있는 사당에서 자요. 거기가 밤에는 따뜻하거든요. 썩은 나무도 많아서 불을 피우기도 편하고요."

"적응이 빠르군!"

그때 소면 두 그릇이 나왔다. 악마금은 소면을 먹으면서도 아이에게 간간이 질문을 던졌다. 아이가 악기를 다룰 줄 안다는 것에 약간의 동질감이 느껴졌던 것이다. 사실 힘든 여행 동안 사람과 대화할 기회가 없었기에 쏠쏠한 재미가 있기도 했다.

"앞으로는 무엇을 할 생각이냐?"

"……!"

"보아하니 아까 그 거리에서는 연주를 못하겠던데, 다른 특기 같은 것은 없냐?"

"……!"

"흠!"

잠시 생각에 빠진 악마금이 놀라운 제안을 했다.

"나를 따라갈 생각은 없냐?"

순간 아이의 눈이 동그래졌다.

"혀, 형을 따라가요?"

"그래."

"어디에 가는데요?"

"당황이라고 들어봤냐? 운현에서 오십 리 떨어진 곳에 있다던데."

"아! 운현은 알고 있어요. 그런데 거기에 가서 뭘 하시려고요?"

"글쎄……. 아직 특별히 정한 건 아니지만, 사실 나도 악기를 조금 다룰 줄 알거든. 그래서 아이들을 가르쳐 볼까 생각 중이다. 글도 조금 읽었으니 학당을 열어도 좋고."

그러자 아이는 의외라는 듯한 시선을 던져 왔다. 그 시선에 기분이 나빴던 악마금이 인상을 쓰며 물었다.

"그 표정은 뭐냐?"

"아, 아니요. 아까 전에 보니 싸움을 엄청나게 잘하시던데, 악기하고 글을 배웠다는 말이……."

"믿어지지 않는다는 거냐?"

아이는 찔끔거리며 고개를 끄덕였다.

"믿든 안 믿든 그건 네 마음이고, 특별히 여기에서 할 일이 없다면 긍정적으로 생각해 봐. 여행 중 잡일은 네 차지일 테니 편한 생활은 보장할 수 없다."

솔직한 그 말에 오히려 믿음이 갔는지 아이가 선뜻 고개를 끄덕였다.

"굶지는 않겠죠?"

"그야 모르지."

약간 실망한 아이의 시선. 하지만 곡정에 있는 것보단 나을 것이라 생각했는지 흔쾌히 승낙했다.

"알겠어요."

"그럼 통성명이나 하지. 이름은?"

"장타(長打)요."

"장타?"

"네, 아버지가 지어주신 이름인데, 제가 크게 한탕 할 인물이래요."

그러자 악마금이 피식 미소를 지었다.

"훗, 재밌는 이름이군."

"뭐가 재밌는 이름이에요! 아버지가 지어주신 건데……. 그럼 형 이름은 뭐예요?"

순간 악마금은 난감한 표정을 지었다. 갑작스런 질문에 자신의 이름이 없다는 것을 알았기 때문이다. 악마금이야 만월교에서 지어진 이름이니 이제는 버려야 했다. 머뭇거리던 악마금의 행동에 아이가 고개를 갸웃거렸다.

"헌원지!"

자신이 말하고도 약간 어색했던지 악마금이 얼굴을 붉혔지만 장타는 믿는 모양인지 고개를 끄덕였다.

"좋은 이름이네요."

괜스레 어색해진 악마금이 소면을 먹으며 말했다.

"오늘은 네가 사는 곳에서 쉰 후 내일 아침 일찍 떠날 테니 많이 먹어둬!"

그들은 급히 식사를 해결한 후 성 밖으로 나와 동쪽 숲으로 향했다. 장타의 집도 상당히 먼 곳이었지만, 그가 잠을 자는 사당은 그보다 훨씬 먼 곳이었다. 성에서 이십 리나 걸어서야 도착할 수 있었던 것이다.

"이렇게 먼 곳에서 성까지 매일 왔다 갔다 한 거냐?"

"네! 이제 다 왔어요. 저곳이에요!"

아이가 가리키는 곳을 보자 그의 말대로 길 옆으로 조금 떨어진 숲에 관리가 소홀했는지 거의 쓰러져 가는 사당 하나가 눈에 들어왔다. 하지만 사당 앞에 열다섯 명의 건장한 사내가 지키고 있는 모습이 먼저 눈을 자극했다.

"누구냐?"

"글쎄요. 여행객들인가?"

말을 하며 사당으로 걸어가자 사내들이 여행객들이 아님을 알 수 있었다. 그중 두 명은 악마금과 장타도 알고 있는 자였기 때문이다. 바로 성내에서 악마금에게 혼이 났던 건달들이었다.

"저, 저 녀석입니다."

건달의 겁에 질린 듯한 말에 열세 명의 장정이 몽둥이를 하나씩 들고 일어서며 악마금과 장타를 둘러싸기 시작했다. 그중 몽둥이가 아닌 검을 들고 있던 자가 험악하게 인상을 쓰며 악마금에게 물었다.

"네가 동생들을 두들겼냐?"

상정이 어떻게 돌아가는지 대충 짐작한 악마금이 고개를 삐딱하게 꼬며 미소를 지었다.

"그렇다면?"

"저 아이들이 누구인지, 그리고 내가 누구인지 알고 있나?"

"내가 그런 걸 어떻게 아나?"

"이 지방 녀석이 아닌 모양인데…… 그렇다면 기회는 있지."

"……?"

"무릎 꿇고 사과하면 그냥 넘어가겠다. 그리고 싸움 실력이 상당한 것 같은데 내 밑으로 들어와라. 그럼 충분히 대우해 주마!"

그러자 악마금이 키득거렸다.

"크크큭, 나보고 비천한 건달패가 되라는 말이냐?"

"뭣? 죽고 싶나?"

"죽여봐!"

말과 함께 악마금이 자세를 잡았다. 하지만 내심 상당히 긴장하고 있었다. 무공을 익히기는 했지만 그것은 내공이 뒷받침될 때의 이야기. 아무리 난다 긴다 하는 초식을 많이 알고 있다 하더라도 보통 사람의 체력밖에 나질 않았다. 그러니 열다섯 명을 상대하기에는 무리가 있을 것 같았기 때문이다. 거기다 상대들은 산전수전 다 겪은 건달들. 이런 집단전에는 이골이 난 녀석들일 것이다.

생각과는 달리 느긋한 듯 방어 자세를 잡자 말을 걸었던 사내가 눈살을 찌푸리며 검을 뽑았다.

"정말 싸울 생각인 모양인데, 난 내게 저항하는 놈을 살려둔 적이 없다. 그래도 좋으냐?"

"말 많은 놈치고 실력 있는 놈을 못 봤지."

"뭣!"

악마금의 말에 불같은 노성을 지르며 사내가 검을 들고 달려들었다.

드드드드득—!

곡정으로 가는 대로를 마차 다섯 대가 나란히 지나가고 있었다. 그리고 마차 주위로 말을 탄 이십여 명의 사내가 호위하는 형식으로 마차를 보호하고 있는 모습이 엄정했다. 모두 한참 동안 달려왔는지 제대로 된 속력은 내지 못하고 있었다. 말까지 헐떡거리며 늑장을 부리고 있으니 어쩔 수 없을 것이다.

해가 서서히 저물어갈 때쯤 가장 선두에서 달리는 마차 마석에 앉아 있던 노인이 뒤따라오는 마차를 바라보았다.

붉은 비단 장포를 입은 그의 외모는 상당히 특이했다. 아니, 외모야 보통 인자한 노인의 그것과 같지만 복장이 특이하다는 말이 맞았다. 사내가, 그것도 이제 백발이 다 되어가는 노인이 묘족의 젊은이들이 즐겨 하는 귀걸이를 달고 손에는 반지, 목에는 진주 목걸이까지 주렁주렁 차고 있었기 때문이다. 오랜 시간 동안 마차를 타고 왔는지 머리에는 흙먼지가 수북히 쌓여 있었지만, 전체적으로 풍기는 분위기는 상당히 고풍스러움을 자아내고 있었다.

"조금 쉬었다 가는 것이 어떻겠습니까?"

노인의 근심스런 말에 뒤따라오던 마차 안에서 여인이 부드러운 목소리로 대답했다.

"좋을 대로 하세요, 유 총관님!"

"알겠습니다. 그럼 쉴 만한 곳을 찾아보도록 하겠습니다."

말과 함께 선두 마차가 멈춰 서자 따라오던 네 대의 마차와 호위들도 말을 멈춰 세웠다. 노인이 호위들에게 명을 내렸다.

"얼마나 더 가야 할지 모르니 잠시 쉴 만한 곳을 찾아보거라. 우선 말들을 쉬게 하고 허기를 채울 수 있는 장소면 된다."

"알겠습니다."

말과 함께 이십 명의 호위는 사방으로 흩어졌다. 그때 두 번째 마차 문이 열리며 열여덟아홉 살 정도 되어 보이는 홍의 여인이 모습을 내비쳤다. 여인이라기보다는 소녀에 가까운 앳된 외모, 옅은 화장에 붉은 입술이 소녀의 외모에 어울리지는 않았지만 어색한 아름다움이 있었다. 그리고 차분해 보이는 눈이 보는 사람까지 안심하게 만드는 힘이 있는 듯했다.

"유 총관님, 어디까지 왔죠?"

"글쎄요……? 워낙 오래 달렸는지라 거리 감각을 잊어버린 지 오래되었습니다. 다음 목적지는 곡성인데, 말들이 지친 만큼 쉬어가는 것이 나을 것 같습니다. 힘들지는 않습니까?"

"저는 상관하지 마세요. 이 정도도 못 견딘다면 무공을 익혔다고 할 수 없죠."

"하지만 무공과 여행은 별개입니다. 체력과도 다르죠."

그 말에 여인의 고양이 같은 눈이 가늘어졌다. 보이지 않을 정도로 가늘게 뜬 눈이 그녀의 기분이 상당히 좋다는 것을 나타내고 있었다.

"호호, 언제나 저를 어린아이 취급하시는군요!"

"허허허, 제가 그랬습니까? 하지만 어릴 때부터 봐왔으니 어쩔 수 없지요."

그들이 이야기를 나누고 있을 때 갑자기 급한 표정의 무사가 달려와 노인에게 보고를 올렸다.

"저 숲에 사당이 하나 있습니다. 하지만 약간의 문제가……."

"문제라니?"

"싸움이 일어났습니다."

"뭐? 누가 말인가? 무림인이던가?"

"실력으로 보아 아닌 것 같습니다. 건달패들인 것 같은데…… 쫓아 버릴까요?"

"그러게!"

그러자 옆에 있던 홍의 여인이 급히 말렸다.

"아니, 같이 가요."

"어찌 그런 말씀을 하십니까? 건달들의 마구잡이 싸움은 볼 것이 못 됩니다. 먼저 쫓아버린 후 가십시오."

"아니에요. 사부님의 말씀이 모든 싸움에는 정수가 있고, 배울 점이 있다고 하셨어요. 건달들의 싸움이 어떤 것인지 보고 싶어요."

그렇게까지 말하니 노인도 어쩔 수 없다는 듯 한숨을 쉬었다.

"알겠습니다. 모두 불러와라! 사당으로 간다."

그러자 홍의 여인이 그것까지 말렸다.

"그렇게 몰려가면 싸움 구경을 못하잖아요."

"허허허, 정말 아가씨는 못 말리겠군요. 알겠습니다. 그럼 저와 단 둘이 먼저 가보도록 하지요."

"고마워요, 유 총관!"

여인과 노인은 빠르게 경공술을 전개해 사당으로 달렸다. 하지만 상당한 실력을 자랑하는지 발걸음 소리는 들리지 않았다. 그리 멀지 않은 사당에 당도한 그들은 나무 위에 올라서 장내를 지켜보았다. 한눈에 보기에도 패싸움이 아닌 일방적으로 한쪽을 핍박하는 모양새였다.

원을 그리듯 덩치 큰 사내들이 두 사람을 둘러싸고 있고, 허름한 복장의, 조금 마르고 병자같이 아파 보이는 사내와 고급스런 복장을 뽐내는 검을 든 상대가 서로 공격과 방어를 하고 있었다.

순간 여인이 장내 한쪽에서 떨고 있는 아이를 발견하고는 인상을 찡그렸다. 그녀는 즉시 노인을 향해 전음을 보냈다. 전음이란 내공이 일 갑자는 있어야 가능했고, 특별히 그에 대한 수련도 해야 했다. 그것으로 보아 여인의 실력이 나이에 비해 비약적으로 높음을 알 수 있었다.

"보아하니 저기 마른 사내에게 여러 사람이 위협을 하는 것 같은데, 어떻게 보여요?"

"그런 것 같군요."

싸움 양상은 검을 든 사내에게 유리하게 돌아가고 있었다. 어느 정도 기본을 익혔는지 제법 격식에 맞게 마른 사내를 공격하고 있는데, 실질적으로 그의 장점은 약간의 내공을 실은 역검(力劍)이라는 것에 있었다. 반면 마른 사내 또한 밀리기는 했지만 만만치는 않았다. 약간이지만 내공을 사용하는 상대와 겨루게 되면 상당히 불리한 것이 사실. 그런데도 무기를 든 상대에게 권각술을 사용하고 있는데, 상당히 다채롭고 변화가 심해 빈틈을 보이지 않았던 것이다. 간혹 피할 수 없는 공격은 양손에 쥔 주먹만한 짱돌을 들어 막아내고 있었다. 하지만 승부는 점점 기울어지기 시작했다. 검을 든 사내가 내공을 사용하고 있으니 체력이 더 좋을 수밖에 없었고, 힘과 파괴력 또한 뛰어났다. 그러니 한참 동안 공격을 피해왔던 마른 사내는 지쳐 갈 수밖에 없다.

윙!

한참 공격과 방어가 이루어지는 가운데 검을 든 사내가 회심의 공격을 가했다. 지쳐 있는 상대의 어깨에 허점이 보였기에 횡으로 검을 내지른 것이다.

"크윽!"

온전히 피할 수 없었던 마른 사내의 입에서 신음이 터져 나왔다. 힘과 속력에 압도적인 적을 상대로 이만큼 버틴 것도 신기했지만, 아무튼 패배는 죽음일 뿐이었다.

"어떻게 할까요?"

마른 사내가 비틀거리며 뒤로 물러서는 것을 보고 노인이 전음을 보냈다. 그러자 여인이 피를 흘리고 있는 사내를 걱정스러운 듯 바라보고 있는 아이를 보며 입을 열었다.

"무슨 사정인지는 모르지만 이렇게 죽을 사람은 아닌 것 같아요. 저 아이와 아는 사람인 것 같은데……."

그 말을 끝으로 노인은 고개를 한 번 끄덕이고는 장내로 뛰어들었다.

"멈춰라!"

갑자기 장신구를 주렁주렁 달고 있는 늙은이가 나타나자 사내들이 움찔거리며 뒤로 물러섰다. 검을 들고 있는 사내가 곧 있으면 쟁취할 수 있는 승리를 방해한 노인을 바라보며 인상을 구겼다. 하지만 이내 표정을 풀었다. 허리에 검을 차고 있는 것이 눈에 들어왔기 때문이다. 이런 노인이 검을 들고 있다면 분명 무림인이었고, 겉멋만 든 노인이 아니라면 그 나이만큼이나 실력이 있을 것이었다.

"노인은 뉘신데 우리 일을 방해하는 것입니까?"

사내는 평소의 건달패들이 쓰는 말투를 버리고 제법 정중히 물었다. 그러자 노인이 슬며시 미소를 지으며 대꾸했다.

"보아하니 무슨 사정이 있는 것 같은데, 저 정도 상처면 충분하니 그만 돌아가는 것이 어떻겠나?"

"그럴 수는 없습니다."

"그럼 어떻게 하겠다는 겐가?"

사내는 선뜻 할 말이 없는지 대답을 하지 못했다. 그러자 노인이 다시 입을 열었다.

"세상에 사람을 죽일 정도의 일은 없다고 보네. 보아하니 힘 꽤나 쓰는 자들 같은데, 무엇 때문에 힘도 없는 사람을, 그것도 여러 명이서 위협을 하는 겐가. 그만 하고 돌아가게."

그때 비틀거리던 사내가 갑자기 말했다.

"노인은 빠지시오."

"뭐?"

노인은 황당한 표정으로 마른 사내를 돌아보았다. 어깨에 피가 흘러 소매를 모두 적시고 있는데도 전혀 겁먹은 표정이 아니었던 것이다. 피와 함께 살아가는 무림인이 아닌 이상 사람이라면 피를 보는 것만으로도 겁을 먹는 것이 대부분이었다.

'무림인이었나? 하지만 내공이 전혀 없지 않은가!'

잠시 혼란한 마음에 노인은 갈등할 수밖에 없었다. 그의 말대로 비켜야 할지, 아가씨의 명대로 도와주어야 할지를 결정할 수 없었던 것이다. 하지만 몸이 본능적으로 반응했다. 마른 사내의 말에 잘됐다는 표정으로 급히 검을 든 사내가 몸을 날렸고, 노인이 그의 검을 손으로 잡아버렸다.

노인이 상관하지 않을 줄 알았던 검을 든 사내가 경악한 표정을 지었다. 자신을 막았다는 것에 대한 놀라움이 아니라 맨손으로 검신을 잡았는데 피가 나지 않는다는 것에서였다. 거기다가 검에 뿌리라도 박혔는지 노인의 손에서 꼼짝도 하지 않았다.

"더 이상 피를 볼 필요가 없을 것 같네. 저 아이의 보호자인 것 같은데 자비를 베풀게."

온화한 말투였지만 그 속에 담긴 힘에 건달패들이 한두 걸음씩 물러섰다. 검을 잡힌 사내도 자신이 어떻게 할 수 있는 상대가 아니라는 것을 직감적으로 알아차리고는 고개를 끄덕였다. 하지만 이대로 가기는 찜찜한지 마른 사내에게 한마디 하는 것을 잊지 않았다.

"오늘 이 어르신 때문에 목숨을 건진 줄 알아!"

그러자 마른 사내가 바로 대꾸했다.

"내가 할 소리. 노인이 끼어들지만 않았어도 넌 죽었어."

그 말에 장한이 다시 살기를 드러냈지만 노인이 뻔히 보고 있었기에 어쩔 수 없이 몸을 돌렸다.

"돌아가자!"

그들이 사라지자 노인이 마른 사내를 보며 물었다.

"어깨는 괜찮은가?"

"신경 쓰지 마십시오. 그리고 다음부터는 괜스레 남의 일에 참견하는 짓 따위는 하지 않는 것이 좋을 거요."

"뭐?"

"당신만 아니었어도 저 녀석을 죽일 수 있었단 말이오. 모르지는 않을 텐데?"

"흠, 역시 임기응변이었군. 거리를 좁히기 위해 일부러 그랬을 것이라 생각했지만 너무 위험한 방법이 아닌가? 조금의 오차가 있어도 목이 달아날 수도 있지 않은가?"

"그건 내 문제. 아무튼 고맙다는 말은 하지 않겠소."

그러자 노인이 껄껄거리며 웃었다.

"허허허, 자네 참 배짱 하나는 끝내주는군! 내 실력을 안다면 운남에서 나에게 그렇게 말할 수 있는 자가 별로 없을 거네."

"내가 상관할 바 아니오."

그러면서 몸을 돌리는데 노인이 다시 물었다.

"이름을 알 수 있겠나?"

하지만 사내는 돌아보지도 않고 아직도 떨고 있는 아이에게 다가갔다. 그러자 그를 대신해 아이가 주문에라도 걸린 듯 기어들어 가는 목소리로 대답했다.

"헌원지라고 해요."

자신의 이름이 밝혀지자 악마금에서 완전히 헌원지라는 이름을 가지게 된 사내가 아이에게 쓸데없이 입을 놀렸다는 투로 말했다.

"내 이름 함부로 떠벌리지 마라. 한 번만 더 다른 사람에게 내 이름을 알린다면 입을 찢어버릴 테니까, 알겠나?"

차갑게 가라앉은 그의 눈빛을 보며 장타가 몸을 움츠렸다.

"아, 알겠어요."

"헌원지······. 좋은 이름인데 왜 그렇게 과민 반응을 보이는 겐가?"

헌원지는 역시 대답하지 않고 장타를 다시 한 번 노려보는 것으로 자신의 이름이 밝혀지지 않아야 한다는 것을 강조했다. 그러자 그때 나무 위에서 부드럽지만 차분한 여인의 음성이 들려왔다.
"아이가 거짓말을 한 것도 아닌데 왜 그렇게 화를 내는 거죠?"
잠시 후 나무 위에서 홍의를 휘날리며 아름다운 여인이 사뿐히 바닥으로 내려섰다. 하지만 악마금은 그녀에게 시선도 주지 않고 사당으로 향하더니 장타에게 말했다.
"해가 저물어가니 나무를 구해와라."
장타가 쪼르르 숲 속으로 사라져 버렸다. 그러자 무시를 당한 여인은 오히려 화사한 미소를 지으며 호기심을 담아 다시 헌원지에게 말을 걸었다.
"무림인인가요?"
"……."
대답없이 사당 안에 있는 담요를 푹푹 털던 악마금을 향해 몇 가지 질문을 더 했지만 역시 대답은 돌아오지 않았다. 그러자 노인이 고개를 절레절레 저으며 말했다.
"대답하기 싫은 것 같으니 그럼 부탁 하나만 하겠네. 우리는 귀주의 대방으로 가는 길이라네. 그런데 도중에 말이 지쳐서 잠시 쉬어갈 곳이 필요하네."
그제야 헌원지의 입에서 말이 튀어나왔다.
"그래서 이곳에 쉬겠다는 겁니까?"
"자네 집은 아닌 것 같지만 그래도 먼저 와 있으니 허락은 맡아야 도리가 아닌가!"
"그렇게 생각한다면 마음대로 하십시오. 우리도 내일 새벽에 떠날 겁니다."

"흠, 어디로 가는 길인가?"

"……."

헌원지는 자신의 신상에 관한 질문은 완전히 무시해 버렸다. 잠시 한숨을 쉬던 노인이 여인에게 말했다.

"잠시만 기다리십시오. 무사들을 데리고 오겠습니다."

"그렇게 하세요."

노인이 가자 때맞춰 장타가 나뭇가지를 한아름 들고 나타났다. 악마금은 그것을 사당 안에 있는 구리로 만든 큰 사향통에 넣고 불을 지폈다.

노인과 여인의 일행은 검을 차고 있는 이십 명의 호위 무사와 쟁자수, 마부 등 일꾼이 열 명이나 되는 대인원이었다. 그들과 같이 돌아온 노인이 명했다.

"우선 말에게 먹이를 주고 마차는 교대로 지켜라. 그리고 몇 명은 식사 준비를 하거라. 식사 후 반 시진 정도 쉬고 다시 출발한다."

분주히 사내들이 움직이고 있을 때 노인이 사당 안에서 보료를 깔고 누워 있는 헌원지에게 다가갔다.

"여기는 좀 따듯하군. 나이가 들어 뼈마디가 쑤시니 좀 자리를 차지하겠네."

"마음대로 하십시오."

"그럼 꽤 넓으니 한 명 더 추가해도 상관없겠지? 아가씨, 들어오십시오."

그러자 여인이 잠시 머뭇거리다 사당 안으로 들어서 바닥에 앉았다. 그리고는 악마금에게 말을 걸려다 이내 장타에게로 시선을 돌렸다. 말을 걸어봐야 대답도 하지 않으니 별수없었던 것이다. 그녀는 밖의 무사들이 분주히 움직이는 것을 호기심 가득한 눈빛으로 바라보는 장타에게 말을 건넸다.

"이름이 뭐니?"

화들짝 놀란 장타가 그녀를 힐끔 바라보더니 더듬거리며 말했다.

"장타라고 해요."

"좋은 이름이구나! 저분은 네 형이니?"

"아니요."

"그럼?"

장타는 대답 대신 고개를 저었다. 그것을 보고 여인이 의아함을 드러냈다.

"그럼 누구지? 어떤 관계야?"

장타가 이번에도 고개를 젓자 여인은 더욱 궁금증 가득한 얼굴이 되었다. 아무런 관계도 없고, 누구인지도 모르는 사람과 여행을 한다는 것이 이해가 가질 않았기 때문이다.

"정말 아무것도 모르니?"

"네. 오늘 처음 만났는걸요!"

"뭐? 오늘 처음 만났다고? 저분은 너와 함께 내일 새벽에 떠날 거라고 하던데, 모르는 사람과 어떻게?"

"글쎄요. 서로 마음이 맞았나 보죠."

장타의 어른스러운 말에 여인이 재밌다는 듯 웃음을 흘렸다. 그러자 이번에는 노인이 물었다.

"부모님은 안 계시냐?"

"네. 얼마 전부터 혼자가 됐어요. 그리고 오늘 성내에서 아까 전에 보았던 건달 놈들에게서 저를 구해준 분이 저 형이에요."

"흠, 인연이라면 인연일 수도 있군. 그런데 성내라면 성곡을 말하는 게냐?"

"네."

"호, 그래?"

노인이 아쉬운 듯 여인에게 말했다.

"이럴 줄 알았으면 좀 더 가서 성안에서 쉴 것을 그랬습니다."

하지만 여인은 고개를 저었다.

"그래도 이렇게 사당에 와서 위험에 처한 사람을 도울 수 있었잖아요."

"위험에 처한 사람?"

순간 헌원지가 벌떡 몸을 일으키더니 그녀를 보았다. 서로 시선이 마주치자 그는 자리에서 일어나 밖으로 걸어가며 말했다.

"난 남의 도움 따위는 받지 않아. 그쪽이 내 일을 방해한 것일 뿐이다. 착각은 자유지만 동정 따위는 필요없어."

횅하니 밖으로 사라진 그를 향해 여인이 약간 황당하단 표정을 지었다.

"왜 저러죠?"

"글쎄요……. 제가 보기에는 자존심이 상당히 강한 자인 것 같은데, 역시 이상한 점이 많군요."

"이상한 점이라뇨?"

"건달들과 싸울 때 움직임으로 보아 분명 내력이 없습니다. 그런데 권각술에 상당히 조예가 있는 듯하니 이해할 수가 없더군요."

"그건 초식만 익히고 내공 수련은 하지 않아서일 수도 있지 않나요?"

"아니지요. 초식만 익혔다고 하기에는 무리가 있는 움직임이었습니다. 그의 권법 중 몇 가지는 파악했는데, 그중 천부장권도 있었습니다. 그건 내력이 없이는 익힐 수 없는 권법입니다. 그것도 십오초 천류천화를 썼으니……. 어쩌면 내공을 상실했을 수도 있겠군요."

"음, 그럼 무림인이 맞겠군요."

"제 생각으로는 그렇습니다. 그런데 성격이 상당히 이해하기 힘들군요."

"어떤 부분에서요?"

"너무 배타적이고, 자신감을 넘어 오만스러운데……. 만약 무림인이었다면 그런 성격은 한 가지 부류밖에 없습니다."

"한 가지 부류요?"

"그렇습니다. 저렇게 남들을 무시하는 성격의 무인이라면 실력에 상당한 자신이 있었다는 거지요. 몸에 배일 정도로."

"어느 정도를 말씀하시는 거죠?"

노인은 고개를 저었다. 그 또한 헌원지의 자세한 내력을 모르니 알 재주는 없었다.

"분명한 것은 우리의 예측이 맞아 무공을 익힌 자가 맞다면 저보다 오히려 강했을지도……."

그 말에 여인이 경악한 표정을 지었다.

"말도 안 돼요. 유 총관님의 실력이 비록 알려지지는 않았지만 제가 잘 알아요. 운남에서 분명 열 손가락 안에 드는 신화경의 고수인데, 그보다 더 강하다니……. 그렇다면 저자가 신화경을 넘어섰다는 말인데, 저렇게 젊은 신화경의 고수는 없어요."

"그러니 이해를 할 수가 없다는 겁니다. 어쩌면 우리의 예상이 완전히 틀렸을 수도 있지요. 아가씨의 말처럼 우연히 초식만 익힌 자일지도 모릅니다."

"그게 가장 그럴듯하네요."

그들은 그 후로도 무료한 시간을 대화로 풀어냈다. 그리고 식사와 어느 정도의 휴식이 끝나자 유 총관이라 불린 노인이 사당 밖으로 나가 무사들을 향해 말했다.

"아가씨가 있으니 잠은 성내에서 자도록 한다. 이곳을 정리하고 출발 준비를 해라."

어차피 지저분한 사당이었기에 따로 치울 것은 없었다. 그들이 마차로 돌아갈 때쯤 무너진 벽에 기대어 눈을 감고 있는 헌원지를 향해 노인이 슬며시 다가갔다.

"뭐, 내가 참견할 바는 아니지만 그래도 충고 한마디 해도 되겠나?"

잠을 자지 않고 있던 헌원지가 눈을 뜨며 퉁명스럽게 물었다.

"뭡니까?"

"내가 볼 때 자네는 사람들과 섞이는 것을 싫어하는 것 같은데, 그건 타고난 행동일 수도 있으니 상관없네. 하지만 그 적대감이 드러나는 말투와 행동은 좀 자제하게. 특히 자네같이 타인에게 신경 쓰기 싫어하는 부류는 더 더욱 그래야 할 게야. 그렇지 않으면 오늘과 같은 일이 자주 벌어질 걸세. 제명에 살기 힘들지."

"제명에 살기 힘들다?"

"그렇네. 적당히 타협하고, 적당히 남들의 비위도 맞춰주면서 살아가면 어딜 가도 편할 수 있을 걸세. 곧은 나무는 바람에 부러지기 쉬우니……. 특히 속이 빈 부실한 나무는 더 더욱 잘 부러지지."

순간 헌원지의 눈빛이 차갑게 가라앉았다.

"제가 부실한 나무라는 말입니까?"

"무림인인 것 같지만 내력이 없으니 약하고, 그렇다고 성격은 여타 무인에 비해 좋은 편도 아니니 시비에 걸리기 쉽지. 그 성격을 바꾸지 않는다면 언제 어디서나 부러질 각오는 해야 할 걸세. 그게 아니면 힘을 키우던가, 부러지지 않을 힘을!"

"흐흐, 그 충고 고맙게 받아들이죠."

눈을 치켜뜬 헌원지의 말에는 비꼬는 어조가 노골적으로 담겨 있었다. 하지만 노인은 그에 상관하지 않고 고개를 끄덕인 후 몸을 돌려 사라져 갔다.

제7장
발톱을 드러내는 호랑이들

만월교가 귀주 전체 통합을 이루어낸 지 어느덧 삼 개월 후. 눈발이 사그라지고 겨울이 막바지에 다다르고 있었다.

귀주의 강구와 태강 중간에 위치한 요저산의 허름한 초옥에 수십여 명의 인물이 극도의 긴장감을 드러내며 주위를 경계하고 있었다. 모두 세 가지로 분류되어 있는 그들의 복장은 복장만큼이나 전혀 다른 기운을 풍기고 있었다. 서로 다른 기운이었지만 겉으로 드러난 기도로 보아 엄청난 수련을 거친 자들임에는 분명했다. 그들은 초가 안에 있는 인물들을 보호하는 듯한 인상을 풍기고 있었다.

초가 안에는 세 명의 인물이 탁자를 사이에 두고 앉아 있었다. 약간의 다과와 찻잔이 분위기를 달래주고 있었지만, 실제 실내에는 숨통이 막힐 듯한 기운이 사방을 감싸 안고 있었다.

"여러분도 모양각에서 연락을 받았을 것입니다. 우리 세 문파에만 정보를 준 모양이더군요."

검고 부드러운 턱수염 위로 고집있어 보이는 적룡문주 야일제의 말에 그 앞에 앉아 있는 다른 중년인과 노인이 고개를 끄덕였다. 그의 말에 앞의 중년인이 말을 받았다.

"우리 단목문과 혈천문, 그리고 적룡문에 이러한 사실을 알려온 저의가 뭘까요?"

적룡문주 야일제는 고개를 저었다. 그러자 일흔 살이 훌쩍 넘어 보이는 노인이 신중하게 입을 뗐다. 그는 혈천문주 당천으로 백 세를 훌쩍 넘은 화경의 고수였다.

"우리 세 문파는 만월교를 제외한 귀주에 있는 남무림 열두 세력이오. 말인 즉, 우리 외에는 만월교에 단독으로 저항할 수 있는 문파는 없다는 뜻이지요."

"하오면 모양각의 의도는……."

"그렇소. 만월교를 무너뜨리라는 것이겠지요."

"흐음!"

잠시 침음을 흘린 단목문주 가태호(柯太湖)가 의심스러운 눈초리로 물었다. 사십대 초반으로 보였지만 실제 나이는 예순두 살로 적룡문주보다 이 년 선배라 할 수 있었다.

"그런데 왜 모양각이 그런 생각을 했을까요? 그들은 실수. 이익없이는 움직이지 않는 자들인데 말입니다."

"그 사정이야 노부가 알 길이 없으나, 한 가지 확실한 것은 그들의 정보가 상당히 정확하다는 것, 그리고 지금밖에 만월교를 무너뜨릴 수

발톱을 드러내는 호랑이들

있는 기회가 없다는 것이오."

"그렇기는 합니다. 정보가 확실하다면 현 만월교의 세력은 우리와 비교했을 때 크게 앞서지 못하고 있습니다. 이때를 놓친다면 기회가 없어질 수도 있지요."

하지만 적룡문주는 회의적인 반응이었다.

"세력이 급격히 줄었다고는 하나, 만월교의 숨겨진 저력을 무시해서는 안 됩니다."

"그 말도 맞습니다. 적게 잡아도 절정고수들이 삼천은 넘을 테니까요. 좀 더 신중해질 필요는 있습니다."

하지만 당천의 생각은 조금 다른 모양이었다.

"말했지만 기회는 자주 오는 것이 아니외다. 지금 우리가 힘을 합쳐 밀어붙인다면 승산은 백전백승이오. 게다가 모양각에서도 꾸준히 정보를 주겠다고 약속한 상태이니 크게 무리는 없다고 보는데."

잠시 생각에 잠겼던 야일제가 고개를 끄덕였다. 하지만 역시 신중한 그였다.

"물론 당천문주님의 말씀도 일리가 있습니다만 그 피해가 만만치는 않을 것입니다. 뭐, 우리 적룡문도 처음부터 만월교와 함께 귀주 통합을 주장하며 같이 행동하고는 있지만, 솔직히 지금에 이르러서는 그들을 믿을 수가 없습니다. 그런 만큼 기회를 놓치기는 싫지요. 다만……."

"다만?"

"만월교를 무너뜨리는 선에서 그치는 것이 아니라 좀 더 앞을 내다보자는 말입니다."

그의 말에 단목문주 가태호가 고개를 갸웃거렸다.

"무슨 말씀이시오? 앞을 내다본다니?"

"생각들을 해보십시오. 지금 귀주는 하나의 단체로 통합되어 버린 상태입니다. 만월교가 무너지면 그 뒤는 어떻게 되겠습니까? 귀주는 다시 흩어지게 되어 있습니다. 아니, 어쩌면 우리가 만월교를 공격하는 즉시 귀주 전체가 우리를 공적으로 내몰 수도 있는 최악의 상황도 초래할 수 있습니다."

당천이 그의 말에 동조를 했다.

"그럴 수도 있을 것이오. 그래서 적룡문주가 원하는 바는 무엇이오? 생각이 있는 것 같소만!"

"이번 일은 은밀하게 처리해야 한다는 것입니다. 만월교와 우리 적룡문과 혈천문, 단목문의 대결로 가야 한다는 말입니다. 만월교가 무너질 때까지 아무도 이 사실을 알아서는 안 된다는 것이 제 말의 요지입니다. 그렇게만 된다면 그 후에는 귀주의 독립이 아니라, 귀주가 우리 세 문파에 의해 움직이게 될 수도 있습니다."

가태호가 놀랍다는 듯 그를 바라보았다.

"그렇다면, 말 그대로 만월교의 자리를 우리가 차지하자는 것입니까?"

"그렇습니다. 뒤탈이 없을 뿐만 아니라 좀 더 우리의 힘을 키워낼 수 있을 겁니다."

"하지만 쉽지는 않을 텐데요. 만월교가 가만히 있을 리도 없고요."

"그렇습니다. 그러기 위해서 저들의 입을 막음과 동시에 구심점을 잃어 혼란하게 만들어야 합니다."

그러자 당천이 고개를 끄덕였다.

"혹시 적룡문주는 암살을 생각하고 계시오?"

말없이 고개를 끄덕이는 야일제의 얼굴을 보며 당천과 가태호는 음침한 미소를 띠었다. 암살 대상이 만월교의 교주라는 것을 모두 짐작했기 때문이다.

"교주만 암살할 수 있다면 모든 것이 해결됩니다. 만월교는 종교 집단. 그런 만큼 교주는 신으로 추앙받고 있습니다. 지금 귀주는 만월교에 의해 통합되었다고는 하나 아직은 불안한 상태입니다. 그렇기에 교주도 확고한 자리를 잡기 위해 틈틈이 여러 문파들을 돌며 문주들을 만나 얼굴을 익히고 있는 것이 아니겠습니까? 그 교주가 암살을 당했다면 어떻게 되겠습니까?"

"만월교에서는 숨기려 하겠지요. 지금 그녀가 없다면 다시 혼란해질 테니까요."

"맞습니다. 우리는 그것을 이용해야 합니다. 그리고 모양각에서 은밀히 만월교와 접촉했다고 들었습니다. 협박을 한 모양인데……."

당천이 아는 듯 나섰다.

"본좌도 들었소. 현 만월교의 세력을 알리지 않겠다는 조건으로 상당한 이득을 본 것으로 알고 있소."

고개를 끄덕인 야일제가 말을 이었다.

"거기에 교주의 암살, 그리고 교주가 사라짐으로 해서 얻어지는 만월교의 혼란. 그 후 지금의 소교주가 교주에 올라서겠지만 나이 어린 그녀로서는 제대로 된 대응을 할 수 없을 겁니다. 악마대라도 있다면 모르겠지만. 아! 악마대에 대해서는 들어보셨겠지요?"

"알고 있소. 무섭게 키웠더군요. 그런 살인귀들을 어떻게 키웠는지……. 그걸 보면 새삼 만월교가 대단하게 보일 뿐이오."

가태호가 걱정스러운 표정으로 말했다.

"그런 녀석들이니 빠르게 처리를 해야 할 겁니다. 조금만 시간을 끈다면 언제 다시 힘을 키워낼지 모르니까요."

"그럼 암살은 누구에게 맡기면 좋겠소? 다들 알겠지만 우리 세 문파에는 암살을 할 만한 실력자들이 없소. 만월교의 교주 암살이라면 전문적이면서도, 일급 살수를 고용해야 할 거요."

당천의 말에 가태호가 생각할 필요도 없다는 듯 대답했다.

"모양각밖에 없지 않습니까?"

야일제가 고개를 저었다.

"남무림에서는 안 됩니다. 아마 모양각에서도 그 부분은 거절을 할 것입니다. 만월교가 힘이 없다고는 하나 그 저력, 특히 단합심은 무시할 수가 없습니다. 교주를 암살한다면 총력을 기울여 그 배후를 찾아내 공격할 것이 분명합니다."

"그렇다면 적룡문주는 어디를 생각하고 계십니까?"

"중원무림!"

그의 대답에 당천과 가태호가 인상을 찌푸렸다. 그들 또한 남무림에 속해 있었기에 중원무림에 대해 그리 좋은 인식을 가지고 있지 않았기 때문이다. 하지만 가태호가 신중한 표정으로 수긍을 하고 나섰다.

"과연 그들이라면 뒤는 걱정할 필요가 없겠군요. 교류가 크게 없으니 배후를 찾기 힘들뿐더러 만월교가 아무리 대담하다고는 하나 복수를 위해 중원까지 공격할 수는 없을 테니까요. 그런데 중원무림의 살수들이 과연 우리 남무림 일에 관여할지가……."

"그 점은 문제가 없을 겁니다. 그들도 우리 남무림이 하나로 통합되는 것을 원치 않을 것입니다. 만월교가 귀주를 통합했다는 사실은 그들도 알고 있을 터. 그런 만큼 상당한 위협을 느끼고 있을 겁니다. 거기에 살수들의 특성인 돈에 대한 욕구를 충분히 충족시켜 준다면 무엇이든 해줄 것입니다."

그러자 당천이 확정적으로 말했다.

"좋소. 그럼 우선은 정보 공작으로 모든 사실을 은폐한 후 교주의 암살, 그리고 혼란해진 만월교를 공격. 다음은 통합된 귀주를 삼키는 일입니다. 여기에서 중요한 것은 만월교의 정보와 우리의 정보를 철저히 보완 유지해야 한다는 것이오. 그것은 모양각에 의뢰를 해서 도움을 요청하면 되는 것이고……. 문제는 암살 시기. 아시다시피 만월교의 총단에 침투해 그녀를 암살하는 것은 불가능에 가깝소."

가태호가 생각할 필요도 없다는 듯 입을 열었다.

"암살 시기야 향후 일 년 사이라면 문제가 없지 않겠습니까? 삼 개월 동안 만월교주가 돌아본 문파는 기껏해야 서른여 개 정도입니다. 앞으로도 우리 단목문과 여타 다른 문파를 오가며 친분을 유지하려 애쓸 텐데……. 게다가 상대 측 문파를 도발하지 않기 위해 호위도 많이 달고 다니지 않는다는 소문을 들었습니다."

"흠, 그럼 살수를 구하는 즉시 시기를 봐야겠군요."

"그렇겠지요."

그러자 야일제가 시선을 끌며 말했다.

"자자, 우선 오늘 면담은 이것으로 마치는 것이 좋겠습니다. 우선 제가 살수를 알아보지요. 적절한 자들을 찾아봐야 하니 시간이 좀 걸릴 수도 있습니다. 그사이 문파의 힘을 비축하시고, 나름대로 정보 공작에 신경을 써주십시오. 다른 문파가 알게 된다면 계획은 틀어지는 것이나 다름없습니다. 훗날 만월교가 무너진 후, 모두 욕심을 드러낼지도 모르니……."

"알겠소. 그럼 살수를 구한 후 연락을 주시오. 그때 다시 장소를 마련해 상의하도록 합시다."

"알겠습니다."

* * *

"미끼를 물었습니다."

복면인의 말에 태자의에 앉아 있던 묘강이 퉁명스럽게 대답했다.

"뭐가?"

"적룡문주와 단목문주, 그리고 혈천문주가 은밀히 밀담을 나누었다는 말입니다."

"음, 무슨 대화가 오갔는지는 알아냈어?"

"주위 경계가 삼엄했기에 침투할 수 없었다고 제팔사가 전해왔습니다. 하지만 그 이후의 행동들로 보아 조만간 일을 벌일 태세인 듯합니다."

"어떻게?"

"단목문과 혈천문은 주위 사업을 조금씩 정리하는 입장이고, 적룡문에서는 중원무림에 사람을 보낸 것을 포착했습니다."

"중원무림에?"

"그렇습니다. 무언가 있습니다만, 지금으로서는 정확히 알 수 없습니다."

"훗!"

순간 재밌다는 듯 미소 짓는 그녀를 향해 복면인이 물었다.

"짚히는 것이라도……?"

"뻔한 것 아니겠어? 어차피 만월교에 대항하기로 마음먹은 것 같은데……. 그렇게 은밀히 행동한다는 것은 만월교를 무너뜨리기보다는 그 이후를 생각하고 있는 거지."

"……?"

"예상대로 욕심이 생겼다는 말이야. 귀주를 삼키려는 욕심!"

"흠! 확실히 그럴 가능성도 있을 겁니다. 만월교가 어느 정도 입지를 강화한다면 귀주는 확실히 하나의 연합이 되는 것이니까요. 그 상태에서 만월교를 무너뜨린다면 적룡문 등이 만월교를 대신하는 막강한 힘을 가지게 되겠죠."

문득 흑의인이 궁금증 드러냈다.

"전에 말씀하신 재밌는 일이란 이것을 두고 말씀하신 겁니까? 춘추전국 시대가 열린 것이라고 하셨던 기억이……."

"호호호. 그래, 하지만 이게 다는 아니야."

"무슨 말씀이신지……?"

"좀 더 밀고 당길 필요가 있어. 우선 적룡문 등을 최대한 도와줘. 그리고 만월교가 무너지면 그 이후에는……."

교묘히 말끝을 흐린 묘강은 비소를 머금었다.

"적룡문과 단목문, 혈천문을 이간질하는 거야. 누구도 귀주를 삼킬 수 없게. 그 상황이라면 혼란이 일어날 거고, 우리 모양각은 더욱더 돈을 벌 수 있을 거야. 그때야 비로소 귀주의 집안 싸움이 시작되는 거지. 그리고 다시 예전의 귀주로 돌아가는 거야. 아무 일도 없었던 것처럼. 달라진 게 있다면 만월교가 바닥으로 주저앉았다는 것뿐."

"흐흐흐, 그렇군요."

"참!"

"네?"

"운남은 어떻게 됐어?"

"금천방(金天房)의 양 대인에게 접촉을 시도했습니다. 최근 들어 막대한 이득을 취하며 커나가는 상계 집단인데, 그들과 서로 교류를 한다면 우리에게 어느 정도 힘이 되어줄 것입니다. 현재 우리를 만나러 귀주로 오고 있다는 통보를 받았습니다."

"대처가 빠르네. 아무튼 최대한 예의를 갖추고 우리의 능력이 어느 정도인지 확실히 인식시켜 줘."

"직접 만나지 않을 생각이십니까?"

"모양각주가 어린 여인이라면 조금 그렇지 않나?"

"그렇기야 하지만 그래도 함부로 대할 자들은 아닙니다. 우리가 조금만 지원을 해준다면 충분히 운남의 상권을 쥘 수 있는 자들입니다. 특히 양 대인이라는 자의 사업 능력은 상상을 불허합니다. 운남금룡회(雲南擒龍會)의 텃세에도 불구하고 아직까지도 버티고 있으니까요. 최근 들

발톱을 드러내는 호랑이들

어서는 밀무역(密貿易)에 손을 대려는 모양입니다."

"밀무역? 밀무역은 운남금룡회의 밥줄이 아닌가?"

"맞습니다. 그 때문에 개별적으로 여러 문파와 접촉하고 있는 것으로 알고 있습니다. 운남금룡회가 아직까지는 운남의 상계를 지배하고 있으니까 금천방 쪽에서는 상당한 위협이 되겠죠. 그쪽도 조만간 격돌이 일어날 것으로 예측됩니다."

"욕심이 큰 자구나! 운남에서 금룡회의 밥줄을 건드리면 귀찮은 일이 한두 가지가 아닐 텐데. 아무튼 모든 것을 가지고 있는 금룡회보다는 금천방이 더욱 우리에게 필요한 존재니 알아서 대우를 해줘."

"알겠습니다."

"그리고 그에 대해서는 알아봤어?"

"무엇을 말씀하시는 겁니까?"

"악마금!"

하루에도 수백 통씩 오가는 전서구와 쌓인 서류를 확인하는 복면인은 잠시 기억을 더듬은 후 고개를 저었다.

"보고를 들은 바가 없습니다. 그에 대해서는 도저히 알아낼 수가 없었습니다. 최근에는 그쪽으로 인원을 동원할 여력도 없었고요. 죽었다고밖에는 달리……."

순간 묘강의 표정이 묘하게 뒤틀렸다.

"아쉽네. 그때 조금 도와주었다면 우리 쪽으로 끌어들일 수 있었는데. 하기야 나를 욕보인 화풀이 용이었으니까."

"어차피 인과응보라는 거겠지요. 너무 자신의 힘을 믿고 제멋대로 굴었습니다."

"그렇지. 혹, 살아 있다 하더라도 조금은 사람을 대하는 예의를 알게 됐을 거야. 호호호!"

제8장
일 년이 지나고……

한 사내와 아이가 긴 여행을 했다. 그리고 그들은 일 년 전 이곳 당황에 뿌리를 내렸다. 처음 그들이 마을에 왔을 때 주민들은 적대감을 드러냈다. 하지만 버려져 무너져 가는 초옥 하나를 깔끔히 손질하고, 밭을 일구고, 마을의 힘든 일을 도맡아하자 점차 그들을 인정해 나갔다.

가장 마을 주민들의 마음을 열게 한 것은 사내가 학당을 열어 글도 모르는 농민의 자식들에게 글을 가르쳐 준다는 점이었다. 뿐만 아니라 악기와 잡다한 재주들도 가르쳐 주었는데, 일 년이 지난 지금에 이르러서는 마을에 없어서는 안 될 중요한 존재가 되어버렸다. 마을의 큰일은 그에게 상의했고, 사내도 자신의 일처럼 해결해 나갔다.

마을 사람들은 그를 학장(學長)이라 부르며, 볼 때마다 스승의 예를 취하며 공손히 고개를 숙였다. 그리고 매달 많지는 않지만 약간의 돈을 지불했다.

"한창 추수한다고 바쁠 때 어딜 가나?"
황금으로 물든 밭 사잇길을 걷던 약초꾼 왕정의 물음에 앞서 가던 진소가 뒤돌아보았다. 그의 손에는 닭 한 마리가 기절한 채 들려 있었다. 그는 오히려 의문스런 눈빛으로 왕정에게 되물었다.
"산에 들어간다더니…… 벌써 왔나?"
그 말에 왕정이 한숨을 쉬며 고개를 저었다.
"말도 말게. 갑자기 집사람이 진통을 겪는 통에 집을 비울 수가 있어야지."
"벌써 그렇게 됐군. 아무튼 좋겠네그려! 이번에는 소원대로 딸을 낳게."
"그래야지. 사내놈들만 줄줄이 달고 있으니 나도 미치겠어. 하루도 조용할 날이 없으니……."
"그래도 요즘같이 인신매매단이 날뛰는 세상에는 오히려 사내 녀석들만 있는 것이 신경도 안 쓰이고 다행이지. 아무 데나 내놔도 문제가 없거든. 장 서방 집을 보게나! 두 딸이 워낙 인물이 고우니 언제나 노심초사이지 않는가?"
"흠, 그렇기는 하지! 최근 운현 일대에 처녀들이 자주 사라진다는 소문을 들었는데, 그 집도 걱정이 크겠어."
"그렇겠지."
"참, 그런데 자넨 이 시간에 닭을 들고 어디를 가는 겐가?"

"학당에. 그런 자네는?"

"나도 학당에 가는 길인데……. 잘됐군, 같이 가세."

그들은 그렇게 이야기를 나누며 잠시 후 학당이라고 하기에는 조금 초라해 보이는 초가에 도착했다. 사립문을 열고 들어서자 건물 안에서 아이들의 글 읽는 소리가 들려왔다. 왕정이 방 안으로 걸음을 옮기려 할 때 진소가 그의 어깨를 붙잡았다.

"방해하지 말게."

잠시 민망한 표정을 드러낸 왕정이 고개를 끄덕였다. 그들은 아이들의 수업이 끝나기를 기다리기 위해 마당 한쪽에 자리를 잡고 앉았다. 심심했던 진소가 슬며시 말을 꺼냈다.

"그런데 자네는 어쩐 일인가?"

왕정은 진소의 손에 들린 닭을 턱으로 가리켰다.

"자네하고 같은 이유지."

"허, 무리하는군. 인삼이라도 가져온 겐가?"

약초꾼이기에 왕정은 매번 약초를 학장에게 가져다주었다. 그나마 입에 풀칠하기 바쁘니 싼 약초를 자식들 교육비로 주었고, 싼 만큼 많은 양을 보따리에 싸왔었다. 그런데 오늘은 아무것도 들고 있지 않으니 품속에 꽤 값나가는 약초가 있으리라고 진소는 생각했던 것이다. 그의 물음에 왕정이 화들짝 놀라며 손사래를 쳤다.

"인삼이 누구 집 애 이름인가?"

말과 함께 그는 품속에서 조심스럽게 작은 주머니 하나를 꺼내 보였다.

"전에 산에 갔다가 더덕을 캤네. 그걸 조금 가져왔지."

"흠, 힘든가 보군. 하기야 날이 점점 추워지니 약초 캐기가 어렵기는 하지."

"마음 같아서는 좀 더 가져오고 싶었는데, 아내가 산달이니 어쩔 수 없이 집에 재놓은 약초는 팔아야지. 너무 약소하다고 학장님이 흉이나 안 보면 좋으련만……."

왕정의 말에 진소가 미소를 지으며 고개를 저었다.

"언제 학장님이 그런 걸 신경 쓰셨나? 우리야 아이들을 공짜로 가르쳐 주니 미안해서 이렇게 주는 것이 아닌가."

"그렇기는 하지만 학장님을 볼 때마다 미안해서 말이지. 그런데 왜 학장님 같은 분이 이런 시골에 와서 우리 같은 무지렁이 자식들을 가르쳐 주시는 걸까?"

"글쎄……. 소문으로는 과거에 낙방하고 한적한 곳에서 공부를 하기 위해 왔다던데……. 솔직히 그건 좀 믿기 어렵고, 내가 생각할 때는 어느 부잣집 도련님인데 몸이 아파서 요양하러 온 것이 아닐까 하는 생각이 드네."

"흠, 그러고 보니 자네 말에 일리가 있군. 얼굴이나 생김새가 워낙 여자처럼 곱게 생겼으니……. 고생이라고는 모르고 산 분 같기는 하지. 돈도 안 받고 아이들을 가르쳐 주는 것을 보면 돈에 대한 욕심도 없는 것 같고."

"필시 대단한 집 자제 분이실 게야. 음악에도 상당히 조예가 있는 것을 보면 꽤나 제대로 된 교육을 받은 것이 틀림없어."

그때 또다시 사립문이 열렸다. 왕정과 진소가 바라보니 이제 열일곱 정도 되어 보이는 소녀가 큼지막한 보자기를 들고 안으로 들어서고 있는 것이 보였다.

"어! 너는 장 서방의 첫째 장일이 아니냐?"

그녀를 알아본 왕정의 말에 진소가 맞장구를 쳤다.

"못 본 사이에 더 예뻐졌구나? 이제 시집가도 되겠군!"

진소의 말에 장일이라는 소녀의 얼굴이 홍당무처럼 붉어졌다.

"클클, 부끄러워하기는……. 그래, 장 서방은 요즘 뭐 하나? 별일없지?"

"네, 오늘 아침에 어머니와 같이 운현에 가셨어요."

"운현?"

"소를 팔 건가 봐요."

"소를? 하기야 추수도 끝났으니……."

"장 서방은 좋겠군!"

"뭐가 말인가?"

"내다 팔 소도 있잖은가!"

"장 서방이야 우리 마을에서 제일 부자니까. 소 한두 마리 팔아도 끄떡없지. 그래, 여기에는 무슨 일이냐?"

"이걸 학장님께 전해 드리려고……."

"그게 뭔데?"

"찬거리예요."

"찬거리?"

왕정이 고개를 갸웃거렸다.

"장 서방은 며칠 전에 학장님께 직접 돈을 전해 드린 것으로 알고 있는데? 찬거리는 뭐 하려고 또?"

그러자 진소가 장일의 표정을 보며 음충맞은 시선을 던지며 왕정에게 말했다.

"자넨 왜 그렇게 눈치가 없나? 말만한 처녀가 따로 학장님을 만나러 오기가 그리 쉽겠나?"

그제야 눈치를 챈 왕정이 머리를 쳤다.

"클클클, 그렇군! 핑곗거리가 있어야지."

"무, 무슨 말씀이세요? 제가… 제가 뭘……!"

얼굴을 붉히며 제대로 말도 잇지 못하는 장일을 향해 두 중년인은 반응이 재밌는 듯 또는 기다리는 무료함을 달래려는 듯 그녀를 계속 닦달했다.

"학장님을 좋아하는 처녀들이야 넘칠 텐데 뭘 그렇게 부끄러워하는 게냐?"

"맞아, 학장님 정도면 어딜 가도 여자들이 따르겠지. 그러니 그리 부끄러워할 필요는 없다. 여자라면 당연한 반응이야."

"암, 그렇고말고!"

"아, 아니에요."

두 사내의 놀림에 장일은 급기야 사립문 옆에 보자기를 내려놓고 도망치듯 달려나가 버렸다. 그것을 보고 있던 왕정과 진소가 박장대소를 터뜨렸다.

"장 서방 녀석 잘하면 내년 안에 딸 시집 보내겠군, 하하!"

"클클클, 그러게 말이야! 저 정도 인물이면 어딜 내놔도 빠지지는 않지. 작은 촌마을이기는 하지만 장 서방도 재산을 꽤 모았으니 부족하지는 않지."

일 년이 지나고…… 121

그러면서 그들은 이런 저런 이야기로 시간을 때우기 시작했다. 그렇게 일각이 지나자 순간 방 안에서 아이들의 외침이 그들의 대화를 끊었다.

"감사합니다, 학장님!"

외침과 함께 방문이 벌컥 열리며 아이들이 소란스럽게 뛰쳐나오기 시작했다. 그중 한 녀석이 움찔거리며 마당에 앉아 있는 왕정을 보며 떠듬거렸다.

"아, 아부지?"

콧물이 잔뜩 흘러내린 아이를 향해 왕정이 버럭 소리쳤다.

"버릇없이 학당에서 왜 그렇게 뛰어다녀? 누가 보면 교육도 못 받은 놈이라고 그러겠구먼. 명색이 글까지 배운다는 놈이, 쯧쯧!"

짜증스러운 그의 말에 방에서 나오는 젊은 사내가 미소를 지으며 대꾸했다.

"이만한 나이면 글공부보다는 뛰어노는 것에 더 관심이 가는 법이지요."

그러면서 사내는 왕정과 진소의 손에 들린 닭과 주머니를 보고 아이들에게 말했다.

"오늘 배운 것을 반복해서 외우거라. 내일 아침 직접 확인할 테니까."

"어, 내일은 악기를 가르쳐 주시는 날이잖아요?"

"내일 물어보는 것에 제대로 대답하는 아이들만 가르쳐 줄 생각이다. 대답하지 못한 녀석들은 벌이야."

순간 마당에 있던 아이들이 불만 가득한 표정을 지었다.

"너무해요!"

"그런 게 어딨어요?"

"그런 소리 하기 전에 글공부부터 열심히 하거라. 그럼 어르신들과 이야기해야 하니 그만 가보고. 중간에 새지 말고 곧장 집으로 가야 한다."

썰물 빠지듯 아이들이 나가자 사내는 마당으로 나와 고개를 숙였다.

"어쩐 일이십니까?"

"하하, 조금 있으면 추워질 텐데 이것 좀 드시라고……. 그리고 문 옆에 있는 보자기는 장 서방네 첫째가 찬거리라고 하면서 내려놓고 간 것입니다."

"장 어르신네 첫째라면 장일이라는 처녀가 아닙니까?"

마을 길을 오가며 자주 만나 인사를 나눈 적이 있던 사내가 그녀의 이름을 꺼내자 왕정이 고개를 끄덕였다.

"맞습니다."

"기다렸다가 얼굴을 보고 갔으면 좋았을 텐데, 바쁜 일이 있었나 보군요?"

"하하하, 그런 것은 아니고 다른 사정이 있었죠!"

"……?"

"뭐, 학장님께서 크게 신경 쓰실 일은 아닙니다. 아무튼 이거 받아주십시오."

말과 함께 왕정과 진소가 동시에 닭과 주머니를 내밀었다. 겸연쩍은 표정이 역력한 그들을 바라보며 사내는 환한 미소를 지으며 고개를 저었다.

"저는 괜찮습니다. 힘드실 텐데 거두어두십시오."

"아이고, 그러면 저희가 미안해서 어찌 아이들을 계속 학당에 보내겠습니까? 성의를 봐서 받아주십시오."

잠시 생각하던 사내가 어쩔 수 없다는 듯 닭과 주머니를 받아 들었다. 이런 일이 종종 있었기에 크게 신경 쓰지 않는 표정이었다. 하지만 언제나처럼 고마움을 표시하는 걸 잊지 않았다.

"매번 감사드립니다."

"하하, 저희가 오히려 감사하죠. 뭐 필요하신 것이 있다면 말씀만 하십시오. 돈은 없지만 몸뚱이는 멀쩡하니 힘 닿는 데까지 도와드리겠습니다."

"그리 말씀해 주시니 고맙습니다."

그때 진소가 무언가 생각난 듯 물었다.

"이틀 뒤에 시간 어떻습니까?"

"왜 그러시는지요?"

"그때 우리 마을 추수가 모두 끝나는데, 조촐하나마 마을 사람들끼리 식사라도 같이할까 하고요."

그의 말에 사내는 약간 겸연쩍은 표정을 지으며 고개를 저었다.

"이틀 뒤라면 제가 도시로 가야 하는 날입니다."

"아, 운현에서 악기 연주하는 날인가 보군요?"

"그렇습니다. 아쉽지만 어쩔 수 없겠군요."

"그럼 학장님 편한 날에 저희가 맞춰야죠."

"그럴 필요 없습니다."

"아닙니다요. 당연히 학장님과 같이 식사를 해야 한다고 촌장 어르신이 전해 드리라고 하셨습니다. 그럼 다음에 다시 찾아옵지요. 수고 하십시오, 학장님!"

꾸뻑 고개를 숙이고 가버리는 초라한 두 중년인의 뒷모습을 보며 사내는 쓸쓸한 표정을 지었다. 그때 또다시 사립문을 통해 열다섯 살 정도 되어 보이는 소년이 들어서며 입을 열었다.

"다녀왔습니다."

"오늘은 일을 하지 않나?"

"뭐, 오늘 새벽에 장사가 끝나고 지금까지 새 탁자를 바꾼다고 고생했으니까요. 내일은 쉬는 날이라고 하면서 그냥 보내주던데요. 아이들 수업은 마쳤어요?"

"그래, 우선 무공 수련부터 해라. 밥은 그 후에 먹자."

그 말에 아이가 인상을 썼다.

"밥부터 먹고 하면 안 되요? 밤새 잠 못 자고, 일 끝나고 무거운 탁자 옮기고 닦는다고 얼마나 힘들었는데요. 게다가 오십 리나 쉬지 않고 달려왔는데……."

순간 사내의 표정이 전과 달리 험악해졌다. 좀 전의 온화한 학장이 맞나 싶을 정도로 극과 극의 표정이 드러나자 아이가 찔끔 하더니 쪼르륵 뒷마당으로 달려갔다. 그가 사라지고 나자 사내는 손에 들린 주머니를 주방으로 던져 놓고, 닭은 우리에 집어넣었다. 그 후 툇마루에 가부좌를 틀고 앉아 서서히 단전에 담긴 내력을 각 혈도로 옮기기 시작했다. 잠시 후 이마에 땀방울이 맺히며 턱 선을 타고 떨어져 내렸다. 그때 슬며시 눈을 뜬 그가 인상을 찌푸렸다.

"젠장할!"

학장으로서는 입에 담을 수 없는, 그보다 그의 고운 외모와는 전혀 어울리지 않는 말투였지만 그것이 오히려 자연스러운 사내였다. 일 년 전 파괴된 단전, 하지만 이곳 당황에 와서 부단히 내공 수련을 했고, 어느 정도 회복이 되기 시작했다. 두 번의 환골탈태를 겪어 치유 능력이 뛰어났기에 완전히 정상적으로 돌아왔다. 그러나 그것도 한계가 있었다. 내공이 완벽에 가까울 정도로 사라져 처음부터 다시 시작했으니 빠른 진보를 보일 리가 없었던 것이다. 그나마 다행인 것은 석 달 전부터 급격히 내공이 커져 간다는 점.

 하지만 출가경까지 올라섰던 그였기에 실제 느껴지는 몸속의 내력은 형편이 없었다. 그의 생각이 정확하다면 지금의 내력은 예전의 삼 할 정도만 회복되었을 뿐이다.

 허탈하기까지 한 그는 욕설을 내뱉고는 다시 내공 수련에 들어갔다. 음공을 그나마 제대로 시전하려면 오 할은 회복해야 했기에 자연 조바심이 났던 것이다.

 '음공의 단점은 순수한 내공에 영향을 많이 받는다는 거야!'

 내심 그런 생각과 함께 일 년 전에 있었던 일이 후회되기 시작했다. 방심하지만 않았어도 노인에게 단전을 찔리지는 않았을 것이고, 그 상태에서 본 실력을 모두 발휘했다면 흑룡사와 적룡사에게 당하지도 않았을 것이기 때문이다. 혹 힘으로 안 된다 하더라도 경공에는 자신있는 그였으니 안전하게 도주할 수도 있었다.

 새삼 그때의 일이 떠오르자 사내는 급히 내공을 갈무리하며 자리에서 일어섰다. 내공 수련 중의 잡생각은 자칫 위험할 수도 있었기 때문이다. 순간 인상을 구긴 그의 귀로 뒷마당에서 아이의 기합성이 들려왔다. 사내는 뒷짐을 쥔 채 어슬렁거리며 소리가 들리는 곳으로 향했다.

"힘을 빼라! 권법의 중심은 주먹이 아니라 하체의 무게에 있다. 넌 너무 주먹에만 신경을 쓰는 경향이 있어."

사내의 말에 아이가 뻗으려던 주먹을 거두며 의문스러운 눈빛을 했다.

"아직 초보 단계인데 하체까지 어떻게 신경을 써요?"

"초보다 아니다의 문제가 아니야. 난 근본적인 힘의 중심을 말하는 거다. 모든 무공은 하체의 중심이 바로 서야 비로소 제대로 된 파괴력이 나오는 법. 그 점을 잊지 마라."

말과 함께 사내가 바닥을 향해 가볍게 주먹을 뻗었다. 그러자 '쾅' 하는 소리와 함께 땅이 움푹 패였다.

"내가 만약 하체에 중심을 두지 않았다면 주먹에서 뻗어 나오는 힘에 밀려 균형을 잃었을 거다. 실전이었다면 그 짧은 순간에 목이 달아날 수도 있지. 하지만 하체의 중심을 주먹에 실었기에 흐트러짐이 전혀 없을 수 있는 거다."

패인 바닥을 보며 아이가 두 눈을 동그랗게 떴다. 기대감이 뭉게뭉게 피어오르는 표정을 지으며 입을 열었다.

"어느 정도 수련하면 그렇게 할 수 있는 거예요?"

"갈! 쓸데없는 소리 말고 덤벼봐! 간단한 비무 후 식사를 하자."

그러면서 사내는 뒤뜰 한 켠에 세워져 있는 몽둥이 하나를 집어 들었다.

"오늘은 도법을 펼치지. 도법의 장단점을 파악하고, 공격과 방어를 어떻게 해야 하는지 몸으로 숙지하도록!"

그러자 아이가 의문스런 눈길을 보냈다.

"형은 진짜 이상해요."

"뭐가?"

"검법, 도법, 권법, 각법에다가 이상한 무공들을 너무 많이 알고 있잖아요. 도대체 그런 걸 어디에서 배웠죠? 처음 형을 봤을 때는 그저 싸움을 잘하는 사람인 줄 알았는데……. 아무튼 엄청난 무공을 알고 있다는 것과는 달리 이곳에 와서 글과 악기를 가르치는 걸 보고 놀랐어요. 그리고 하루가 다르게 힘이 점점 강해지고 있잖아요. 어떨 때는 무인 같고, 어떨 때는 글방 선생 같은데…… 어느 게 진짜죠?"

"글쎄……."

"거의 일 년 가까이 같이 지냈는데 숨기는 게 너무 많은 거 알아요? 물어볼 때마다 '글쎄'라는 말만 하고. 솔직히 성격도 이상해요. 마을 사람들을 대할 때는 그렇게 공손하면서 저랑 있을 때는 완전히 다르잖아요. 이곳에 올 때의 성격으로 보면 마을 사람들을 대하는 것이 가짜인 것 같은데, 뭐 하려고 그렇게 피곤하게 성격을 숨겨요?"

은근히 비꼬는 듯한 아이의 말에 사내는 피식 웃었다. 아이의 말처럼 그는 평소의 성격을 드러내지 않기 위해 부단히 애쓰고 있는 것이 사실이었기 때문이다.

귀주에서 여기까지 오는 동안 곤란한 일을 꽤 당했고, 자신의 성격에 문제가 있다는 생각이 들었다. 하지만 그것이 다는 아니었다. 어릴 때부터 수련으로 지옥 같은 나날을 보내며 생겨난 성격이 마음만으로 간단히 바뀔 리가 없었으니 말이다.

진짜 이유는 음공을 익히기 위해 수련한 심법에 있다고 할 수 있었다. 그가 소속되었던 악마대의 대원들 전원이 도발적이며 괴이한 성격들을 가지고 있을 정도로 심법에 문제가 많았는데, 사내는 그런 음의 기운이 강하면서도 특이한 현천음한심법이 단전에서 완전히 사라져 버렸기 때문이다. 그렇기에 가슴 깊이 뿌리박혀 언제나 치밀어 오르던 자신감과 오기, 때로는 살기가 자신도 모르게 많이 무디어져 있었다.

하지만 그보다 더 그를 변하게 한 것은, 아니, 변하게 했다기보다 성격을 숨기게 한 이유는 바로 재미였다. 무지한 농촌 사람들에게 싹싹하게 대하면서 얻어지는 믿음과 신임이 커져 갈수록 어떠한 재미를 그에게 안겨주었다. 무공을 키워 나가면서 얻어지는 쾌감과도 같은 그것은 어쩌면 강자가 약자에게 느끼는 사치스러운 감정일지도 몰랐다.

사내도 그것을 부정하지는 않았다. 힘이 사라지기는 했지만 어쨌든 그 자신이 예전 누구보다 강한 자라 자신하고 있었던 만큼, 시골 사람들에게 굽히면서 예의를 차리는 행동에서 무언가 내면에 숨겨진 희열 같은 것을 느끼고 있었다.

하지만 사내가 그 말을 그대로 아이에게 할 정도로 성격이 좋은 편은 아니었다. 아이의 말마따나 모르는 사람들에게만 학장이나 과거에 낙방한 서생일 뿐이었으니까.

그는 간단하게 일축해 버렸다.

"오늘은 꽤 말이 많군!"

순간 사내의 신형이 자리에서 사라졌다. 갑작스런 상황에 아이가 경악하며 몸을 숙였지만 어디로 들어올지 모르는 공격을 피할 수 있을 리 없었다.

퍽!

등 쪽에서 느껴지는 화끈한 통증, 그리고 이어지는 다리의 통증이었다.

퍽!

다행히 사내는 힘을 최대한 빼고 타격과 동시에 몽둥이를 회수했기에 통증 후의 아픔을 아이는 느끼지 못했다. 하지만 그것도 잠시일 뿐, '가랑비에 옷 젖는 줄 모른다'는 말이 있듯 처음에 견딜 만한 통증도 일각 동안 몽둥이 찜질로 이어지자 결국 힘에 부쳐 바닥에 주저앉아 버렸다.

"헉헉!"

아픔보다는 체력의 한계 때문에 거친 숨을 몰아쉬는 아이를 향해 사내가 몽둥이를 제자리에 가져다 놓으며 말했다.

"일 년 동안 그렇게 수련해 놓고도 벌써 지치나?"

"말도 마세요. 아까도 말했잖아요. 오십 리나 달려왔다고. 게다가 오늘 단체 손님 받는다고 얼마나 힘들었다고요. 또 형의 공격은 숨 쉴 틈을 주지 않잖아요."

"핑계치고는 구차하군. 그런 핑계 댈 힘이 있으면 저녁 준비나 해라. 아까 왕일과 진구의 아버님들이 먹을 것을 가지고 왔으니까 오늘은 그걸로 해결하지. 그리고 장 어르신께서 찬거리를 보냈다고 하니 그건 독에 보관해 놔라! 문 옆에 있을 거다."

"알겠어요."

아이는 의외로 군말없이 부엌으로 향했다. 그러자 사내는 다리를 구부리고 왼손을 앞으로, 오른손을 왼손 안쪽으로 하더니 태극권의 기수식을 취했다. 그리고 이어지는 부드러운 초식이 시작되자 잠시 후 유연한 움직임 속에 경기가 일어나기 시작했다.

사내는 이곳에 온 지 일 년 동안 음공을 사용할 수 없자 그동안 배우고 기억하고 있던 무수한 무공들을 수련하고 있었다. 내력이 뒷받침되지 않는 음공은 무용지물이라는 것을 알고 있었기 때문이다. 사실 그가 익힌 음공은 내공에 크게 영향을 받지 않는, 소리의 음파를 조절하는 것이기에 상관이 없었지만 역시 내력이 따라 주지 않으므로 생기는 좁은 범위와 약한 파괴력은 실망감을 가져왔다. 내력이 어느 정도 수준에 도달할 때까지는 어쩔 수 없이 다른 무공을 익힐 수밖에 없다고 생각했고, 의외로 다른 무공에서 쏠쏠한 재미를 느끼기도 했다. 예전 소교주를 가르치며 얻는 그런 것과 같은 것이었다.

하지만 음공을 완전히 버린 것은 아니었기에 여전히 응용 방법과 여러 가지 소리에 대해 부단히 연구하는 것을 게을리 하지 않았다. 특히 몇 달 전부터는 보름에 사 일씩 정기적으로 기루에서 연주를 하기 시작했는데, 그 이유 중 하나가 바로 음공의 기술적인 면을 잊어버리지 않으려는 노력 중 하나였다. 아무리 십수 년을 음공 수련에 투자했다고 해도 일 년간 손을 놓는다면 실력이 줄어들 수 있었기 때문이다. 그래서 기루에서 연주할 때도 음공을 사용했고, 그의 화려하면서도 묵직한 금음은 이제 이 일대에서 상당히 유명하게 되었다. 그러니 금음을 듣기 위해 몰려드는 손님이 많을 수밖에 없었고, 기루 주인은 사내에게 꽤나 풍족한 금전적 대가를 지불했다.

두 번째 이유가 거기에 있었다. 무림인에서 무공이 사라지며 평범한 육체와 체력이 되자 가장 시급한 것이 돈이었기 때문이다. 먹는 것, 입는 것 모두 돈이 들어갈 일 뿐이었다. 예전에 알지 못했던 돈의 중요성을 사내는 절실히 느끼기 시작했다. 하다못해 식기를 구하는 것도 돈이 있어야 했으니 말이다. 아이들을 가르치면서 주어지는 마을 사람들의 성의는 최소한의 생활도 보장되지 않았다.

이런 저런 생각에 잠겨 있던 그는 동작을 급히 멈추며 난감한 표정을 지었다.

"이런!"

찡그린 인상 뒤로 뒤뜰이 엉망이 되어 있었다. 삼 할의 내력밖에 회복되지 않았다지만 그것은 예전의 그 엄청난 내력의 삼 할이었기에 다른 무인에 비해 월등히 높은 내공일 수밖에 없었던 것이다. 담 밑으로 정성스레 기른 채소들이 완전히 휩쓸리고, 아침에 쓸었던 마당은 여기저기 움푹움푹 패여 난장판이었다.

"일 년 전부터 부쩍 잡생각이 많이 늘었군!"

그의 중얼거림 뒤로 아이의 목소리가 뒤를 따랐다.

"다 됐어요. 식사하세요."

가을의 해는 빨리 떨어졌다. 식사가 끝나고 사내는 아이에게 언제나처럼 글을 가르쳤다. 그리고 밤이 깊어 아이가 잠자리에 들자 사내는 자신의 방으로 가 내공 수련에 다시 매달렸다. 낮에 하는 수련과 밤에 하는 내공 수련에는 엄청난 차이가 있었기 때문이다.

보통 낮에 하는 수련으로 급하게 생겨난 내공은 달이 뜬 순간부터 다음날 해가 뜰 때까지 조금씩 줄어드는 것이 정석이었다. 하지만 수련을 멈추지 않고 밤까지 했을 때는 낮에 모았던 내공이 사라지지 않을 뿐만 아니라 밤에도 역시 쌓이기에 두 배의 효과를 기대할 수 있었다.

사내는 조바심이 상당했고, 이 좋은 기회를 놓칠 수 없었기에 일 년 동안 하루도 거르지 않고 새벽까지 수련해 왔다. 처음에는 한 시진밖에 자질 못해 생기는 피로감 때문에 상당히 힘이 들었지만 내력이 점차 쌓이자 익숙해지기 시작했다. 그리고 지금에 이르러서는 오히려 내공 수련을 해야 다음날 피로감이 덜 밀려오게 되었다. 내공을 처음부터 익히는 것이 아닌, 단전이 파괴되면서 사라진 내공을 되찾는 것이었기에 하루가 다르게 급격히 늘어가는 내공을 느낄 수 있었다.

하지만 특이한 것은 예전 방법 그대로 내공 수련을 하는데도 불구하고 음기가 약하다는 점이었다. 오히려 양기가 더욱 많이 단전을 메우고 있다는 점이 이상했다. 그래서 내공이 쌓여도 왠지 모를 답답함이 가슴을 짓누르는 듯한 느낌을 항상 느꼈는데, 어쩌면 단전이 파괴될 때 단전 내부의 성질이 바뀌었을지도 모른다는 생각이 들었다. 하지만 진실을 모르는 이상 달리 단전을 바꿀 방법은 없었다. 지금까지 하던 대로 하는 수밖에…….

출가경에 들어서면서 남들보다 방대하게 커진 단전에는 아직도 일 할의 내공밖에 차지 않았지만, 그래도 언젠가는 예전처럼 칠 할 이상의 내공으로 찰 것이라는 확신이, 이제는 악마금보다 헌원지라는 이름에 더 익숙해져 버린 사내를 멈출 수 없게 하는 원동력으로 작용하고 있었다.

그와 달리 사내는 음공에 대한 또 다른 갈등으로 고민도 많이 했다. 과연 자신이 시전했던 음공이 진정한 음공인가? 음공의 실체에는 또 다른 면이 있지 않을까? 소리에 집착한 자신의 수련 방법이 잘못된 것은 아닐까? 등등의 여러 가지 불신이 밀려들면서 깊은 잡념에 빠져들 때가 많았다. 하지만 그런 마음속의 물음들이 당장 누군가에게 해답을 들을 수 있는 것도 아닐뿐더러 음공이라는, 아직 체계적이며 구체적으로 알려지지 않은 생소한 분야를 알고 있는 사람이 있을 리도 없었기에 그 또한 그저 사내 스스로가 뚫고 나가고 개발해 나갈 수밖에 없었다.

제9장
운남금룡회와 금천방

 만월교가 귀주를 통합한 후 같은 남무림 지역인 운남과 광서에서는 많은 변화가 일어났다. 한 지역에 흩어져 있는 문파들이 하나로 뭉쳐졌다는 말은 그만큼 세력이 커졌다는 것을 의미하기 때문이다. 자연 운남과 광서에 뿌리를 둔 수많은 문파들은 위협을 느낄 수밖에 없었고, 혹시 모를 만월교의 손길을 타개하기 위해 은밀히 상호 협동 관계를 유지하게 되었다. 그렇게 무림이 위축되기 시작하자 운남에도 보이지 않는 흐름이 뒤틀리는 조짐을 보이고 있었다. 바로 무림과 뗄 수 없는 관계를 유지하고 있는 상계의 고하(高下)가 서서히 뒤바뀌고 있었던 것이다.
 운남은 남만과 사천, 귀주, 광서를 잇는 주요 요충지. 그러므로 수많은 상업 집단이 똬리를 틀고 각종 이권에 개입해 막대한 이문을 취하고 있었다. 비교적 관의 통제가 느슨했기에 불법적인 사업도 어느 지역보다 성행할 수밖에 없었는데, 관에서 가장 골머리를 썩는 것이 바로 밀무역이었다. 남만에서만 나는 희귀한 보물과 보신으로 활용되는 동물들, 그리고 동물의 뼈와 약초 등이 대량으로 들어오고 나갔다.

들여오는 것이야 크게 문제 될 것이 없었지만 장사꾼이라는 것이 한 가지의 이득에 안주하며 머무를 수는 없는 법. 그들은 수출을 금하고 있는 각종 무기와 세공품 등을 남만으로 되팔고 있었고, 그것이 나라에서는 가장 큰 손실 중 하나였다.

하지만 장사꾼들은 관의 관리와도 묘한 친분을 가지며 겉과 속이 다른 행실을 보였으니! 지금에 이르러서는 운남의 관리는 관직의 높고 낮음에 상관없이 일 년 만에 만석꾼이 된다는 소문이 공공연히 나돌 정도였다. 그만큼 밀무역이 빈번하게 이루어지고 있다는 것을 뜻했으며, 그것을 눈감아주는 대가로 벌어들이는 뇌물이 엄청나다는 조금은 과장된 말이었다.

하지만 그런 상계의 생리가 무림문파들이 위축되면서 변하고 있었다. 정확히 말해 상계의 주도권 쟁탈전이 벌어질 조짐이 보이고 있었다.

운남에서 가장 큰 상계 조직은 누가 뭐래도 운남금룡회였다. 정방(正房), 타방(他房), 주역방(主役房), 청룡방(靑龍房), 개정방(開頂房) 등 오방이 모인 상업 단체는 서로서로 도우며 거대한 조직을 결성해 운남 상권의 삼 할에 가까운 세력을 움직이고 있었다. 주로 밀무역을 도맡아하며 이득을 얻어가는 그들은 또 다른 상계 집단인 청동회(靑銅會)와 가끔 충돌을 일으키기도 했지만, 취급 품목이 서로 달라 체면을 세워주는 쪽으로 좋게 마무리를 짓는 경우가 많았다.

그러나 이 년 전부터 급격히 떠오르는 금천방이 문제가 되었다. 어디에서 굴러왔는지는 모르나 막대한 자금력으로 각종 사업에 손을 뻗친 그들은, 일 년 전부터 밀무역에 조금씩 관심을 드러내면서부터는 운남금룡회와 보이지 않는 알력 다툼을 벌였다. 밀무역의 막대한 이익이 둘로 갈라지는 것이 싫었던 운남금룡회가 가만히 있을 리 만무했기 때문이다.

그들은 은근히 금천방을 방해하며 그간 친분을 다져 왔던 무림문파에 좀 더 많은 투자를 했다. 비록 귀주 때문에 운남무림이 위축되었다고는 하나 상계와 무림은 뗄래야 뗄 수 없는 관계. 표물 우송에 있어 자체적으로 무사들을 고용하기도 하지만 실력이 많이 떨어졌기에 무림문파에 자주 의뢰해야 했던 것이다.

게다가 상계 쪽에서도 간혹 충돌이 일어났으므로 무력의 필요성이 있었다. 어쩔 수 없이 문파와 밀접한 관계를 가지기 위해 많은 상납금을 주어야 했고, 대신 문파는 업자들에게 받은 상납 금액에 비례하게 그들의 상권을 지켜주며 배를 불리는, 상호 보완 관계를 끊임없이 유지하고 있었다.

운남금룡회가 무림의 힘을 빌려 방해 공작을 펼치자 금천방에서도 자금력을 이용해 자체적으로 용병을 고용하기도 하고, 문파를 포섭하려 애를 썼다. 하지만 오랜 시간 뿌리 깊게 자리를 잡고 있는 운남금룡회에 당연히 밀릴 수밖에 없었다. 운남에 있는 문파들도 누구의 손을 잡아야 유리한지 잘 알고 있었기 때문이다.

오랜 시간 운남에 몸을 담았던 운남금룡회이기 때문에 그들과 관련이 있는 문파들이 상당히 많았고, 금천방의 편을 든다면 운남금룡회와 관련된 모든 문파들과 적대 관계를 유지해야 하는 부담을 져야 했다. 그러니 금천방은 자금력이 떨어지거나, 생겨난 지 얼마 되지 않은 신진 문파들을 위주로 포섭하기 위해 여념이 없었다.

운남 서쪽에 치우친 대리(大理)!
대리에는 거대한 장원이 자리잡고 있다. 대리 사람이라면 누구나 알고 있는 그곳은 장원이라기보다는 성(城)에 가깝다 할 수 있었다. 높은 담장은 여덟 장이나 됐고, 장원 안에 늘어선 건물들은 모두 거대한 위용을 드러내고 있었기 때문이다. 특히 장원 중앙에 위치한 건물은 무려 팔 층이나 되었는데, 지붕 처마마다 금룡이 여의주를 물고 있는 조각품이 자리를 잡고 있어 그 힘과 기상을 마음껏 뽐냈다. 사람들은 금룡이 모두 순금이라고 떠들기도 했고, 아무리 돈이 많아도 어떻게 금으로 만들겠냐며 돌 조각상에 금을 입힌 것이라 말하기도 했다.
아무튼 팔 층이나 되는 거대한 건물 정문에는 금천각(金天閣)이라 적힌 거대한 현판이 걸려 있어 이곳이 금천방의 총단이라는 것을 확신시켜 주고 있었다.

"원양(元陽)에서 광서로 가던 표물이 털렸습니다."
금천각의 가장 높은 팔층의 방 안은 사방이 창문으로 뚫려 있어 대리를 한눈에 바라볼 수 있는 구조였다. 경치만 봐도 속이 확 뚫릴 것 같은 방. 하지만 탁자 하나를 사이에 두고 두 노인은 심각한 표정을 숨기지 못했다.

말을 꺼낸 사내는 금룡장의 모든 일을 장주의 수족처럼 지휘하는 총관 유대적(遊對跡)이었다. 이미 아흔 살을 넘은 그는 사실 문사라기보다는 무인에 가까웠다. 주렁주렁 몸에 달고 있는 장신구들에서 알 수 있듯 묘족 출신인 그는, 금룡장의 지원을 받아 어릴 때부터 무공을 익혀 신화경의 경지에 올라선 고수였다.

현재 운남에 알려진 신화경의 고수는 모두 열세 명. 하지만 유 총관은 실력을 드러내지 않으며 철저히 금천방을 위해서만 일해왔다. 그가 신화경의 고수라는 것은 금천방의 고위 간부급들만 알고 있는 사실이고, 모두 유 총관이 운남의 열 손가락 안에 충분히 드는 고수라고 확신할 정도로 그의 무공은 뛰어났다.

그런 유 총관을 바라보던 맞은편의 노인이 조용히 한숨을 쉬었다. 은백색에 가까운 백발을 곱게 빗어 넘긴 그는 체형이 상당히 왜소했다. 앞에 있는 유 총관과 비교했을 때 앉은 키가 거의 두 배 이상 차이가 날 정도로 작았다. 하지만 눈 안에 비치는 정기는 아이와 같이 맑아 속을 짐작할 수 없는 묘한 인상이었다. 그가 바로 금천방의 주인 양사진(襄仕進)이었다.

양 대인이라 불리는 그는 사람을 직접 만나는 일이 드물었다. 그를 만날 수 있는 사람은 유 총관과 금천방의 경영권 전체를 나누어 움직이는 팔대 집사, 그리고 수족처럼 부리는 호위들, 마지막으로 금천각에서 일하는 하인, 하녀들과 가족들이었다. 가족이라고 해봤자 손녀와 손자가 다였지만.

"누구의 짓인지는 알아냈나?"

"알아낼 필요도 없었습니다."

잠시 시간을 두고 유 총관을 바라본 양 대인은 씁쓸한 미소를 지었다.

"운남금룡회인가?"

"그렇습니다. 눈에 보일 정도로 그들의 짓이라는 것이 확연히 드러나더군요."

"그럼, 경고 차원이라고 봐야겠군."

"그런 것 같습니다. 자신들이 했으니 밀무역 쪽으로는 손도 대지 말라는 경고겠지요."

"흠!"

침음을 흘리는 양 대인을 향해 유 총관이 살며시 고개를 저었다.

"이쯤에서 그만두시는 것이 어떻겠습니까?"

"이유는?"

"운남에 뿌리를 내린 지 사 년입니다. 그 짧은 시간 동안 이 정도 규모로 성장한 것도 엄청난 것입니다. 지금처럼 표물 운반이나 기루 운영, 전장, 대리석 유통만 해도 더욱 커갈 수 있습니다. 굳이 밀무역에 손을 뻗어 운남금룡회와 분란을 만들 필요가 없지 않습니까? 그들과 공존의 방법을 생각하심이……."

그의 말을 끊으며 양 대인은 단호하게 고개를 저었다.

"자네와 내가 같이 일한 지 얼마나 됐지?"

"……!"

"맙소사, 바로 계산할 수가 없군!"

양 대인은 슬며시 기분 좋은 표정을 드러냈다.

"내가 후계자로 지목된 후 처음 자네를 봤지. 그때 자네는 나보다 더 오래 금천방에 몸을 담고 있었지. 아마 내 기억으로는 자네가 그때 나이 서른 정도였을 게야. 내가 열두 살 때였으니까, 대략 육십여 년이야. 그동안 나를 보아오면서 아직 파악하지 못했나?"

"……."

"난 지금까지 단 한 번도 쉬운 일로 돈을 번 적이 없네. 그건 자네도 알지 않나? 어렵게 도전을 하고, 그 일이 익숙해지면 또 다른 도전을! 난 그렇게 살아왔고, 앞으로도 그렇게 살 걸세. 그리고 모험없이 무언가를 얻는다면 인생이 참 무료하지 않겠나?"

대답은 하지 않았지만 그를 이해한다는 듯 유 총관은 고개를 끄덕였다. 양 대인의 말대로 불가능할 것 같은 수많은 도전이 지금의 그들과 금천방을 있게 했던 것이다. 하지만 그것은 지극히 금전적인 문제일 뿐이었다. 이번 금룡회와의 충돌은 어쩌면 지금까지의 그것과는 달리 엄청난 피를 부를 수도 있었다. 운남금룡회가 무림문파와 손을 잡고 있는 이상 어쩔 수 없었다.

"그러나 위험 부담이 너무 큽니다. 돈을 벌고 잃는 문제를 벗어난 일일 수가 있습니다."

"그렇기에 무림문파를 포섭하고 있는 것이 아닌가!"

"하지만 쉽지 않습니다. 일 년 동안 많은 문파를 찾아다니며 회유를 하고 있지만 지금까지 모두 여섯 개의 문파밖에 되질 않습니다. 진룡문과 청산문이야 모양각과 친분이 있어 수락해 왔지만, 나머지 네 개의 문파는 이름조차 내밀 수 없을 만큼 작습니다. 모두 우리에게 떨어지는 콩고물이나 챙기자는 수작 정도로 생각하시면 될 겁니다. 적당히 도와주는 척하며 돈이나 받을 생각이겠죠. 운남금룡회에 발을 담고 있는 문파들이 움직이기 시작하면 바로 안면 몰수할 자들입니다."

"흐음! 어차피 예상했던 바가 아닌가. 그렇다면 어쩔 수 없이 용병을 더 모집해 보게. 문파의 도움을 받는 것보다 자체적으로 실력있는 용병 무사들을 고용하는 것이 더 효과적일 수도 있지."

"정 집사가 애쓰고 있는 모양이지만 그 또한 쉽지는 않은 것으로 알고 있습니다. 대부분 실력있는 무사들의 경우에는 나서지 않으려는 경향이 짙으니까요."

"최고의 대우를 해주어서라도 모집하게. 그에 따른 자금은 내가 얼마든지 지원할 테니까 말이야. 정 집사에게 그렇게 일러두게."

"알겠습니다."

"참, 그리고 얼마 후에 진룡문의 오십 주년 개문식이 있다고?"

"그렇습니다."

"어떻게 준비하고 있나? 섭섭하지 않게 대우를 해주어야 다른 문파들도 우리에게 좋은 인식이 생길 텐데?"

"운현 근처에 있는 표국 하나를 개문식 선물로 그들에게 넘기기로 했습니다. 그리고 당일 날 대인의 이름으로 좋은 검 하나를 선물할 예정입니다."

"그 정도 가지고 되겠나?"

"충분할 것으로 예상합니다만, 부족하겠습니까?"

"아니, 예물은 충분하고도 넘치지. 하지만 누가 전해줄 것인가?"

"가영월 집사를 보낼 생각입니다."

그의 말에 양 대인은 고개를 저었다.

"아니지, 아니야. 그래서는 체면이 서질 않아. 좀 더 관계를 돈독히

하려면……."

양 대인이 사람을 따로 만나지 않는다는 것을 알고 있는 유 총관은 살며시 인상을 찌푸렸다.

"설마 도련님을……?"

"그것도 좋겠군. 하지만 혁소(赫燒)보다는 향(香)이가 낫겠지."

그에 수긍하듯 유 총관이 대답했다.

"그렇기는 하지요."

양 대인은 아들이 일찍 병사하는 바람에 금천방의 뒤를 이을 자는 손자인 양혁소(襄赫燒)밖에 없었다. 하지만 그는 죽은 아버지를 닮은 탓에 병약하고 심정이 여리다는 흠이 있었다. 책읽기는 즐기며, 방 안에서 잘 나오질 않는 그의 또 다른 문제는 열네 살이라는 어린 나이였다. 양 대인의 나이가 나이인 만큼 혁소가 빨리 성장해 많은 사업 경험을 쌓아야 하는데, 여러모로 문제가 많았다.

반면 혁소의 누나인 양향(襄香)은 그와 정반대로 할아버지인 양 대인을 닮아 여러모로 시선을 모았다. 차분하면서도 빠른 판단력과 임기응변이 강했으며, 저돌적인 면이 있었다. 뿐만 아니라 성격도 활달해 무엇이든지 배우고자 하는 욕심이 많았다. 특히 무공에 많은 관심을 가지고 있었는데, 어릴 때부터 할아버지에게 졸라 뛰어난 무인들에게 수련을 받았기에 지금에 이르러서는 묘령이라는 나이로서는 생각할 수 없는 실력을 겸비하고 있었다.

여러모로 혁소보다는 양향이 금천방을 이끌 제목이었지만, 성별이 여자라는 것이 걸림돌이 되고 있었다. 거친 장사 일이 여자에게 그리 어울리지 않는다고 양 대인은 생각하고 있었던 것이다.

"쯧쯧, 혁소와 향이가 반반씩 섞였어도……!"

바람 같은 양 대인의 말에 유 총관은 걱정 말라는 듯 입을 열었다.

"너무 심려 마십시오. 도련님은 아직 어립니다. 충분하고도 넘칠 정도로 자질을 가지고 있으니 대인의 마음에 들게 성장할 겁니다."

"그거야 모르지. 아무튼 자네가 혁소에게 신경을 좀 써주게. 무공도 가르쳐 주고."

"알겠습니다. 그리고 진룡문에 관한 건 제가 아가씨에게 따로 전하겠습니다."

"그렇게 하게. 그 녀석이 간다면 문제가 없지. 진룡문이 중요하다는 말을 전하면 알아서 잘 대처할 걸세. 그런데 자네는 어떻게 할 텐가?"

"……?"

"이번 진룡문의 개문식 때 아마 운남금룡회 쪽에서 시비를 걸어올 가능성이 있지 않겠나?"

"가능성보다는 확신을 해야 할 겁니다. 그리고 운남금룡회보다는 그들은 돕고 있는 문파들이 견제를 하기 위해 압력을 넣을 것입니다."

"밀무역 때문에 문제가 많기는 많군!"

조금은 자조적인 양 대인의 말에 유 총관이 말머리를 돌렸다.

"제가 직접 아가씨를 호위해 진룡문으로 갈까요?"

"일이 바쁘지 않다면 그렇게 해주게."

"알겠습니다. 하지만 시간은 조금 걸릴 겁니다."

유 총관은 양 대인과 일별한 후 내원으로 향했다. 금천방의 이름만큼이나 내원도 넓었고, 거대한 건물들이 줄줄이 늘어서 있어 처음 오는 사람이라면 위압감을 느낄 정도였다. 그는 내원의 건물 중 청수각으로 걸어갔다.

청수각은 거대한 수련장으로, 내원을 지키는 무사들에게 수련할 수 있는 장소를 마련하기 위해 따로 축조한 건물이었다. 모두 삼 층으로 나누어졌는데, 수련을 목적으로 만들어진 만큼 다른 삼 층짜리 건물보다 월등히 높을 수밖에 없다.

유 총관이 일층과 이층을 지나 양향의 전용 연공실에 도착하자 문안에서 여인의 기합성이 들려왔다.

"얍!"

그리고 들리는 둔탁한 소리와 단말마의 비명!

탁—!

"크윽!"

양 총관이 문을 열고 들어서자 십여 명의 사람이 원을 그리듯 앉아 있는 것이 보였다. 그들은 중앙에 서 있는 두 사람에게 시선을 두고 있었다. 비무를 막 끝냈는지 양향이 목검을 거두어들이고, 그 맞은편에는 무사 하나가 바닥에서 일어서는 모습이었다.

"비무를 한 모양이군요."

갑작스런 유 총관의 등장에 무사들이 일제히 일어나 고개를 숙였다.

"어서 오십시오, 유 총관님!"

고개를 끄덕여 답례한 그가 무사들에게 명했다.

"아가씨에게 따로 할 말이 있으니 자네들은 이만 나가들보게."

무사들이 사라진 후 유 총관이 웃음을 흘리기 시작했다.

"허허허, 이번에도 저와 함께 여행을 가야 할 것 같습니다."

"여행이라뇨?"

"운현에 볼일이 생겼습니다."

"운현이라면……."

"진룡문이 있는 곳입니다."

그러자 그녀는 급히 생각이 난 듯 대답했다.

"아! 개문식이 있다고 했죠?"

"알고 계시군요. 대인께서 아가씨가 직접 그곳 문주를 뵙고 선물을 건네주시길 바라십니다."

그 말에 양향의 차분한 표정 안으로 미소가 감돌았다. 묘령의 나이답지 않게 앳된 얼굴은 그녀의 미소를 상큼하게 만들어주고 있었다.

"어쩔 수 없죠. 한 달간 수련에 좀 더 정진하고 싶었는데, 다음으로 미룰 수밖에……. 그런데 언제 출발이죠?"

"그리 급한 것은 아니지만 여유를 가지려면 이틀 후쯤 가는 것이 좋겠습니다. 미리 도착해 그곳 사정도 파악하고, 진룡문주와 그 기솔들의 얼굴을 익혀둘 필요도 있으니까요. 괜찮으시겠습니까?"

"저야 상관있나요? 오랜만에 유 총관님과 무공에 대해서 이야기도 할 수 있으니 오히려 영광이죠."

"허허, 제가 무슨 도움이 되겠습니까?"

순간 그녀가 새침한 미소를 지었다.

"유 총관님의 단점이 뭔 줄 아세요?"

"……?"

"너무 자신을 낮춘다는 거예요. 저 같은 검사에게는 유 총관님과 같은 실력자에게 무공을 배우는 것이 얼마나 큰 득이 되는 줄 아세요?"

"그건 아닙니다."

그녀가 고개를 갸웃거리자 유 총관이 말을 이었다.

"아무리 뛰어난 고수에게 배운다 하더라도 그걸 받아들이는 입장의 차이에 따라 완전히 달라진다는 말입니다. 실제 지금의 아가씨에게 저는 무공을 가르칠 수 없지 않습니까? 처음부터 저에게 배웠다면 모르겠지만 지금은 추구하는 방향이 다릅니다. 그러니 저에게 무공을 배우겠다는 생각은 하지 않는 것이 좋습니다."

"하지만 유 총관님 같은 신화경 고수와의 대화만으로도 큰 도움이 된다고 알고 있는데요."

"그건 말 그대로 대화일 뿐입니다. 무공의 원류를 떠난 극의를 깨달을 수가 있는 것이죠. 그 방향이 대화에 묻어나오게 되어 있습니다. 수련 방법과 마음가짐 등이지요."

"아무튼 도움이 되는 것은 사실이잖아요. 이번 여행에서 무공에 대해 많은 이야기를 해주세요."

유 총관은 미소로 그녀의 말에 대답할 뿐 확답은 주지 않았다. 수준 높은 대화가 양향의 발전에 도움이 될 수도 있지만, 의미 모를 말에 오히려 방해가 될 수도 있었기 때문이다.

무공이란 일정한 틀에 얽매여 있을 때 그 틀을 부수어야만 진보를 할 수 있는 것이고, 틀을 넘어서지도 못했는데 다음 단계에서 이해할 수 있는 것들을 알아봐야 무용지물일 뿐이었다.

유 총관이 볼 때 양향의 실력은 상상밖으로 뛰어났다. 하지만 그것은 같은 동년배의 재능을 기준으로 삼았을 때의 이야기일 뿐이다. 내력을 몸 밖으로 뿜어낼 수 있기에 이미 일갑자를 넘어섰다고 봐야 했지만, 그 정도는 무림에 나설 수 있는 실력은 아니었다. 하급 무사로

만족할 그녀가 아니었기 때문이다.

그가 생각할 때의 양향은 앞으로 십 년이 고비라 할 수 있었다. 십 년간 꾸준한 수준을 유지하며 발전한다면, 그 이후에는 놀라운 성장을 보일 것이다. 그전에 다른 잡생각으로 좀 더 속성의 무공을 익히려 한다면 역효과가 날 수밖에 없었다. 그녀가 익히고 있는 내공 심법은 내력이 천천히 쌓이는, 중원 정파에 뿌리를 두고 있는 무정심정공(無情心情功)이었기 때문이다.

제10장
의문의 기녀(1)

헌원지는 오전에 아이들을 가르친 후 장타와 함께 운현으로 향했다. 오십 리나 되는 거리였기에 미시초(未時初)에 출발해 이른 저녁쯤에 그들이 일하고 있는 명화루(明火樓)에 도착할 수 있었다.

헌원지가 문을 열고 들어서자 손님 맞을 준비를 하기 위해 점소이들이 부산하게 움직이고 있었다. 언제나처럼 식탁을 정렬하고, 의자를 내려놓고, 계단과 난간을 닦는다고 정신없었다. 그들 중 이십대 초반 정도로 보이는 점소이가 헌원지 옆에 서 있던 장타를 알아보고 짜증스럽게 외쳤다.

"왜 이렇게 늦었어? 바쁘니까 빨리 움직여!"

헌원지 때문에 몇 달 전부터 명화루에서 일을 하게 된 장타는 급히 점소이들 틈에 끼어 일을 하기 시작했다. 그에 상관하지 않고 헌원지는 이층으로 올라갔다.

그가 이층에 모습을 드러내자 탁자 한 켠에서 잡담을 나누고 있던 기녀들이 반가운 표정을 지으며 몰려들었다. 그중 정령소(丁靈小)라는 기녀가 은근히 기대하는 표정을 드러냈다.

"오늘은 어떤 곡을 연주할 거예요, 오라버니?"

그녀의 물음에 모두 궁금하단 표정을 지었다. 헌원지보다 나이가 많은 기녀도 있었고, 적은 기녀도 있었지만 모두 오라버니라는 호칭을 사용했으므로 그는 화사한 미소를 지으며 대답했다.

"청청만리(淸聽萬里)라는 곡을 지었지. 나중에 들어봐!"

"청청만리?"

"그래, 연주를 들으며 긴 여정을 떠난다는 뜻이야."

"조용하고 차분한 곡이겠군요?"

헌원지는 고개를 끄덕이는 것으로 대답을 했다. 그러자 또 다른 기녀가 입을 열었다.

"오라버니의 연주 실력이야 저희에게도, 또 이 홍등가 근처에도 정평이 나 있는 거고……. 진령(振鈴)과 같이 연주를 하면 어떤 조화가 이루어질지 궁금하네요."

처음 들어보는 이름이었기에 헌원지가 고개를 갸웃거렸다.

"진령?"

"네! 이틀 전에 들어왔는데, 피리 부는 솜씨가 정말 뛰어나더라고요. 어제 처음 손님들 앞에서 연주를 했거든요."

"……?"

잠시 뜸을 들인 기녀는 슬며시 미소를 지었다.

"오라버니와 견주어도 결코 뒤지지 않는 실력이었어요."

그녀의 말에 정령소가 인상을 찌푸리며 버럭 반박을 하고 나섰다.

"무슨 소리야? 오라버니만큼 실력있는 악사가 어디 있다고!"

그러자 모두 고개를 끄덕였다.

"그렇기는 하지! 오라버니의 금을 타는 소리를 들으면 이상하게 힘이 쭉 빠지고 술이 절로 들어간다니까."

악기 연주에 대한 칭찬이 싫지 않았던 헌원지는 피식 미소를 지었다. 하지만 이곳 기루에서도 그는 자신의 예전 신분과 성격을 철저히 숨기려고 했기에 겸양 떠는 것을 잊지 않았다.

"하하, 너무 칭찬을 하면 내가 무안하지."

"칭찬이 아니라 사실을 말하는 거예요."

"그렇다면 고맙고. 그런데 그 진령이라는 아이는 어디에 있지?"

"대기실에 있을 거예요."

"왜? 같이 이야기라도 나누며 친하게 지내지."

"몰라요. 저희도 그러고 싶은데, 워낙 말수가 없는 성격이라……. 그게 아니면 고상한 척하는 것일지도 모르죠."

"이런 일이 처음인가 보군!"

"그런 것 같았어요. 루주님 말을 들어보니 이제 열일곱 살이라던데, 처음이겠죠."

"흠!"

헌원지는 약간의 호기심을 느꼈지만 그에 상관하지 않고 기녀들과 잡담을 나누었다. 대부분의 기녀들이 그간 있었던 일과 손님들에 대해 이야기를 했고, 그는 장단을 맞춰주며 웃거나 고개를 끄덕이는 것이 대부분이었지만…….

점점 시간이 지나 해가 떨어지자 명화루에도 손님이 하나둘 들어오더니 유명한 기루답게 금세 북새통을 이루었다. 헌원지는 시간이 되자 이층 거대한 실내 가장자리에 배치된 단상에 앉아 금을 연주하기 시작했다. 명화루의 기녀 대부분이 시나 서예, 악기 연주에 상당한 재주들이 있었지만 오늘처럼 헌원지가 올 때면 손님들이 가장 많은 시간의 이층 연주는 가장 실력 좋다고 인정받은 그의 담당이 되어 있었다.

그리고 그날은 어김없이 그의 연주를 듣기 위해 혹은 보기 위해 일부러 찾아오는 손님들로 붐볐다. 특히 여자 손님들이 붐볐는데 헌원지의 속되지 않은 외모, 아니, 오히려 어떤 여인보다 화사한 외모와 금을 타는 실력이 여인들로 하여금 가까이 하고 싶은 남성으로 비쳐졌기 때문이다. 게다가 기루에서 연주를 하기 위해 루주가 신경 써서 주문해 준 화려한 옷이 날개마냥 헌원지를 더욱 돋보이게 하고 있었으니…… 당연히 여인들이 넘어갈 수밖에!

띠띠띵—!

대기실에서 이미 조율했던 현이 가볍게 훑어지며 헌원지의 눈이 슬며시 감겼다. 현의 진동이 완전히 끝날 때까지 무언가를 음미하듯 그의 눈은 떠질 줄을 몰랐다. 그리고 완전히 진동이 사라졌을 때서야 흡족한 표정을 드러내며 가볍게 고개를 끄덕였다.

그의 작은 동작 하나하나에 손님들의 시선이 집중될 수밖에 없었다. 다른 기루에서 행해지는 기녀들의 연주나 악사들의 연주와는 확실히 다른, 심금을 울리는 연주 실력이 상당히 알려져 있기 때문이다. 이미 들어봤던 손님들은 '오늘은 어떤 연주를 할까?' 라는, 소문을 듣고 처음 명화루를 찾은 손님들은 '얼마나 대단한 실력이기에 소문이 자자할까?'라는 얼굴일 수밖에 없는 것이다. 하지만 그들을 대하는 헌원지는 무신경하지만 깊게 깔린 눈빛을 드러내며 주위를 환기시키듯 둘러볼 뿐 별다른 행동이나 조급한 모습을 보이지 않았다.

그가 손님들 하나하나를 찬찬히 훑어보자 시선이 마주치는 자들마다 움찔하며 몸을 떨었다. 깊어 보이지만 강인하게 느껴지는 그의 눈빛에 알 수 없는 힘이 깃들여 있었기 때문이다. 여자 손님들은 얼굴을 붉히며 시선을 피하기도 했다.

미미하게 미소를 지어 보이던 헌원지는 비로소 금을 잡아 연주를 시작했다.

띠띵—!

길고 부드러운 손이 중현을 건들자, 그 작은 동작과 소리에도 여기저기에서 사람들의 낮은 탄성이 터져 나왔다. 그 이후에는 놀라움의 연속이었다. 현란하게, 때론 무게있게 움직이는 손, 그에 따라 울려 퍼지는 금음에 사람들이 저마다 감정을 숨길 줄 모르며 얼굴에 고스란히 드러냈던 것이다. 눈물을 흘리는 자, 인상을 쓰는 자, 고개를 설레설레 젓는 자!

그러면서도 묘한 것은 목이 타는지 술잔을 멈추지 않고 들이킨다는 것이었다.

중간중간 숨을 돌릴 여유를 주며 장작 한 시진이라는 연주를 끌어오던 헌원지는 기녀들에게 말했던 청청만리라는 곡으로 끝을 보았다.

뚜둥—!

마지막 현이 울리고 은근히 추파를 던지는 여인들을 뒤로한 채 헌원지는 슬며시 자리에서 일어섰다. 그러자 손님들이 아쉬운 표정을 역력히 드러냈지만 그로서는 상관하지 않았다.

"지금까지 부족한 제 연주를 들어주셔서 감사합니다."

다시 한 번 손님들을 둘러보던 그는 공손한 인사와 함께 몸을 돌려 기녀나 점소이들만 다니는 복도를 통해 삼층으로 걸음을 옮겼다. 이후부터는 중간중간 다른 기녀들이 자신들의 특기에 맞게 가무나 악기 연주를 하는 시간이었다. 그사이 헌원지는 대기실에서 쉬다가 삼경초(三更初) 고관대작들이나 부호들이 머무는 방에 들어가 술자리의 흥을 돋우어주는 것으로 일을 마쳤다.

드르륵!

문을 열고 삼층 대기실로 들어서자 수고했다고 말을 걸어오는 기녀들에게 간단히 고개 숙여 답례를 한 후 한쪽 구석을 바라보았다. 그곳에 홀로 앉아 있는, 비교적 어려 보이는 소녀가 그의 눈길을 끌었기 때문이다. 많이 봐줘야 열일곱 살 정도 돼 보이는데, 차분한 인상에 짙은 화장이 애처롭게 보였다. 화장을 지운다면 곱게 자란 대갓집의 여식 같은 인상을 풍길 만한 외모였다. 아마 그녀가 이번에 새로 들어온 악사인 모양이었다.

헌원지가 그녀에게 관심을 보이자 천심이라는 기녀가 다가와 그의 귀에 대고 살며시 속삭였다.

"저 아이가 아까 말한 그 진령이에요."

"그래?!"

헌원지는 그녀를 유심히 쳐다보았다. 그의 시선이 노골적으로 고정되어 있었기에 고개를 돌려 인사 정도를 해도 되련만, 진령이라는 여인은 고개를 숙인 채 손에 들린 대금(大笒)만 바라보고 있었다. 그 도도한 모습에 화가 났던 천심이 인상을 쓰며 입을 열었다.

"사람이 왔으면 좀 쳐다보는 것이 어때?"

그제야 진령이 고개를 돌려 헌원지를 바라보았다. 하지만 그녀는 별 관심이 없는 듯 이내 다시 대금으로 시선을 돌려 만지작거릴 뿐이었다. 천심이 한마디를 더 하려고 했지만 헌원지가 그녀의 팔을 잡아 말렸다.

"됐다. 성격이 원래 저런 모양이니, 나 때문에 괜히 사이가 나빠질 필요는 없지."

"하지만 너무하잖아요. 감히 오라버니에게……."

헌원지는 슬며시 미소를 지으며 그녀의 등을 토닥여 주었다.

"됐어. 피곤하니 좀 쉬어야겠다."

말이 떨어지기 무섭게 얼굴을 활짝 편 천심이 급히 옆에 있던 의자를 당겨 헌원지 앞에 놓았다.

"여기 앉으세요. 그런데 연주는 어땠어요?"

"오늘은 꽤 손이 잘 돌아가던데, 나름대로 만족스러웠어."

"잘됐군요. 저번 연주에서는 답답하다고 하셨는데. 아무튼 잠시만 기다리세요. 제가 먹을 거라도 좀 가져올게요."

헌원지의 대답도 기다리지 않고 대기실을 나가는 그녀를 보며 그는 자리에 앉았다. 그는 다시 진령을 바라보았다. 이상하게 악기만 만지작거리는 그녀에게 관심이 갔기 때문이다. 뭐, 기루에 기녀가 들어오고 나가는 것이야 크게 신경 쓰지 않는 그였지만, 실력이 좋다는 말을 들었기에 그런지도 몰랐다. 결국 헌원지가 참지 못하고 진령을 향해 입을 열었다.

"좋은 대금이군! 어디에서 구했소?"

"……."

"실력이 좋다고 들었는데……."

"……."

두 번이나 말을 걸었음에도 불구하고 대답이 없는 그녀였지만 헌원지는 여전히 궁금증을 드러냈다. 하지만 무언가 더 물어보려는데 자리에서 일어서는 진령. 그 때문에 헌원지도 약간 불쾌한 표정을 보였다.

"벙어리인가?"

혹시 그럴지도 모른다는 생각이 들었지만 아니었다.

"조금 있으면 제 차례라서 이만 실례할게요."

그녀는 헌원지의 생각과 달리 입을 열고는, 역시 쳐다보지도 않은 채 대금을 챙겨 밖으로 향했다. 그녀의 행동에 잠시 당황했던 헌원지가 다른 기녀들을 바라보았다. 하지만 그녀들도 벌써 진령의 행동을 여러 번 경험한 듯 어깨만 으쓱거릴 뿐이었다. 그때 기녀 하나가 고개를 저으며 대답했다.

"처음부터 저랬으니까 신경 쓰지 마세요."

"그런데 정말 실력이 그렇게 좋아?"

"그럼요. 제가 명확하게 판단할 수는 없지만 왠지 소리에 힘이 실려 있는 것 같았어요. 한번 가서 들어보지 그래요?"

헌원지는 고개를 저었다. 괜스레 나설 필요성을 느끼지 못했던 것이다. 하지만 그렇다고 전혀 관심이 없는 것은 아니다. 아니, 상당히 관심이 쏠린다는 표현이 맞았다.

그는 그렇지 않아도 음공을 익혀 극도로 발달된 귀에 내력을 끌어올려 청력을 높였다. 그러자 삼층 복도 끝에 있는 대기실에서도 이층에서 울려 퍼지는 피리 소리가 아련히 들리기 시작했다.

'이건?'

순간 헌원지의 표정이 보이지 않게 꿈틀거렸다. 분명 대금이 울려 나오는 소리에는 묵직한 무게가 실려 있었지만, 그것이 다가 아니라는 것을 알 수 있었기 때문이다. 피리로 음공을 시전해 봤던 그였기에 정확히 파악할 수 있었다. 미약하기는 하지만 분명히 입술의 떨림에 내력이 실려 있었고, 그것에 힘입어 대금 속을 뚫고 들어가 나오는 소리의 파장에는 보통의 대금 소리와는 달리 굴절이 심했다.

'음공이 확실해. 하지만 어떻게 익혔지? 스스로 터득할 수도 있겠지만 내력없이는 불가능한데…….'

"설마 무공을 익혔나?"

자신도 모르게 튀어나온 중얼거림에 기녀들의 시선이 모였다.

"왜 그러세요? 무공이라뇨?"

"아, 아니다!"

순간 무안해진 헌원지는 고개를 저으며 아무렇지도 않은 듯 의자 등받이에 등을 기댔다. 그때 밖에 나갔던 천심이 과일이 담긴 쟁반을 들고 와 자연스럽게 어색함을 넘길 수 있었다. 하지만 내심 그의 의구심은 더욱 커져만 갔다.

기녀들이 약간의 음공을 익히는 경우도 있다. 하지만 그것은 인간이 느끼지 못하는, 본래 가지고 있는 내력을 사용하게 된다. 인간에게는 누구나 몸속에 흐르는 진기가 있고, 그것이 음공인지도 모른 채 하나의 기술로 알고 있는 경우가 많기 때문이다. 그에 반해 진령은 분명히 내력을 마음대로 조율할 수 있는 능력을 가지고 있었고, 그것은 무공을 익혔다는 것을 뜻하고 있었다.

'무림인이었나? 하지만 무공을 익혔다면 왜 이런 기루에서 일을 하지?'

불현듯 호기심이 피어올랐던 그는 자리에서 일어나 이층으로 가기 시작했다. 가까이서 그녀의 연주를 듣고, 본다면 좀 더 정확히 알 수 있을 것 같았던 것이다.

이층 실내를 들여다보자 중앙 단상에서 진령이 대금을 부는 모습이 들어왔다. 헌원지는 진령의 입을 유심히 바라보았다.

'확실해. 입술을 통해 내력을 뿜어 넣고 있어!'

직접 확인까지 되자 그녀의 배경이 궁금해지기 시작했다. 왜 기루에서 연주를 하는 것일까? 아니, 그보다는 무공 실력이 어느 정도 되는지 궁금해졌다.

헌원지는 유심히 그녀의 연주를 지켜보며 내력을 파악하기 시작했다. 그리고 연주를 듣는 사람들의 표정도! 손님들의 표정은 헌원지 자신의 연주 때와는 달리 상당히 들뜬, 그리고 약간의 흥분이 감돌고 있었다.

'파장의 굴절을 상당히 심하게 하고 있어. 그리고 의도적으로 고음을 낮게, 저음을 높게 하고 있군! 악마대에서 배운 음공과는 많이 다르지만 그래도 제법 체계는 갖추고 있군!'

생각과 함께 그는 그녀의 연주가 끝날 때까지 계속 지켜보았다. 그런데 그때 약간의 문제가 생겼다. 실내 한쪽 창가에 자리를 잡고 있던 사내들 중 한 명이 진령의 연주가 끝나기를 기다려 다가갔다.

"실력이 좋군! 이름이 무엇이냐?"

제법 나이가 있어 보이는 사내의 허리에는 검이 메여 있었다. 그것으로 보아 무림인임을 알 수 있었는데, 회색 복장 가슴 부분에 문파를 나타내는 문향, 초록색 용이 수놓여 있는 것이 분명 진룡문의 무사였다.

진룡문은 운현에 자리잡고 있는 문파로 일대에서 꽤 큰 힘을 발휘하고 있었다. 문도수가 삼천이나 되며 운현에 청지거리에 있는 기루들을 관리하고 있어, 이곳 운현에 사는 사람이라면 모르는 자가 없었다.

사내의 물음에 진령이 빤히 쳐다보더니 이내 시선을 거두고 자리에서 일어섰다. 상대를 완전히 무시하는 태도에 사내가 거슬렸던 모양이었다. 눈이 가늘어지며 불쾌한 표정을 드러냈다.

"이름을 물었는데?"

"진령, 여기에서는 진령이라고 부릅니다."

대답과 함께 그녀는 몸을 돌렸다. 그러자 사내가 그녀의 손을 잡았다.

"잠깐, 이름 따위를 알자고 너를 찾은 것이 아니다."

"……?"

"우리와 한잔하겠느냐?"

"저는 술을 따르는 기녀가 아닙니다."

"훗, 술집에 있는 기녀가 술을 따르지 않는다? 너 같으면 믿겠느냐? 몸값을 올리고 싶은 모양인데, 얼마를 원하느냐? 내 루주를 잘 알고 있으니 따로 말해 주겠다."

"필요없습니다."

의문의 기녀(1) 159

거칠게 잡은 팔을 뿌리치는 그녀를 향해 사내의 인상이 더욱 굳어졌다. 여러 사람들이 보는 앞에서, 이 일대를 관리하고 있는 진룡문의 무사가 창피를 당한 꼴이니 그럴 수밖에 없었다. 그것도 한낱 기녀에게 모욕을 당했으니…….

그래도 사람들의 시선이 신경 쓰이는지 바로 손을 쓰지는 않았다. 하지만 손을 뿌리치고 복도로 향하는 진령을 따라가기 시작했다.

진령은 대기실로 가기 위해 실내 뒤쪽 복도로 들어서다 입구에 서 있는 헌원지를 발견하고는 잠시 멈춰 섰다. 헌원지가 고개를 까딱거려 아는 체를 했지만 그 역시 신경 쓰지 않고 지나치는 진령이었다. 하지만 채 열 걸음도 가기 전에 뒤따라온 사내에게 다시 붙들려야 했다.

"이 기루에서 일한다면 우리에게 거슬리지 말아야 한다는 것쯤을 알아야 할 거다."

"저는 술을 따르지 않기로 이미 루주님과 약속되어 있습니다."

"그건 네 생각이고, 내 생각은 달라! 그러지 말고 나와 함께 가 형님에게 술 한 잔만 올리면 된다. 그러면 곱게 보내주지. 문제를 크게 만들 필요는 없지 않느냐?"

"싫습니다."

그나마 무사라는 이유로 참고 있던 인내심이 그녀의 단호한 거절에 바닥이 난 사내가 이제는 험악한, 그래서 위협적인 표정으로 으르렁거렸다.

"정말 사나운 꼴을 보고 싶은 게냐?"

급기야 그녀의 멱살까지 잡은 사내. 이대로 가다가는 문제가 커질 것 같았기에 입구에서 지켜만 보고 있던 헌원지가 슬며시 끼어들었다.

"무사님, 이제 그만 하시는 것이 어떻겠습니까?"

사내가 쳐다보자 헌원지는 기분 좋은 미소를 지으며 다가갔다.

"자네는 이곳 악사가 아닌가?"

고개를 끄덕인 그가 진령을 가리키며 말했다.

"이 아이는 기루에 온 지 얼마 되지 않았다고 들었습니다. 이곳 사정을 잘 모르니 그냥 넘어가 주십시오. 제가 루주님께 말해 다른 기녀들을 보내 드리겠습니다."

"술 한 잔 따르는 것이 무에 그리 힘들다고? 처음부터 말을 들었으면 이런 일도 없었을 거다. 내가 모시는 형님이 이 아이를 마음에 들어 하니 다른 기녀들은 필요없어."

그러면서 사내가 진령의 멱살을 거칠게 끌었다.

짝—!

경쾌한 소리 뒤로 사내와 헌원지의 눈이 휘둥그레졌다. 헌원지는 놀라서, 사내는 황당해서였다.

사내는 아직도 믿어지지 않는지 휙 하니 돌아가 있는 얼굴을 제자리로 돌리지 않았다.

설마 자신을 때릴 줄 몰랐던 사내, 기녀에게 뺨까지 맞았으니 분노가 극에 치달을 수밖에 없었다.

"이년이!"

사내가 참지 못하고 그녀를 밀치자 벽에 부딪친 충격을 이기지 못한 진령이 손에 들린 대금을 바닥으로 떨어뜨렸다. 무슨 사연인지는 몰라도, 상당한 충격을 받았을 그녀는 몸을 돌보지 않고 급히 대금을 주우려 했다. 하지만 사내의 발이 먼저였다. 그녀의 손이 대금에 닿기도 전에 사내의 발이 대금을 밟아버렸다. 그러자 그녀가 경악하며 외쳤다.

"빨리 치우세요!"

"웃기는 소리! 건방진 계집!"

욕설과 함께 사내의 발에 힘이 들어갔다.

그리고 들리는 소리!

콰지직―!

대금의 가운데가 괴이한 소리와 함께 으스러져 버렸다. 이번에는 진령의 눈이 동그랗게 변했다. 그리고 글썽이는 눈, 흐르는 눈물이었다. 하지만 사내는 조금의 동정도 표하지 않고 바닥에서 자신을 노려보고 있는 진령을 향해 손을 놀렸다.

짜짝―!

기녀를 상대로 내력을 실지 않은 것 같았지만 무공을 익힌 건장한 사내가 날리는 손이라는 이유만으로도 충분히 위협적이었다. 한순간 양쪽 뺨을 맞은 진령이 바닥에 쓰러지자 그제야 사내가 분노를 거두고 약간 무안한 표정을 지었다.

"그, 그러기에 왜 오기를 부려? 거지 같은 악사 따위가 뭐 그리 대단한 거라고……. 젠장! 루주를 불러서 단단히 주의를 줄 테니 각오하는 것이 좋을 게다."

말과 함께 연신 투덜거리던 사내가 헌원지를 지나쳐 복도를 빠져나가 버렸다.

사내가 사라지자 헌원지의 인상이 찌푸려졌다. 그리고 입 꼬리가 슬며시 뒤틀려지더니 조용히 중얼거렸다.

"거지 같은 악사라……. 호호, 재밌군!"

하지만 그는 드러난 표정만큼이나 빠르게 표정을 숨긴 후 아직도 일어서지 못하고 부서진 대금을 바라보고 있는 진령을 바라보았다. 그 모습이 못내 안타까웠던 헌원지가 손을 내밀었다.

"괜찮소?"

"……!"

"대금은 다시 사면 그만이니 이제 일어나시오."

"이 대금은 구할 수가 없어!"

순간 말투가 변한 그녀 때문에 헌원지는 멍한 표정이 될 수밖에 없었다. 자신에게 하대를 하는 것도 놀라웠지만, 그보다 말투 속에 강렬한 살기가 묻어나 있었기 때문이다. 하지만 더욱 놀라운 것은 그런 말투가 전혀 어색해 보이지 않는다는 것이었다.

잠시 혼란해 있던 헌원지를 향해 진령이 일어서며 사과했다.

"죄, 죄송해요. 너무 화가 나서 저도 모르게……. 이만 가봐야겠어요!"

복도 끝 계단으로 무언가를 숨기듯 사라지는 진령을 바라보며 헌원지가 고개를 갸웃거렸다.

'정말 누구지? 평범한 악사가 아닌 것은 분명한데…….'

제11장
의문의 기녀(2)

　진령과의 일이 벌어지고 잠시 후, 명화루에 약간의 소동이 일어났다. 진룡문의 무사들이 진령의 행동을 문제 삼아 명화루주인 황기자에게 직접 불만을 토로했기 때문이다. 결국 황기자는 이곳을 관리하는 진룡문 무사들을 무시할 수 없었기에 다른 기녀들을 보내주겠다며 그들을 달랠 수밖에 없었다. 하지만 진룡문의 무사들은 그에 수그러들지 않고 앞으로 기녀 단속 잘하라느니, 장사 이렇게 하면 재미없다느니 협박조 조언만 남기고는 다른 주루로 가버렸다. 그 때문에 미리 진룡문에서 연락을 받아 그들이 머물 방까지 신경 써서 준비해 놨던 황 루주는 진령을 불러 책임을 물음과 동시에 화풀이를 하는 것으로 이번 일을 일단락 지어버렸다.
　밤이 깊어가고 사경초(四更初:새벽1시)가 되자 평소와 달리 헌원지의 일은 일찍 끝났다. 운현의 사법을 담당하는 추관(推官:지금의 검사 정도의 직책) 나으리와 그를 대동한 포두(捕頭:현재의 형사 반장 정도의 직책) 두 명이 술에 절어 일찍 골아 떨어진 덕분이었다.

헌원지는 루주, 황기자에게 일을 마쳤음을 보고한 후 장타와 함께 집으로 갈 것을 요구했다. 밤이 깊어 점소이들이 많이 필요없었으므로 흔쾌히 허락을 한 황기자가 슬며시 물었다.

"자네, 돈을 더 벌어보고 싶은 생각 없나?"

"왜 그러십니까?"

"아니, 일거리 하나가 생겨서 그러네. 보수가 상당히 좋은데다 조건이 자네와 딱 맞아 특별히 이야기하는 걸세."

"무슨 일입니까?"

"진룡문 알지? 아까 소동을 피운 무사들 있잖나?"

"알고 있습니다. 이곳 청지가에 있는 기루들을 관리하는 무림문파가 아닙니까?"

고개를 끄덕인 황기자가 미소를 지으며 입을 열었다.

"거기에서 금을 다룰 줄 아는 실력있는 악사를 구하더구먼!"

"무림문파에서 악사는 왜요?"

"글쎄, 나도 잘은 모르겠네. 개문식 때문에 그런 것 같지는 않았네. 그건 따로 부탁을 받았으니까. 아무튼 대우는 상당히 좋을 걸세. 아, 그리고 말이 나왔으니 말인데, 조만간 진룡문에서 오십 주년 개문식이 있을 게야. 그때 무림에 초대장을 보내 손님들을 맞이할 생각인데, 잔치에 흥을 돋울 악사들을 구해달라는 협조 요청도 들어왔네. 아직 얼마를 주겠다는 말은 나오지 않았지만 큰 문파이니만큼 그 또한 섭섭지 않게 대우를 해줄 게야. 어때, 그것도 생각있나?"

"글쎄요……. 개문식이야 참가해도 괜찮겠지만, 그 외에 진룡문 같은 문파에서 왜 악사가 필요한 것인지……."

"그 사정이야 내가 상관할 바는 아니지. 아무튼 기녀는 안 된다고 하더군. 그래서 자네에게 말하는 걸세!"

순간 헌원지가 고개를 갸웃거렸다.

"저 또한 술집에서 악기를 연주하니 기녀와 다를 것이 무엇 있겠습니까?"

"자네는 조금 다르지. 우리 명화루에서 연주하기는 하지만 당황에서 학당을 운영한다고 하지 않았나? 명색이 문장을 읊는 학장 어르신인데 기녀들과 같이 분류할 수는 없지. 아무튼 진룡문에서도 악기뿐만 아니라 어느 정도 학식을 갖춘 사람을 구한다고 해 자네를 언급했는데, 좋아하더군. 뭐, 아직 확정된 것은 아니지만 글도 꽤 할 줄 아는데다 금 실력은 누구에게도 뒤지지 않으니 한번 해보게!"

"생각은 해보지요. 그런데 개문식 행사는 하루이틀 하는 것이 아닐 텐데요?"

"그렇겠지. 듣기로는 오 일 정도 연이어 연회를 할 거라 알고 있네."

"그럼, 그것도 조금 생각해 보고 말씀드리겠습니다."

"생각하고 말 게 어디 있나? 오 일 동안 연회에서 잠깐 흥을 돋우는 것으로, 못해도 은전 두 냥은 너끈히 받을 수 있을 텐데……. 아무튼 빨리 결정을 보고 말해 주게. 자네가 빠진다면 다른 기녀를 보내야 하거든!"

"알겠습니다. 그럼 이만 가봐도 되겠습니까?"

"알겠네, 조심해서 가게."

"참!"

"뭔가?"

"혹시 오늘 소란을 피웠던 진룡문의 무사들이 어디로 갔는지 아십니까?"

그의 물음에 순간 황기자의 인상이 살며시 구겨졌다. 진룡문에 미운 털이 박히기 싫었기에 간, 쓸게 다 빼고 그들의 비위를 맞춰주었던 고생이 생각났기 때문이다. 자연스럽게 욕지거리가 튀어나올 수밖에 없었다.

"빌어먹을 놈들! 청지가를 잡고 있는 건 진룡문인 것은 사실이지만, 그놈들은 지들이 문주라도 되는 줄 아는 모양이야. 기껏해야 봉급 받고 일하는 녀석들 주제에, 더러워서 원!"

그의 말에 헌원지가 슬며시 미소를 지었다.

"그래도 오늘 왔던 무사들은 진룡문에서도 상당히 인정을 받는 자들이 아닙니까?"

"뭐, 내가 그런 것을 알 수는 없고. 아무튼 오히려 다른 술집으로 가서 다행일 수도 있지."

"무슨 말입니까?"

"개문식 때문에 멀리서 오는 손님을 맞기 위해 진룡문에서 파견 나온 무사들이었거든. 낮에는 운현 입구에서 기다리며 진룡문까지 손님을 안내할 거라고 들었네. 그러니 상당 기간 여기에서 머물 예정이었는데, 다른 술집으로 갔으니 비위를 맞춰주지 않아도 될 것 아닌가?"

"그렇군요."

"그런데 그들이 어디 갔는지 알아서 뭐 하게?"

"그들 중 한 명이 주머니를 떨어뜨리는 것을 보았는데, 나중에 가보니 그대로 있더군요. 주워서 열어보니 상당량의 돈이 들어 있던데 가는 길에 전해주고 가려고요."

"그런 일이라면 점소이를 시킬 테니 이리 주게."

"어딘데 그러십니까? 가는 길이면 제가 전해주고 가겠습니다. 괜스레 수고를 끼칠 필요 없습니다."

"흠, 장영루로 간다고 했네!"

"장영루면 지나가는 길에 있는 곳이니 그곳 점소이에게 맡기고 가겠습니다."

"자네가 그렇게 한다면야……. 아무튼 밤이 깊었으니 조심해서 가게. 요즘 운현 일대에 흉흉한 소문이 자주 돌거든."

"알겠습니다."

헌원지는 기루를 나와 장타와 함께 곧장 운현을 빠져나갔다. 그런데 어느 순간 헌원지가 걸음을 멈춰 세우며 장타에게 말했다.

"너 먼저 가거라. 볼일 좀 보고 바로 뒤따라가마."

"무슨 볼일인데요? 여기에서 기다릴 테니 일 보고 오세요."

"오래 걸릴 수도 있으니 먼저 가라."

"에이, 저 혼자 어떻게 가요? 얼마나 무서운데……."

"평소에 혼자 다니던 놈이 뭐가 무섭다고 난리냐?"

"그거야 평소에는 동이 틀 때 집에 가니까 그렇죠. 이 어두컴컴한 밤에 저 혼자 어떻게 가요? 중간에 숲길도 있고……."

"쓰읍!"
 급기야 헌원지가 인상을 쓰자 장타가 하던 말을 끊어버렸다.
 "먼저 가서 청소부터 해놔!"
 그러면서 헌원지는 미련없이 몸을 돌렸다. 그가 멀어져 가자 장타는 앞으로 가야 할 어두운 길을 불안한 듯 바라보더니 투덜거렸다.
 "요즘 인신매매단들이 운현에 있다던데, 납치라도 되면 어쩌라고?"
 하지만 여자들만 노린다는 소문에 위안을 삼은 그는 헌원지에게 배워 그간 익힌 경공술을 이용해 빠르게 달리기 시작했다. 일 년간의, 그래서 심도있게 익힌 경공법은 아니었지만 보통 사람의 두 배 정도는 되는 속력을 낼 수 있는 장타였기에 그의 신형은 잠시 후 어두운 길 속으로 사라져 버렸다.

 헌원지는 아무도 다니지 않는 으슥한 골목에서 기루를 나올 때 미리 준비해 두었던 검은 옷으로 갈아입고, 역시 검은 천으로 얼굴을 가렸다. 골목 반대편 길로 조금만 가다 보면 장영루! 그는 완벽하게 검은색 일색으로 몸을 치장한 후 은밀하게 몸을 날렸다.
 "스윽—!"
 밤이 깊어갈수록 유흥가는 활기를 띠는 것이 사실이지만 분기점을 넘어가면 그 활기도 수그러들기 마련. 유흥가의 떠들썩한 호객 행위도, 술을 찾고 기녀를 찾는 돈 많은 사내들의 발길도 끊어질 때쯤 헌원지는 슬며시 장영루 뒤편에 자리잡은 내원 담 위로 올라섰다.
 더운 지방일수록 담이 낮아지는 현상이 있지만, 이런 큰 도시에서는 통용되지 않았다. 그것도 돈 많은 손님들만 받는 은밀한 장소인 장영루의 내원은 다른 곳보다 훨씬 높은 담을 자랑했다.

담장 주위로는 담장을 따라 나무들이 늘어서 있어 헌원지는 굳이 몸을 숨기는 수고를 하지 않아도 되었다. 담장에 올라서는 것만으로도 앞을 가리는 가을의 단풍들 속에 동화될 수 있었기 때문이다. 흔들리는 것은 나뭇잎이요, 검은 것은 단풍의 그림자일 뿐이었다.

그는 조용히 주변을 둘러보기 시작했다. 진룡문의 무사들이 기거하는 건물을 찾기 위해서였다. 모두 두 개의 큰 건물과 두 개의 작은 건물들이 보였는데, 아무리 진룡문의 무사들이라도 작은 건물에 있을 것 같지는 않았다. 이런 고급 기루의 내원에는 고관대작을 따로 모시기 위해 대부분 몇 개의 건물들을 짓는 것이 통례였고, 그중 작은 건물은 백이면 백 전부 상당한 재력가거나 높은 관직에 있는 인물들을 모시기 위한 것이었다. 그러니 진룡문의 장로쯤 되지 않는 이상 오늘 본 무사들은 큰 건물에 있을 것이란 추측을 할 수 있었다. 그것도 진룡문에서 왔다는 이유로 상당히 대접해서일 것이다. 그들이 받는 봉급이래 봐야 뻔하니 평소에는 내원에 오지도 못할 것이기 때문이다.

아무튼 두 개의 큰 건물을 살펴보기로 정한 헌원지는 주위를 다시 한 번 살폈다. 건물의 크기로 보아 한 건물당 적어도 방이 여덟 개 이상은 있을 것 같았기에 창 틈을 통해 확인하는 작업을 해야 했기 때문이다.

아무도 없음을 확인한 그는 건물 쪽으로 몸을 날리기 위해 오른발을 담장 앞으로 뻗어 있는 나뭇가지에 옮겼다. 그리고 막 몸을 띄우려는데, 오른쪽으로 십 장 정도 떨어진 담장에서 검은 인영이 그보다 먼저 담 밑으로 떨어지는 것을 볼 수 있었다. 순간적으로 놀란 헌원지는 급히 움직임을 멈춘 채 검은 인영의 행동을 살폈다.

몸에 착 달라붙는 검은 경장, 그리고 검은 복면!

허리에는 보통 검보다는 조금 짧아 보이는 검이 메어져 있었다.

누가 보아도 헌원지 자신과 같은 복장인데, 체형이 왜소하고 허리가 가는 것이 여자임을 알 수 있었다.

'누구지? 도둑인가?'

생각과 달리 민첩한 복면인의 행동에 그는 고개를 저었다. 도둑이라면 거추장스럽게 저런 검을 차고 다닐 리는 없기 때문이다. 그리고 또 다른 이유는 쾌속하면서도 부드러운 움직임이었다. 보폭이 일정하고, 절도가 있는 것이 범상치 않게 보였던 것이다.

'경공술을 익혔군! 그것도 상당히 상위 경공술이야. 살수인가? 하기야 이곳은 돈이 많은 자나 지휘가 높은 고위 인사들이 있으니 살수가 올 수도 있겠지.'

괜스레 시간을 잘못 맞추어 움직일 수 없게 된 헌원지는 어쩔 수 없이 검은 살수(?)가 무사히 일을 끝내고 돌아갈 때까지 기다리는 처지가 되어야 했다. 그나마 살수가 어떻게 행동하나를 지켜보는 재미가 있다는 것, 그리고 얼마 만에 일을 성사시키고 도망치는지 시간을 재는 재미가 있다는 것이 조금의 위안이라면 위안이었다. 그런데 약간 의외에 일이 벌어졌다. 당연히 작은 건물로 갈 줄 알았던 검은 살수가 큰 건물로 가고 있었기 때문이다. 하지만 더욱 헌원지의 의문을 불러일으킨 것은 살수의 움직이는 범위였다.

살수라면 먹이를 노리는, 그 시간을 줄이기 위해 사전 조사를 철저히 하게 된다. 정보는 많이, 조사는 길게. 하지만 실제 실행은 최대한 짧게 끝내는 것이 살수들의 철칙이기 때문이다. 그런데 지금 검은 살수는 먹이가 어디 있는지도 모르는 듯 여기저기를 은밀하게 기웃거리고 있었다.

'살수가 아닌가? 그럼 도둑?'

하지만 도둑이라고 하기에는 검은 복면인이 가진 경공술이 너무 아까웠다.

'저 정도 실력으로 도둑질을 할 리는 없을 테고······.'

정확한 판단이 내려지지 않자 헌원지는 역시 자신이 처한 상태를 생각하고 계속 지켜보기로 마음먹었다. 복면인이 무슨 일을 하든 그의 일에 방해가 되지 않으면 그것으로 족했다. 그런데 일각 후 그의 인상이 찌푸려지는 일이 벌어졌다.

"누구냐!"

칼처럼 날카로운 일갈과 함께 헌원지가 있는 곳 왼쪽에 위치한 큰 건물 창가 하나에 불이 밝혀졌다. 그리고 허겁지겁 건물 사이를 빠져나오는 복면인! 거기까지는 문제 될 것이 없었다. 도둑이든 뭐든 간에 복면인이 일에 실패했다는 것뿐이었으니 말이다. 하지만 정작 헌원지를 짜증나게 하는 것은 복면인의 침입에 놀라 뛰쳐나온 자들이 그가 노렸던 진룡문의 무사들이라는 점이었다.

진룡문의 무사 세 명이 검을 뽑아 들고 정원에 모습을 드러내기 무섭게 그 옆방의 불이 밝혀졌다. 그리고 곧이어 네 명의 무사가 더 뛰쳐나와 역시 검을 뽑아 들었다. 그것을 지켜본 헌원지의 입가가 이내 뒤틀리기 시작했다. 기분 나쁜 감정을 드러내기보다는 흥미로운, 그래서 재미가 있다는 듯한 표정이었다.

처음 지켜본 복면인의 경공술로 보아 상당한 실력임이 분명한데, 무사들이 뛰쳐나올 때까지 담을 넘지 못하고 있었기 때문이다. 그것은 한 가지 이유만을 짐작하게 했다. 복면인은 진룡문의 무사들을 유인하려 하고 있다는 것. 달리 다른 생각을 가질 수가 없었다. 그 증거로 무사들이 모두 복면인을 발견하고 난 후, 뒤쫓기 시작할 때쯤에서야 복면인은 담을 간신히 넘어 도망치기 시작했다.

'재밌어지겠군!'

진룡문 무사들의 실력은 절정은 아니었지만, 꽤나 무공 수련에 신경을 쓴 듯 제법 빠른 속도로 복면인을 따라 담을 넘어가고 있었다. 어찌 되었든 헌원지도 진룡문 무사들에게 볼일이 있었기에 거리를 두고 미행을 시작했다. 그렇게 되자 모두가 잠이 든 야심한 밤에 세 부류의 인간들이 쫓고 쫓기는, 그리고 그것을 미행하는 괴상한 일이 연출되고 말았다. 물론 아무도 모르는 사실이었지만…….

복면인이 멈춘 곳은 운현에서 조금 떨어진 숲길이었다. 어느 순간 경공을 멈추더니 쫓아오는 무사들을 기다리듯 몸을 돌리는 모습이 헌원지의 예상을 확실하게 해주었다.

멀찍이 떨어져 그것을 지켜본 그는 그 자리에 몸을 숨기며 조심스럽게 거리를 좁혀 나가기 시작했다. 그가 복면인과 이십 장 거리까지 좁혀 나무 뒤에 몸을 숨겼을 때, 일곱 명의 무사가 복면인을 둘러싸고 공격할 태세를 갖추고 있었다.

"누구냐? 누군데 감히 진룡문에 몸을 담고 있는 우리 방에 잠입한 것이냐?"

무사들 중 나이가 가장 많아 보이는 사내의 말에 복면인은 손을 서서히 들어 복면을 잡았다. 그리고 위로 올려 얼굴을 드러냈다.

순간 무사들이 두 눈을 휘둥그렇게 뜨며 자신들의 눈을 의심하기 시작했다. 복면이 벗겨지자 드러난 얼굴! 명화루의 진령이었기 때문이다. 무사들이 놀란 만큼이나 현원지도 놀라 입을 벌렸다. 하지만 이미 어느 정도 짐작을 하고 있었기에 감정 정리도 빨랐다. 그는 조금 더 가까이 다가가 풀숲에 몸을 숨겼다. 그때 익숙한 목소리가 들려왔다.

"너, 너는……."

명화루 복도에서 진령의 뺨을 날렸던 무사가 가장 놀란 듯 한 걸음 뒤로 물러서고 있었다. 하지만 잠시 후 정신을 차린 그가 인상을 쓰며 으르렁거렸다.

"야밤에 우리를 상대로 이게 무슨 짓이냐? 감히 기녀 따위가, 죽고 싶은 게냐?"

꽤나 위협적인 말투에, 상당한 힘이 실려 있어 보통 여인들 같았으면 몸을 떨었을 것이다. 특히 아무도 오지 않는 이런 야밤의 숲이라면 더욱더. 하지만 진령은 그러기는커녕 표정의 변화도 보이지 않았다. 기루에서 보여주었던 심드렁한 눈빛으로 여전히 무사들을 둘러볼 뿐!

한참 동안 침묵이 감도는 가운데 드디어 진령의 입이 열렸다.

"내가 얼굴을 보여준 이유는 하나뿐!"

"……."

"무엇 때문에 목이 달아났는지 정확히 상기하고 지옥에서 후회하라는 것 때문이다."

차분한 목소리가 오히려 귀기를 느끼게 하고 있었다. 무공을 익힌 일곱 명의 무사를 상대로 두려움에 떨기는커녕 오히려 협박조의 말을 하고 있으니……. 무사들이 오히려 약간이나마 겁을 먹은 표정을 지었다. 소녀에 가까운 연약한 여인이 야밤 숲 한가운데서 무표정하게 자신들을 지켜보고 있는 것이 더욱 그들의 공포심을 자극했던 것이다. 그 때문에 첫 출수는 진룡문의 무사들이 먼저였다.

목마른 자가 우물을 파듯 마음속에서 이유를 알 수 없는 공포심이 생기자 그것을 부정하기 위해 나타내는 행동이었다.

쉬이익—!

일곱 개의 칼날이 진령을 향해 다가들었다. 갑작스런 공격을 더해 거의 동시에 이루어진 연수합격이라 방어하기에는 상당히 난해한 점이 있었지만, 놀랍게도 진령은 검을 들어 몸을 회전하는 것으로 간단히 막아버렸다.

채채채채챙!

동시에 검과 검이 부딪치는 소리를 뒤로하고 무사들이 중심을 잃으며 두어 걸음씩 물러섰다. 그만큼 진령의 검에 실린 힘이 상당히 강했다는 것을 증명하고 있었다. 그쯤 되자 진룡문의 무사들이 눈빛을 교환하더니 진법을 구사하기 시작했다. 두 명이 진령을 향해 다시 공격을 퍼부어 시간을 벌고, 그사이 다섯 명이 평소 진룡문에서 연습해 왔던 진법을 구성해 버린 것이다. 칠 대 일이라는 본격적인 대결이 시작되자 요란한 검음과 기합성이 밤하늘을 울리기 시작했다.

*　　　*　　　*

타다다다닥—!

땅을 박차는 발자국 소리가 끊임없이 이어지더니 당황에 가까워지자 조금씩 느려졌다. 그리고 이내 평소처럼 느린 걸음걸이로 변했다. 굳이 무공을 익히고 있다는 것을 숨길 필요는 없었지만 굳이 알리고 다닐 필요도 없다는 헌원지가 주의가 있었기 때문이다. 혹 무공을 익히고 있다는 이유만으로 귀찮은 일에 휘말릴 가능성이 있을 수도 있었다.

귀신이 나올 것 같은 밤길을, 그것도 오십 리나 혼자 뚫고 온 장타는 주위를 두리번거리며 투덜댔다.

"빌어먹을 놈! 하필 그때 튀어나와서 사람 놀라게 하고 있어."

당황으로 오는 중간에 갑자기 자신에게 달려든 토끼 한 마리에 놀랐던 일을 생각하며 아직도 뛰는 가슴을 진정시키기 위해 심호흡을 했다. 안 그래도 줄기차게 달려 심장에 압박을 느꼈는데 놀람을 진정시킬 사이도 없이 이십 리를 더 달렸으니……. 하지만 그를 한 번 더 놀라게 하는 일이 벌어졌다.

마을 입구에 도착했을 때였다. 떨리는 가슴이 어느 정도 진정되고, 마을에 도착했으니 긴장이 한 번에 풀린 것이 문제였다. 완전히 방심하고 있는데 마을 입구를 가리키는 바위를 지나칠 때 갑자기 뒤에서 그의 어깨를 누군가가 툭 건드렸으니 열다섯 살 어린 소년이 까무러치는 것은 당연했다.

"으아악!"

비명과 함께 귀신이라도 본 듯 바닥에 주저앉아 버린 장타는 경악에 물든 얼굴로 검은 그림자를 바라보았다.

"누, 누, 누구세요?"

사시나무 떨듯 떨고 있는 장타를 향해 유쾌한 웃음소리가 터졌다.

"호호호, 너 보기보다 겁이 많구나?"

"장일 누나?"

"호호, 그래, 나야. 그런데 뭘 그렇게 놀라?"

장일이라는 것을 확인한 장타가 자리를 털고 일어서며 우는 소리를 했다. 성이 같아 몇 달 전부터 친하게 지내는 두 사람이었기에 장타의 말속에 투정이 담길 수밖에 없었다.

"이런 밤에 갑자기 뒤에서 어깨를 치는데 안 놀라는 사람이 어디 있어요? 휴~ 죽는 줄 알았네!"

"호호!"

"그런데 누나는 왜 밤에 여기 나와 있어요?"

순간 웃음을 멈춘 그녀가 말을 더듬기 시작했다.

"여, 여기에 내가 오지 못할 이유라도 있니?"

"그건 아니지만 밤에 마을 입구에 있는 것이 이상하잖아요. 보아하니 누굴 기다리는 것 같은데, 날 기다린 것은 아닐 테고……. 혹시?"

"호, 혹시 뭐?"

장타가 말없이 장난기 가득한 표정으로 그녀의 얼굴을 빤히 쳐다보았다. 그러자 장일의 얼굴이 순식간에 붉어져 어두운 밤에도 확인할 수 있을 정도가 되었다. 그것을 감지한 장타가 확실히 알았다는 표정으로 고개를 끄덕였다. 나이답지 않게 음침한 미소까지 흘리면서…….

"뭐, 뭐야? 내가 왜 여기 나와 있는지 알고 있다는 표정이잖아?"

의문의 기녀(2) 177

"헤헤, 짐작이 가요."

말은 하지 않고 둘러대는 장타를 향해 장일이 버럭 성을 냈다.

"말해 봐? 내가 왜 여기에 있다는 거니?"

"후후! 형은 오늘 늦게 도착할 거예요."

그의 말에 장일의 몸이 움찔했다. 몰래 음식을 훔쳐 먹다 들킨 사람마냥 말없이 장타의 눈치만 살피는 것이다. 그러자 장타가 자신을 놀래켰던 것에 복수를 하기 위해 회심의 일격을 가했다. 그는 장일의 손에 들린 짐을 가리켰다.

"짐 안에서 만두 냄새가 나는데, 형은 밤에 음식을 안 먹어요. 차라리 따뜻한 차라면 좋아할 텐데……."

"누, 누가 학장님을 기다렸다고 그래? 나, 난……."

"……?"

"그래, 맞아. 난 아버지를 기다리고 있었어."

"장씨 아저씨요?"

"그래. 소를 내다 팔고 오늘 새벽에 오신다고 했어. 그래서 지금 도착하시면 배고플까 봐 기다리고 있는 거야. 이상한 오해 하지 마!"

묘하게 끝말을 강조하는 장일이었지만 장타는 능글맞게 미소를 지을 뿐이었다.

"알겠어요. 아무튼 형이 빨리 오기를 저도 기도할게요."

"저, 저게!"

장타의 놀림에 얄밉다는 듯 그녀가 잡으려 했지만 이미 걸음을 빨리해 달아나 버린 후였다. 그러면서도 마지막으로 놀리는 것을 잊지 않았다.

"형이 도착하면 오붓하게 많은 이야기 나누세요. 비밀 지켜 드릴게요!"

"자꾸 놀리지 마!"

기분 나쁜 듯 외쳤지만 말과는 달리 그녀는 얼굴을 붉히며 미소를 지었다. 하지만 장타의 말이 걸리는지 인상을 쓰며 들고 있던 짐을 보았다. 밤에 오십 리를 걸어오면 허기가 질 것 같았기에 학장님을 위해 손수 만든 만두!

"집에 가서 차를 끓여올까?"

그런 생각이 들자 다시 장타의 말이 떠올랐다.

"얼마나 늦는지 물어볼 걸."

추수가 막바지에 다다른 가을이었기에 비록 더운 운남이었지만 밤공기는 제법 쌀쌀한 맛이 있었다. 그러나 이미 기다리기로 마음먹었으니 돌아갈 수는 없었다. 지금 돌아간다면 다른 날처럼 오늘도 학장님과 말도 못해보고 또다시 용기가 생길 때까지 기다려야 할 것이기 때문이다. 그런데 그녀의 용기에 하늘이 감동한 것일까? 저 멀리서 검은 그림자가 가까이 다가오고 있었다.

순간 마음을 다지며 나왔던 용기는 사라지고 그녀는 가슴이 떨리는 것을 느꼈다. 마을을 지나다니며 마주칠 때 인사 나눈 것을 제외한다면 제대로 대화를 한 적이 없었기 때문이다. 몰래 학장님을 힐끔거리며 좀 더 그의 외모를 눈에 담아두려고 노력했을 뿐이었다. 그런데 아무도 다니지 않는 시간 마을 입구에 자신이 기다리고 있었다고 하면 어떻게 될까?

학장님의 표정이 어떻게 변할지 두렵기까지 한 장일은 순간 바위 뒤로 몸을 숨겼다. 오늘도 어쩔 수 없이 그냥 지나가야겠구나, 라는 생각과 함께. 그런데 다가오는 그림자가 그녀가 숨는 것을 발견한 모양이었다. 바위를 지나가야 할 그림자가 바위 옆에서 걸음을 멈춰 세웠던 것이다.

그녀는 두 눈을 질끈 감아버렸다. 빨리 이 상황이 지나가기를 바라면서…….

그런데…….

"어이!"

듣기 거북한 껄끄러운 목소리가 장일의 귀를 간지럽혔다. 자주 들어본 것은 아니지만 그간 느꼈던 바로는 언제나 부드럽고 자상한 학장님의 목소리라고 보기에는 확실히 무리가 있었다. 내심 불안했던 그녀가 슬며시 눈을 뜨며 고개를 돌렸다. 그러자 보이는 그림자의 모습은 그녀를 경악하게 만들었다.

이마에 난 상처가 눈을 지나 볼까지 이어져 있는데다 두꺼운 입술, 네모진 턱이 한눈에 봐도 '난 정상적인 사고를 가진 남자는 아니다' 라고 주장하는 것 같았다.

구레나룻까지 덥수룩하게 자라 있어 전체적으로 지저분하고 거칠게 보이는 사내는 숲 속에서 만났다면 당연히 초적이요, 물가에서 만났다면 수적 두목이라고 생각될 만한 훌륭한(?) 외모를 가지고 있었다.

"누, 누구세요?"

생각지도 못한 인물의 등장에 목소리까지 경악에 물들어 튀어나왔다. 그만큼 사내가 가진 외모의 힘은 박력이 넘쳤던 것이다. 무언가 사고를 칠 것만 같은 눈빛 또한 그녀를 불안하게 만들기에 충분했다.

"흐흐흐. 내가 누구인지 알 필요는 없고, 이런 야밤에 홀로 뭘 하시나? 호! 자세히 보니 상당히 미인인데?! 마을까지 들어가서 집집마다 살피는 수고를 할 필요가 없겠어."

"이, 이러지 마세요."

얼굴만큼이나 지저분한 손이 장일의 볼을 건드리자 그녀가 한 걸음 물러섰다. 하지만 사내는 그에 질 수 없다는 듯 따라 한 걸음 다가갔다.

"정말 왜 이러세요? 자꾸 이러면 소리를 지를 거예요."

"흐흐흐, 질러보고 싶으면 질러봐!"

남성 특유의 노골적인 시선이 그녀의 전신을 훑듯 훑고 지나가자 장일은 몸이 굳는 것을 느꼈다. 그리고 순간 온 힘을 다해 소리를 치려는데, 사내의 거친 손이 먼저 그녀의 목 뒤를 노리고 날아들었다.

"엇!"

순간 따끔한 통증과 함께 정신이 혼미해지는 것을 느낀 장타는 잠깐의 시간을 두고 그 자리에서 무너지고 말았다. 쓰러진 그녀를 지켜보던 사내의 눈빛에 갈등이 나타났다.

"어떻게 할까? 확 일을 저질러 버려?"

하지만 지금까지 운현에서 납치했던 수많은 여자들 중 가장 괜찮은 외모라고 판단되자 사내는 선뜻 손을 뗄 수가 없었다.

"젠장, 한동안 건수를 못 올려서 형님께 잔소리를 듣는 실정인데…… 어떻게 하지?"

한참 동안 갈등을 하던 사내는 결정을 본 듯 쓰러진 장일을 어깨에 들쳐 업었다.

"어쩔 수 없지. 다른 때 같았으면 덮친 후 조용히 해결해 버리겠지만 오늘도 공을 치면 진짜 형님에게 맞아 죽을지도 모르니 그냥 데려가는 수밖에. 처녀가 아니면 닳는 것도 아니니 내가 듬뿍 사랑해 줬겠지만, 나이를 보아하니……. 젠장! 보면 볼수록 아쉽군. 운이 좋은 줄 알아, 이 꼬마 아가씨야. 흐흐흐!"

그는 중얼거림과 함께 걸음을 옮기기 시작했다. 그런데 놀라운 것은 그의 거대한 몸집과는 달리 그의 신형이 빠르게 어둠 속으로 사라져 버렸다는 것이었다. 일류 경공까지는 아니더라도 상당한 실력이었고, 덩치로 사람의 민첩성을 판단해서는 안 된다는 교훈을 여실히 보여주는 사내였다.

*　　　*　　　*

채챙—!

순간 검과 검이 부딪치며 불똥이 튀었다. 진령의 검이 진룡문 무사의 검을 튕겨냈기 때문이다. 회심의 일격으로 피할 수 없을 거라 생각했던 진령이 그것까지 막자 순간 이제 네 명이 되어버린 무사들이 더욱 당황해하기 시작했다. 그때 그것을 지켜보고 있던 헌원지도 놀라움을 감추지 못했다.

검법으로 이루어지는 초식에서의 자연스러움도 자연스러움이지만 변칙이 많은 응용 면에서는 가히 천재적이라 할 수 있었기 때문이다. 순수하게 초식으로만 따진다면 오히려 헌원지 자신이 밀릴지도 모른다는 생각이 들 정도였다. 하지만 내력의 힘은 아직 나이가 어리기 때문인지 그리 크지 않아 보였다. 그래서 더욱 놀라웠다. 나이에 비해 상당한 내력인 것 같지만 그래도 여인의 몸으로 일곱 명의 무사를 한 번에 상대하는 데 드는 무리함을 전혀 느끼지 못하는 움직임을 보였기 때문이다. 그런데 또다시 헌원지를 놀라게 하는 일이 벌어졌다.

초식으로 실리적인 검법을 구사하는 진령이 빈틈이 드러냈다. 십수 년을 강호에서 굴러먹은 진룡문의 무사들이 그 좋은 기회를 놓칠 리 없었다. 한 번에 꿰어버릴 듯한 무사가 검을 찔러 넣었다.

쉬이익!

마지막이라 생각하고 온 힘을 다했던 모양이다. 검에서 경기가 일어나며 매서운 경풍을 동반했다. 하지만 그 무사보다 진령이 한 수 위였다. 피할 곳이 없음에도 유연한 몸을 기이할 정도로 틀어 검을 흘렸던 것이다. 하지만 검에 흐르는 경기까지 피하지는 못했다.

'촤악!' 거리며 왼쪽 옆구리에서 옷이 터져 나가고 피가 튀었다.

순간 진령의 몸이 공중으로 솟구쳤다. 약간의 부상이라지만 몸이 부자연스러울 것은 당연할 일. 그로 인해 또 다른 허점을 보일 수 있다고 판단해 행한 행동이었다. 그리고 그때부터 헌원지를 경악시킬 일이 벌어졌다.

"이얍!"

공중으로 사 장이나 떠오른 진령의 입에서 단발의 기합성이 터져 나왔다. 그리고 부드럽게 움직이는 검은 무슨 초식인지 정확하게 파악할 수 없지만 화려함을 넘어 눈을 어지럽히는 쾌를 동반했다. 그리고 번뜩이는 검날은 하늘에 달이 두 개가 떠 있는 듯한 착각을 불러일으켰다.

쇄아앙—!

순식간에 번뜩이던 검에서 반월형의 검강이 뻗어 나왔다. 모두 여덟 개로 남아서 저항하던 무사들을 덮쳐 버렸다.

"크아악!"

"크악!"

진령이 바닥에 내려서자 상황은 이미 끝나 있었다. 헌원지는 그런 진령을 혼란스러운 기분으로 유심히 살폈다. 도저히 그녀의 무공에 대한 깊이를 짐작할 수가 없었기 때문이다.

나이로 보면 이제 십칠팔 세인 것이 분명한데, 초식의 운영을 보면 아니었다. 저런 어린 나이에 실전적인 검법을 구사할 수는 없었다. 방금 그녀가 보여준 무공은 분명 산전수전 다 겪은, 초식보다는 상황에 맞게 이루어지는 즉흥적으로 만들어진 공격과 방어들이었다. 그리고 쏟아낸 검강!

검강을 쓰려면 기의 성질과 흐름을 정확히 깨달아 몸 밖으로 내력을 유형화시켜 뿜어내야 한다. 그 기준이 바로 화경, 즉 신화경이었다. 하지만 굳이 신화경에 들지 않아도 검강을 쓸 수 있는데, 그것은 인위적인 내력 운용 방법으로 각 무공의 특성에 맞는 초식을 사용하여 만드는 방법이었다. 하지만 그 또한 초식만 알아서는 안 되고, 최소한 검기를 자유롭게 쓸 수 있는 경지에 올라야 했다. 말 그대로 이갑자 이상의 내력을 보유해야 한다는 말이었다.

헌원지 자신보다 훨씬 어린 소녀가 이갑자를 웃도는 내력을 보유한다는 것이 믿어지지 않았지만 눈으로 보고 믿지 않을 도리도 없었다. 아무튼 놀라운 것을 목격한 그는 자신과 그녀와의 대결을 한 번 생각해 보았다. 물론 예전 같았으면 상대도 되지 않았겠지만 지금은 상황이 달랐다.

'과연 어떨까?'

헌원지가 생각할 때 지금 자신의 몸에 흐르는 기의 양은 정확하지는 않지만 이갑자에 훨씬 못 미치고 있었다. 하지만 내력의 양이 줄었을 뿐, 이미 출가경까지 경험해 기의 성질을 두 번이나 변형시킨 후이기에 지금으로서도 그 파괴력에서는 어마어마한 힘을 발휘할 수 있었다. 내력의 양은 적지만 단전에 모여 있는 기가 압축되어 있으니 기의 성질을 변화시키지 못한 다른 비슷한 양의 내력을 보유하고 있는 자들과 다르기 때문이다.

'지금 상태라면 음공을 사용해도 별반 피해를 줄 수가 없으니……. 내력이 약하니 속도로도 승부를 점칠 수가 없고……. 그럼 초식으로?'

헌원지는 이내 고개를 저었다. 권각술, 그리고 검법과 도법 등 만월교에서 익힌 수많은 무공들을 알고, 익히고도 있었지만 그 배움의 깊이가 깊지 않았던 것이다. 당황에 뿌리를 내린 후 틈틈이 다른 무공을 익히고 있었고, 실력도 급상승됐지만 방금 보여준 진령의 초식을 생각했을 때는 턱없이 모자란 실력이었다. 하지만 직접 부딪쳐 보지 않으면 아무도 모르는 것이 바로 싸움이었다. 내력 차이가 심하면 모르지만 비슷하다면 승부를 섣불리 점칠 수 없는 것이다. 무공에도 극과 극의 성질이 있으니 말이다.

그런 생각이 들자 문득 진령과 한번 붙어보고 싶다는 생각이 슬며시 일었다. 그동안 얼마나 무공을 회복했는지 시험해 보고 싶은 심정 때문인지도 몰랐다. 그런데 그때였다. 잠시 생각에 잠겨 있던 헌원지가 품속에서 비수를 꺼내 들었다.

무공에는 사람마다 또는 무공이 가진 특성 때문에 증거가 남기 마련. 그 때문에 진령이 증거를 없애려는 듯 시체들을 풀숲에 하나하나 옮기고 있는데, 아직 옮겨지지 않은, 쓰러져 있던 무사 하나가 슬며시 검을 쥐고 몸을 일으켰던 것이다.

검법에서는 모르겠지만 확실히 나이가 어려 미숙한 점이 보이고 있었다. 헌원지였다면 확인 사살까지 마친 후에야 시신을 옮겨 불태워 버렸겠지만 그녀는 그렇게 하지 않았던 것이다. 순간 헌원지의 손에서 섬전과 같은 속도로 비수 한 자루가 날아갔다.

팍!

"크윽!"

비수는 정확히 무사의 목 옆을 뚫어 바람 구멍을 내버렸다.

"누구냐!"

얼떨결에 진령을 도와주기는 했지만 자신의 위치가 발각되자 헌원지는 급히 몸을 날렸다. 지금 상태로 그녀와 정면으로 부딪친다 해도 충분히 승산이 있었지만, 굳이 아무런 원한도 없는데 죽고 죽이는 일을 벌이고 싶지가 않았기 때문이다. 그리고 예전부터 자신과 같이 악기 연주를 하는 사람이라면 이상하게 정이 갔기에 악사인 그녀와 문제를 일으키기도 싫었다.

아무튼 진룡문 무사들과의 결전으로 힘이 빠진 진령을 따돌리는 것은 식은 죽 먹기까지는 아니더라도 그리 어렵지가 않았다. 잠시 후 그녀를 따돌렸다는 느낌이 들자 헌원지는 주위 나무 위로 올라가 사방을 둘러보았다. 그때 저 멀리서 불빛이 하늘 위로 올라오며 연기가 뒤를 따르는 것이 보였다.

분명 진령이 헌원지를 놓친 후 급히 원래 장소로 돌아가 진룡문 무사들을 옮겨놓은 풀숲에 불을 지른 것일 터였다. 아마 지금쯤 그녀는 명화루로 향하고 있을 것이다.

"아무튼 좋은 구경했군! 내 손으로 진룡문의 무사들을 손보지 못한 것이 조금 아쉽기는 하지만 상관은 없지."

말과 함께 그 또한 급히 당황으로 향했다. 불빛을 보고 조만간 사람들이 몰려올 것이 분명했기 때문이다. 괜스레 주변을 얼쩡거리다 사람들에게 발각되어 귀찮은 일에 휘말리는 것은 딱 질색이었다.

제12장
미궁으로 빠져든 사건

깔끔히 정돈된 방. 향긋한 냄새가 은은히 퍼지는 것으로 보아 방의 주인이 여인이라는 것을 알 수 있었다. 그리고 고풍스런 가구와는 대조적으로 방 분위기를 바꿔주려는 듯 탁자에 놓인 꽃병, 벽에 걸린 아기자기한 풍경화, 책장에 꽂혀 있는 희귀한 문학 서적들이 여인의 미적 감각이나 예술적 소양이 뛰어나다는 것을 은연중에 드러내고 있었다.

방의 주인은 조민(朝珉). 진룡문주 조막(朝邈)의 딸로 이제 열아홉의 꽃다운 소녀였다. 책을 가까이 하고, 시나 서예, 여러 악기에 능통한 그녀는 박식한 사람들이 가지는 은근한 자부심보다 오히려 겸손하고 차분한 성격으로 아버지인 조막의 사랑을 듬뿍 받고 있었다. 그런 조막의 방 밖에서 인기척이 들리더니 두 남녀가 들어섰다. 조막과 그녀보다 네 살 위인 오빠, 조양황(朝洋黃)이었다.

그들이 방 안으로 들어서기 무섭게 조막이 좀 전부터 찡그린 인상을 풀지 못하고 입을 열었다.

"오라버니, 제발 제 일을 방해하지 좀 마세요."

그녀의 말에 조양황이 펄쩍 뛰었다. 그는 오히려 그런 동생을 이해할 수 없다는 듯 입을 열었다.

"방해하지 말라니 무슨 소리냐? 내가 뭘 어쨌는데?"

"어제 오셔야 할 장령 선생(將領先生)님이 갑자기 몸이 아프다며 못 오시겠다고 하셨단 말이에요. 왜 갑자기 그런 결정을 내리셨겠어요?"

"나 때문이란 말이냐?"

"아닌가요?"

순간 조양황은 뜨끔한 마음에 인상을 굳혔으나 입가에는 여전히 미소가 걸려 있었다. 하지만 표정과 맞지 않는 미소는 어딘지 모르게 어색하게 보일 뿐이었다. 그 모습에 더욱 확신을 얻은 조민이 오빠의 눈을 뚫어져라 바라보며 다시 말했다.

"보세요. 아니라고 하지만 눈은 거짓말을 못하잖아요!"

결국 머리를 긁적이는 조양황! 어쩔 수 없이 쑥스러운 미소를 지으며 물었다.

"어, 어떻게 알았냐?"

"이번이 처음도 아닌데 어떻게 모를 수가 있겠어요? 도대체 어떻게 한 거죠?"

"하하! 역시 너는 속이지 못하겠다. 사실 그저께 동생들을 몇 명 풀어서 손 좀 봐줬지."

그녀가 놀라며 물었다.

"그러시면 어떻게 해요? 겁이 많은 분이신데……."

"하지만 실없이 웃음을 흘리는 꼴이 거슬리잖아. 눈 뜨고 못 봐주겠어. 그것도 이 핑계 저 핑계를 대며 슬쩍슬쩍 네 몸에 손을 대는데 어떻게 그냥 둘 수 있겠냐?"

"하지만 악기를 배우다 보면 어쩔 수 없는 거예요. 그보다 얼마나 다쳤죠?"

"글쎄, 그냥 이곳에 다시는 올 생각이 못 들 정도로만 주물러 주라고 했는데……. 확인 못 해봐서 모르겠다. 아무튼 다음 번에는 그 멀끔한 얼굴을 여자에게 들이밀며 희롱하는 짓은 못 할 게다. 버릇을 고쳐 준 거지. 암, 그렇고말고!"

그의 말을 황당하다는 듯 듣고 있던 조민이 이내 한숨을 푹 쉬었다.

"휴! 도대체 제 말은 안 듣고 뭐 하신 거예요? 그건 악기를 가르치다 보면 어쩔 수 없는 거라고 했잖아요."

"무슨 소리! 그럼 그 음흉한 눈빛은 뭐냐? 너야 배우는 데 집중하느라 못 봤겠지만 난 멀리서도 확실히 볼 수 있었어. 흑심을 품은 눈빛이 얼마나 노골적이었는 줄 알아?"

"그래서요?"

"그래서라니?"

"벌써 네 번째예요. 오라버니 때문에 도대체 금을 배울 수가 없잖아요. 그렇다고 기녀를 부르자니 아버지께서 반대하시고. 이름있는 악사를 부르니 오라버니가, 오라버니 말마따나 주물러 주시고……. 도대체 누구에게 배우라는 거죠?"

"그깟 악기는 배워서 뭐 하냐? 차라리 검술에 전념하는 것이 어때?

너도 꽤 하잖아. 재능 썩히지 말고 나처럼 무공에 힘을 써."

그의 말이 끝나기 무섭게 조민이 피식 미소를 지었다.

"훗, 오라버니가 언제 무공에 힘을 썼다고 그러세요? 허구한 날 한량들 끼고 다니면서 술집 다니기 바쁘잖아요!"

"하하하, 그런가? 아무튼……."

순간 조양황이 눈빛을 번뜩이며 더없이 진지한 표정이 되었다.

"다른 사람 알아봐! 그 장령 선생인지 기생오라비 선생인지는 절대 안 돼. 차라리 내가 알아봐 줄까?"

"돼, 됐어요. 또 이상한 기녀를 데려오시려고요?"

"기녀는 무슨……. 네가 알다시피 내가 많이 돌아다녀 발이 넓잖아. 너에게 딱 어울리는 연주가를 구해줄 수 있지. 그런데 기녀가 어때서 그래? 직업에는 귀천이 없는 거야."

"저야 상관없죠. 하지만 아버지께서 뭐라고 하시잖아요."

"기녀가 아니라고 속이면 되지."

하지만 아버지의 신임을 절대적으로 받고 있는 조민은 고개를 저었다.

"사람을 구하는 일은 신경 쓰지 마시고, 제발 이번에는 조용히 좀 넘어가요."

"흐흐, 너에게 치근덕거리지만 않는다면야 나도 신경 안 쓴다. 그런데 이번에는 어떤 놈팡이를 구하려고?"

"어떤 놈팡이인지는 잘 모르겠고, 아버지께 이미 말씀드렸으니 좋은 분을 알아봐 주시겠죠."

"뭐? 아버지께?"

"네! 악기를 가르쳐 줄 사람을 구해달라고 이미 말했어요."

슬며시 웃는 그녀를 향해 조양황이 두려운 표정을 지었다. 그가 세상에서 가장 무서워하는 자가 바로 아버지 조막이었기 때문이다. 사실 그 둘에게는 선뜻 남 앞에서 꺼내놓지 못할 사연이 있었다.

조막은 진룡문을 만든 전대 문주인 강상원의 의제였다. 처음 진룡문이 탄생할 때부터 함께한 둘은 생사고락을 같이하며 진룡문을 키워 나갔고, 고생한 만큼 보람도 얻을 수 있었다. 하지만 문제는 강상원이 죽고 난 뒤부터였다. 강상원은 평생 혼인을 하지 않고 혼자 살았기에 뒤를 이을 자식이 없었던 것이다. 그래서 다음 문주를 의제인 조막에게 물려준 것인데, 조막 또한 자식을 낳지 못했다. 거기에는 사연이 숨겨져 있었다.

조막은 진룡문이 기반을 잡아가자 지금의 아내 채씨를 얻어 조민을 낳았다. 하지만 그 이듬해 청지가를 놓고 세력 다툼을 벌이던 장각문(長角門)과의 싸움에서 부상을 당해 남성을 잃어야 했다. 그런데 그때 강상원이 죽고 문주 자리를 물려주자 고민을 하지 않을 수 없었다. 형님의 기업을 다른 사람에게 물려주기는 싫었지만, 또 자신이 문주가 된다 하더라도 그 선에서 끝이 나기 때문이었다. 그래서 결국 선택한 것이 양자를 들이는 방법이었고, 바로 조양황이 그 양자였다. 하지만 그것이 그리 순탄하지는 않았다. 당연히 양자를 들일 때 이것저것 많은 것을 따져 재능이 있는 아이를 택한 것이지만 커가면서 재능 못지않게 말썽도 상당히 불러일으켰던 것이다.

남들이 보기에 모나지 않아야 했던 조막은 그래서 조양황에게 더욱 엄하게 대할 수밖에 없었다. 그리고 조양황 또한 조막이 친아버지가 아니라는 이유로 최대한 그의 기대에 부응하려고, 또 눈밖에 나지 않으려고 했지만 어디 그것이 마음대로 될 부류의 것이던가!

열심히 하는 것과는 달리 더 많은 것을 바라고 요구하던 그의 아버지, 조막의 꾸지람과 호통이 날로 심해지자 조양황은 결국 아버지의 기대를 저버리고 사 년 전부터는 아예 밖으로만 나돌기 시작했다. 열심히 하던 그가 조막의 큰 기대와 압력에 의해 사춘기의 고비를 넘지 못했던 것이다. 은근히 아버지 조막과의 대면을 피하기 시작한 것도 그때부터였고, 머리가 커질 대로 커진 요즘은 한 번 나갔다 하면 술집을 돌아다니며 며칠씩 문 내를 비우기 일쑤였다.

"설마, 내가 네 선생을 손봐줬다는 이야기는 하지 않았겠지?"

"걱정되세요?"

순간 조양황이 인상을 썼다.

"내가 걱정할 것이 뭐가 있어? 다만 아버지가 또 걱정하실까 봐 그러는 거지."

"그러기에 문 내에 좀 붙어 있으세요. 어제저녁에도 오라버니가 없어졌다고 얼마나 화를 내셨는지 아세요? 도대체 어디로 빠지신 거예요? 이번 개문식이 중요하다고 특별히 오라버니에게 운현성 입구에서 손님을 맞으라고 보내신 걸로 알고 있는데……."

"하하, 조금 바쁜 일이 있어서 그랬다. 그리고 나 같은 놈이 손님을 맞아봐야 아버지께 누가 될 뿐이지."

"아버지를 위해서 일부러 그랬다는 것처럼 들리네요?"

"하하하, 그럼! 내가 효자 아니냐? 아무튼 네 선생에 대한 일은 난 모르는 거다. 절대 내가 관여되었다고 아버지에게는 말하지 마. 이번 일도 내가 저질렀다는 것을 알면 난 다리 하나 부러지는 걸로 끝나지 않을 거야."

그러자 조민이 고개를 설레설레 저었다.

"오라버니 때문에 저만 자꾸 거짓말이 늘어요."

"가끔 선의의 거짓말도 필요한 거야. 아무튼 내 생각해 주는 건 너밖에 없다. 이제 난 가보마!"

몸을 돌리는 그를 향해 조민이 급히 물었다.

"어디로 가시게요? 설마 또 밖에 나가시려고요?"

"그러는 게 낫지 않을까? 아버지께서 화나셨다며? 날 보면 또 화병 나실지도 모르고……."

그때 방 밖에서 인기척이 들리더니 우렁찬 목소리가 들려왔다.

"화병은 이미 났다."

순간 조민과 조양황은 굳었다. 들리는 목소리는 다름 아닌 그들의 아버지 조막의 것이었기 때문이다.

드르르!

거칠게 문이 열리고, 그들의 생각대로 험악한 인상을 쓰고 있는 조막이 방 안으로 들어섰다. 그 뒤로 엽 총관이 따라 들어오고 있는데 난감한 기색을 지어 보이고 있었다.

"아, 아버지, 저, 저는……."

"닥쳐라!"

순간 조막의 손이 조양황의 뺨을 갈겼다. 얼마나 세게 쳤는지 조양황이 몇 걸음 밀려 침상으로 넘어질 정도였다. 하지만 조막은 그런 모습도 눈에 안 들어오는 모양이었다. 더욱 눈에 불을 켜며 조양황을 노려볼 뿐이었다.

"어제 어디를 갔던 게냐? 내가 명화루에서 지내면서 손님을 접대하라는 명을 못 들은 것이냐?"

"드, 들었습니다."

비칠비칠 일어서는 조양황을 향해 조막이 다가갔다.

"들었는데도 빠져나갔다? 왜 그런 것이지? 이 아비 말이 말 같지 않다는 것이냐?"

"어, 어찌 그럴 수가 있겠습니까?"

"그럼, 그럼 무엇이냐? 명색이 진룡문주의 아들이라 내놓고 그 집 기녀들을 건드릴 수 없어 다른 술집으로 간 것이냐?"

순간 조양황이 얼굴을 들어 조막을 노려보았다. 하지만 조막의 눈빛과 마주치자 다시 고개를 숙였다!

"죄, 죄송합니다."

"그 말을 듣자고 너를 찾은 것이 아니다. 고얀 놈!"

한참의 침묵 후 조막이 나직하지만 거역할 수 없는 힘이 실린 목소리로 말했다.

"정말 네가 내 아들이라고 조금이라도 생각한다면 개문식이 끝날 때까지 밖으로 나가지 말거라. 알겠느냐? 이번에도 내 말을 어길 시에는 널 내치겠다."

아직까지 이런 말까지는 듣지 못했던 조양황이 약간 황당한 표정으로 조막을 바라보았다. 하지만 그때 조막은 더 이상 방에 있기 싫다는 듯 몸을 돌려 걸어나가고 있었다. 그를 뒤따라온 엽 총관이 조막이 나가길 기다려 조양황의 등을 두드렸다.

"너무 상심하지 말게. 다 자네가 걱정돼서 그러시는 게야!"

그제야 조양황이 눈물 한 방울을 흘렸다. 지금까지 조막에게 수도 없이 혼이 났고, 맞아도 봤지만 오늘과 같이 자존심 상하게 하는 말은 하지 않았기 때문이다. 그가 조막의 친아들이었으면 이런 생각도 하지 않았겠지만 양자임을 알고 있기에 더욱 마음이 상할 수밖에 없었다.

하지만 그는 이내 자신이 눈물을 흘렸다는 사실을 부끄러워하며 급히 표정을 바꿨다. 평소의 호탕한 얼굴을 한 채 겸연쩍은 듯 엽 총관에게 물었다.

"오늘 아버지께서 화가 많이 나신 것 같은데 무슨 일이 있습니까?"

"말도 말게. 자네 걱정을 얼마나 한 줄 아는가?"

"무슨 소리입니까?"

"어제 자네가 명화루에 이끌고 나간 무사들 있잖나? 그들이 오늘 아침에 숲 속에서 발견되었다네. 그것도 다 타버린 시체로……!"

"예에?"

조양황은 물론이고 조민까지 놀랍다는 표정을 지었다. 특히 조양황은 놀람을 넘어 경악하는 표정이었다. 어제저녁까지만 해도 명화루로 향하며 농담을 주고받았던 무사들이 죽었다니!

그가 믿지 못하겠다는 듯 다급히 물었다.

"숲 속에서 발견되었다니요? 분명 저는 그들이 명화루에 들어가는 것을 지켜본 후 충현으로 갔었는데요."

"나도 자세한 정황은 모르겠네. 명화루주와 장영루주의 말에 의하면 중간에 명화루에서 장영루로 옮겼고, 그날 밤 거기에 도둑이 들었다는 게야."

"그들 방에 말입니까?"

"그렇다고 들었네. 아무튼 도둑을 쫓기 위해 나간 것 같다던데, 그 후로는 소식이 없었다네. 이리저리 수소문해도 찾을 수가 없었는데, 두 시진 전 관의 현리 하나가 찾아와 산불이 난 곳에 우리 진룡문의 무사가 죽어 있다고 하지 않았겠나? 설마 해서 문주님과 가 어제 자네와 같이 보냈던 무사들의 시체인 것을 확인했네. 그 주위에 그들의 무기가 떨어져 있지 않았다면 알아보는 데 더욱 시간이 걸렸을 게야. 그 때문에 문주님이 자네를 찾기 위해 여기저기 수소문을 한 거고, 다행히 자네 검이 거기에서 발견되지 않았으니까 무사할 것이라고 여긴 거지!"

"……."

침울한 표정으로 말없는 조양황과 조민을 향해 엽 총관이 부드럽게 말을 이었다.

"아무튼 좀 전에 역정을 내신 문주님의 말은 본심이 아니니 신경 쓰지 말게나. 오히려 자네가 어제 다른 술집으로 빠져나간 것을 다행으로 여기고 있을 걸세. 그리고 이번에는 제발 문주님의 말을 어기지 말게. 알겠는가?"

"알겠습니다."

그때 조민이 궁금한 듯 엽 총관에게 물었다.

"그런데 누구 짓이죠? 한낱 좀도둑이 무공을 익힌 무사들을, 그것도 일곱 명이나 되는 수를 제압했으리라고는 생각되지 않는데요? 혹시 장각문이 아닐까요? 예전부터 우리와 사이가 안 좋았잖아요!"

"글쎄, 내가 볼 때도 조민의 생각과 같지만 아직은 단정 지을 수가 없지. 지금 부검 중에 있으니 조만간 단서가 잡힐 게야. 어쩌면 우리 진룡문이 금천회를 돕는다는 것에 불만을 품은 운남금룡회 쪽의 문파들 짓일 수도 있겠지."

말과 함께 그는 탄식하듯 중얼거렸다.

"개문식이 코앞인데 이런 사건이 터지다니……. 쯧쯧! 다른 문파에 알려지면 우리 진룡문의 체면이……."

괜스레 죄의식을 느낀 조양황이 슬며시 물었다.

"소문은 어떻게 처리할 계획이십니까?"

"우선 시신을 발견한 자들이 불을 끈 관원들이니 관에 찾아가서 함구해 달라고 해야지. 그리고 문 내 무사들에게도 입단속시키고, 사고를 당한 무사들의 가족들에게도 상당한 보상을 해줘야 할 거야. 그 외에 퍼지는 소문이야 어쩔 수 없겠지만 그리 문제가 될 정도는 아닐 걸세. 당사자인 우리와 관이 가만있을 것이니 시간이 지나면 헛소문으로 알려지겠지."

그러면서 방을 나가려던 그가 조민을 바라보았다.

"아, 그리고 어제 악사를 알아봐 달라고 문주님께 부탁했었지?"

"네? 네. 벌써 알아보셨나요?"

"아니, 명화루주에게 말해 놨으니 조만간 구해질 게다. 그 사람이 그쪽으론 꽤 발이 넓거든."

"그럼 기녀를?"

엽 총관이 미소를 지으며 고개를 저었다.

"명화루에 실력있는 기녀들이 많기로 유명하지만 너를 그런 여인에게 맡기면 뭘 보고 배울 수 있겠느냐? 따로 학식과 배움이 많은 자를 알아봐 달라고 했으니 걱정하지 않아도 된다."
"감사합니다."
"나에게 감사할 필요야 없지. 아무튼 이만 가봐야겠다."

제13장
사라진 장일

 헌원지가 학당에 도착했을 때는 아직 해가 뜨지 않은 새벽이었다. 그가 방 안으로 들어서자 이불 속에서 잠에 취해 있는 장타가 눈에 들어왔다.
 "쯧쯧, 책이라도 좀 읽지……."
 말과 함께 그는 이불을 깔고 그 위에 앉아 명상에 잠겼다. 그리고는 습관처럼 단전에 꿈틀대는 내력을 각 혈도로 옮기며 운기조식에 들어갔다. 원래 기루에 다녀오는 날이면 내공 수련을 하지 않는 그였지만, 오늘은 운현에서 보았던 진령의 모습이 생각났기에 그냥 잘 수가 없었던 것이다.
 '빨리, 빨리 예전의 힘을 되찾아야 돼. 그런데 지금까지 내가 했던 음공이 진짜 음공일까? 또 다른 길이 있지 않을까?'

역시 컴컴한 어둠 속에서 이루어지는 혼자만의 수련은 잡념을 불러왔다. 지금 당장은 잃어버린 내공을 찾는 것이 급선무였지만, 음공에 대한 불신이 점차 밀려들자 가슴이 답답하기만 했다. 그는 처음으로 다른 사람의 무공, 오늘 보았던 진령의 검법을 떠올렸다.

검의 경지에는 신검합일(身劍合一)이라는 것이 있다. 내가 검이 되고 검이 내가 된다는 하나의 깨달음을 얻었을 때 이루어지는 신비한 경지였다. 화경에 들어서 깨닫는 사람도 있고, 화경에 들어선 후에도 깨닫지 못하는 사람도 있다. 반면 신검합일을 깨달았을 때 화경에 들어서는 사람이 있는가 하면, 화경에 들지 못했는데도 신검합일의 깨달음을 얻는 사람도 있다. 그것은 내공적인 면으로 따지는 화경이니 출가경이니 하는 것과는 달리 순수한 무인의 정신적인 면을 따지는 경지이기 때문이다.

헌원지가 오늘 본 진령의 검법에는 신검합일까지는 아니더라도 검에 대한, 그리고 검이 가지는 모든 장점을 살리는 능력이 있어 보였다. 검의 진기를 최대한 끌어내어 검강까지 뿜어낸 것을 보면 알 수 있었다. 실제 지금 생각해 보면 악마대처럼 지옥 같은 수련을 하지 않는 이상, 또 특이한 심법을 익히지 않는 이상 그녀의 나이 정도에 이갑자 이상의 내력을 보유하고 있다는 것은 말이 안 되었다. 그런데도 초식의 운영에 의한, 부분적이기는 하지만 검강을 썼다는 것은 분명히 검을 이해하고 초식을 이해하고 있다는 의미였다.

'음공도 그런 면이 있지 않을까? 굳이 내력에만 의지하는 것이 아닌, 신검합일처럼 깨달음에 의해 평상시의 내력보다 좀 더 강한, 그리고 부단히 응용하려고 노력하지 않아도 마음 가는 대로 음공에 대한 자유로

운 무공을 시전할 수 있지는 않을까?

순간 머리가 아파왔다. 그리고 몸속에 흐르는 내력이 뒤틀리는 느낌이 들었다. 운기조식을 하면서 마음이 혼란스러웠기에 일어나는 현상이었다. 여기에서 좀 더 심해지면 주화입마에 빠질 수 있으므로 헌원지는 급히 내력을 단전으로 밀어 넣고 눈을 떴다. 하지만 약간 늦은 모양!

"크윽!"

울컥거리며 가슴속에서 치밀어 오르는 무언가가 입 밖으로 흘러나왔다.

'젠장, 큰일 날 뻔했군! 오늘은 이만 하자. 더 하다가는 정말 주화입마에 빠질지도 모르겠다. 최근 들어 급격히 내력이 돌아오는 것 같은데 예전의 내력을 회복하려면 얼마나 더 있어야 하는 거지? 이 속도라면 반년 정도만 기다리면 될 것도 같은데······.'

그는 생각을 떨쳐 버리며 자리에 누웠다. 운기조식을 얼마 한 것 같지 않았지만 이미 날은 서서히 밝아오고 있었다.

"형, 일어나세요!"

헌원지를 깨운 것은 장타였다. 사실 장타가 깨우기 전부터 정신은 깨어 있었지만, 아무튼 장타의 말에 그는 슬며시 자리에서 일어나 문밖으로 시선을 돌렸다. 해가 중천으로 떠오르고 있는 중인지 밖은 꽤 밝았다.

"얼마나 됐지?"

"오시초(오전 11시)요."

"흐음, 꽤 오래 누워 있었군!"

자리에서 일어서는 헌원지를 향해 장타가 말했다.

"지금 밖에 진씨 아저씨가 찾아오셨는데요."

"진씨라면 진구 아버님을 말하는 거냐?"

"네!"

헌원지는 급히 옷매무새를 가다듬고 밖으로 나갔다. 그를 본 진소가 마당에서 고개를 숙였다.

"일어나셨습니까요, 학장님?"

"네, 그런데 어쩐 일이십니까?"

"전에 말씀 드렸던 일 때문에 찾아뵙게 되었습죠. 오늘 저녁에 장가 녀석 밭에서 마을 사람들끼리 모여 조촐한 식사를 하려고 하는데 학장님이 와주셨으면 해서요. 시간이 안 되면 다음으로 미루고요."

"아, 그럴 필요 없습니다. 시간 맞춰 나가도록 하지요."

그 말에 진소의 표정이 활짝 펴졌다.

"그럼 학장님이 오실 때까지 기다리겠습니다."

진소는 그 말을 남기고 바쁘게 사립문을 열고 가버렸다. 그가 나가기 무섭게 장타가 헌원지의 표정을 살피며 은근한 투로 물었다.

"저, 저는 어떻게 해요?"

"어떻게 하다니?"

"마을 사람들 모두 모일 텐데, 저만 명화루에 가야 되잖아요."

순간 헌원지의 입 꼬리가 슬며시 비틀렸다.

"어쩔 수 없지. 너야 할 일이 있으니 빠지는 수밖에!"

장타의 인상이 찡그려졌다.

"그, 그런 게 어딨어요?"

"그럼 어떻게 하자고?"

"저도 오늘 빠질래요."

"루주에게 혼날 텐데?"

"그, 그거야 형이 따로 말을 해주면······."

"갈! 내가 왜 너 때문에 귀찮게 입을 놀려야 되나?"

"하지만······."

"쓸데없는 기대 말고 네 일은 네가 알아서 처리해."

결국 장타는 명화루에 가지 않고 마을 식사에 참가하기로 했다. 물론 헌원지가 그를 위해 절대 루주에게 변명해 주지는 않을 것이라 알고 있었지만, 정기적으로 쉬는 날 이외에 일 년간 한 번도 빠져 본 적이 없는 점소이 일을 하루 정도는 빠져도 된다고 생각했던 것이다. 뭣하면 아팠다고 핑계를 대면 그만이었다.

아무튼 헌원지와 장타는 학당을 나와 장가의 밭으로 향했다. 오래지 않아 마을 사람들이 이미 추수가 끝나 휑하니 땅을 드러낸 밭에 옹기종기 모여 있는 것이 보였다. 하지만 분위기가 조금 이상했다. 사람들의 표정에 불안감이 드러나 있는 것은 물론, 모여 있는 사람들 모두 여인들과 노인, 그리고 아이들뿐이었다. 남자들이 아무도 보이지 않는다는 것은 분명 마을에 안 좋은 일이 벌어졌다는 것이다.

"무슨 일이 있습니까?"

헌원지가 다가가 입을 열자 그제야 사람들이 그를 알아보고 고개 숙여 학장에 대한 예를 표했다. 그중 마을의 촌장을 맡고 있는 가장 나이가 많은 노인이 힘 빠진 목소리로 대답했다.

"큰일 났습니다, 학장님!"

"큰일이라니 무슨 소리입니까?"

"장가의 첫째가 보이지 않습니다."

"장일이라는 처녀를 말씀하시는 겁니까?"

노인이 고개를 끄덕이며 근심스러운 표정을 지었다.

"장이에게 듣기론 어젯밤에 분명 같이 집에서 잤다고 했는데, 아침에 일어나 보니 보이지 않았다고 합니다. 그래도 가끔 새벽에 나가는 경우가 있었기에 별스럽지 않게 생각했는데, 며칠 전 소를 팔러 운현에 갔던 장가가 집에 돌아올 때까지 본 사람조차 없다고 하니……. 어쩌면 좋겠습니까?"

잠시 생각하던 헌원지가 물었다.

"그럼 지금 마을 남자들 모두 그녀를 찾으러 간 것입니까?"

촌장이 고개를 끄덕이는 가운데 옆에 있던 아낙 하나가 방정맞은 소리를 했다.

"요즘 흉흉한 소문이 자주 도는데, 혹 인신매매단이……."

"재수없는 소리 하지 말게!"

촌장이 버럭 소리친 후 다시 헌원지를 바라보았다.

"어떻게 해야 하겠습니까? 저희 같은 촌 무지렁이들이야 뭘 어떻게 해야 할지 몰라서……."

"흠, 지금은 늦었으니 내일 아침 일찍 관에 신고부터 하십시오. 그리고 이 일대에서 가장 가까운 문파가 장각문이라고 알고 있는데, 거기에 가서 도움을 요청해 보십시오. 그런데 마지막에 그녀를 본 사람이 가족밖에 없습니까?"

"저도 자세히는 모르겠습니다."

"만약 집을 나온 이후 본 사람이 없다면 찾는데 어려움이 많겠지만, 만약 가족 이외에 그녀를 본 사람이 있다면 많은 도움이 될 겁니다."

그때 헌원지 뒤에 있던 장타가 이때다 싶어 끼어들었다.

"형이 마지막으로 보지 않았어요?"

"무슨 소리냐? 내가 보다니?"

"새벽에 나가 사라진 거라면 제가 명화루에서 돌아올 때 마을 입구에서 봤거든요. 장씨 아저씨를 기다린다고 하던데요!"

그러자 촌장이 고개를 갸웃거렸다.

"장가를 왜 새벽에 기다리나? 운현에서 마을에 새벽에 도착하려면 밤길을 타야 하는데."

"저도 그건 누나가 핑계를 댄 것이라 짐작하고 있어요. 사실 형을 기다리는 눈치였거든요."

이번에는 헌원지가 고개를 갸웃거렸다.

"날 왜 기다린다는 거냐?"

장타가 피식 웃은 후 대답했다.

"누나가 평소에 형을 좋아했거든요. 아무튼 제가 가고도 계속 기다렸는데 마을 입구에서 못 만났어요?"

"글쎄……. 못 봤는데!"

말을 하던 헌원지의 표정이 이내 찌푸려졌다. 못 본 것은 못 본 것이고, 장타의 말이 먼저 떠올랐던 것이다.

'날 좋아해?'

닭살이 돋는 것을 느낀 그는 표정을 숨길 수가 없어 급히 연기를 했다. 자신을 바라보는 촌장과 여인들의 시선을 피하기 위해서였다.

"장타가 거짓말을 할 리가 없으니 우선 제가 먼저 마을 입구로 가보겠습니다. 여기에서 기다렸다가 혹 제가 늦으면 그냥 집으로 들어가 계십시오. 따로 촌장님을 찾아뵙겠습니다."

그러면서 장타에게로 시선을 돌리는데 순간적으로 험악하게 인상을 썼다. 물론 마을 여인들이 알아챌 수 없을 정도로 빨리 사라졌지만!

"그녀에게 특이한 점은 없었나?"

순간 헌원지의 표정에 뜨끔한 장타가 입을 열었다.

"마, 만두가 든 보자기를 들고 있었어요."

"보자기?"

"네."

"흐음……. 알겠다. 우선 너는 집에 가서 기다리고 있거라!"

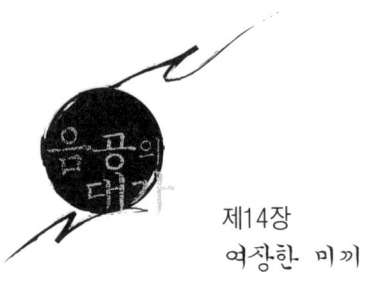

제14장
여장한 미끼

헌원지는 마을 입구에 도착한 후 주위를 세심히 살피기 시작했다. 하지만 이각이란 시간 동안 찾아낸 것이라고는 만두가 들어 있는 보자기 하나뿐이었다. 더 이상의 진척이 없자 그는 보자기를 유심히 살펴보았다. 바닥에 아무렇게 뒹굴고 있고, 내용물이 그대로 있는 것으로 보아 분명 무슨 일이 있었던 것 같았다.

"이것만으로는 추적이 불가능한데……. 우선 관에 알리는 수밖에 없겠군!"

생각과 함께 그는 촌장을 찾아가 사정을 알렸다. 그리고 다음날 아침 장일의 아버지 장대, 그리고 촌장과 함께 관에 찾아가 사실을 알렸다. 최근 이 일대에 납치 사건이 많이 일어난 데다, 장일이 집을 나갔을 리가 없으니 달리 생각할 이유가 없다고 판단했기 때문이다. 하지만 관에서의 대응은 심드렁하기만 했다. 이미 여러 건의 납치 사건이 벌어진 터에 증거조차 잡지 못하고 있으니 귀찮은 일거리 하나 더 늘었다는 표정이 역력했다. 결국 운현 저잣거리 사정에 밝은 장대는 수소문을 해보기 위해 먼저 가고 헌원지와 촌장은 함께 장각문으로 향했다. 장각문이 당황 일대에 세력을 떨치고 있었기에, 그들에게 도움을 요청하기 위해서였다. 보통 무림문파들의 경우 자신들의 체면 때문에 주위 치안에도 상당한 신경을 쓰기 때문이다.

헌원지와 촌장이 장각문에 도착하자 기골이 장대한 문지기 하나가 그들의 앞을 가로막았다.

"무슨 일이오?"

"당황에서 여자 아이가 사라져 이렇게 찾아왔습니다."

촌장의 대답에 문지기가 귀찮다는 표정을 노골적으로 지어 보였다.

"그런데 왜 이곳에 오셨소?"

"저희 마을이 장각문의 세력 안이라 도움을 요청하려고요."

그 말에 문지기가 피식 웃었다.

"훗, 당황이 우리 문파와 거리가 가까운 것은 사실이지만 지금 사람을 찾아다닐 만한 사정이 못 되니 돌아가시오."

"하지만 문주님께 말씀이라도 해주시면······."

"아아, 바쁘신 문주님께 그런 하찮은 보고를 올릴 수는 없소. 정 급하면 내가 나중에 총관 어르신께 보고를 드릴 테니 가서 기다리시오."

보고를 한다고는 했지만 문지기의 표정이나 꼴을 보아 그럴 것 같지가 않았다. 급기야 헌원지가 앞으로 나섰다.

"시간을 다투는 일입니다. 그러지 말고 지금 보고를 드려주십시오."

여장한 미끼

글 꽤나 읽었을 것 같은 웬 문사 차림의 사내가 나서자 문지기가 심드렁하게 대꾸했다.

"댁은 뉘시오?"

"당황에서 아이들을 가르치고 있는 사람입니다."

"그런 촌 동네에도 학당이 있소?"

"지금 그것이 중요한 것이 아니라……."

"아, 참네. 알겠으니 가서 기다리라고 하지 않았소."

순간 헌원지의 표정이 싸늘하게 변했지만 이내 표정을 숨기고 촌장을 바라보았다.

"어쩔 수 없겠습니다. 이만 돌아가시지요."

촌장도 더 이상의 미련은 없는 모양이었다. 헌원지와 함께 당황으로 향했다.

당황 마을 입구에 도착하자 이미 장대가 나와 기다리고 있었다. 그가 급히 헌원지를 보며 물었다.

"어떻게 됐습니까, 학장님?"

그 물음을 촌장이 받았다.

"말을 해봤으나 어찌 될지는 모르겠네. 기다리라는 답변을 듣기는 했지만……."

차마 가능성이 없을 거라는 말은 하지 못한 촌장은 한숨을 푹 쉬었다. 그러자 장대의 표정이 어두워지기 시작했다. 그는 다시 헌원지를 바라보았다.

"어쩌면 좋겠습니까요?"

"글쎄요……."

말끝을 흐린 그는 장대의 눈치를 살폈다. 그로서는 난감할 수밖에 없었다. 아니, 솔직한 심정으로는 강각문의 문지기와 같은 심정이었다. 괜스레 촌 무지렁이들에게 잘해줘 이런 귀찮은 일까지 도맡아야 될 줄은 몰랐던 것이다. 애처롭게 자신을 바라보는 장대에게 부담스러움을 느낀 그가 입을 열었다.

"제가 한 번 알아보겠습니다. 그러니 촌장님과 장대 어르신은 집에서 기다리십시오."

"하지만 학장님께 모든 것을 맡기고 어찌……."

"아무런 증거도 없이 찾아다닌다고 일이 해결되는 것이 아니지 않습니까? 제게 따로 생각이 있으니 믿고 그만 들어가 보십시오."

지금까지 모든 일을 확실하게 해결해 왔던 학장의 말이라 애가 타면서도 장대와 촌장은 고개를 끄덕일 수밖에 없었다. 하지만 자식을 잃어버린 장대는 못내 한마디 하는 것을 잊지 않았다.

"꼭, 장일을 찾아주십시오. 그리고 제가 할 일이 있으면 언제든지 말씀해 주시면 모든 일을 제치고 달려가겠습니다."

"알겠습니다."

그들을 보낸 후 헌원지는 홀가분한 마음으로 학당에 갔다. 촌장 같은 촌사람들과 같이 일해 봐야 오히려 방해만 되었기 때문이다. 어차피 찾아야 한다면 자신 혼자 하는 편이 나았다.

학당에 도착하자 인기척을 들은 장타가 헐레벌떡 마당으로 뛰쳐나왔다.

"어떻게 됐어요? 찾았어요?"

"아직. 하지만 방법은 있지!"

"방법이 있다니요? 어떤 방법이요?"

순간 헌원지가 음흉한 미소를 지어 보였다. 그 때문에 괜스레 오한이 든 장타가 눈치를 살폈다.

"혹시 제가 할 일이 있나요?"

"그건 나중에 말해 줄 테니 우선 나와 함께 갈 데가 있다. 준비해라."

"어디를 가려고……."

"가보면 알아!"

헌원지가 장타를 끌고 간 곳은 아침에 갔던 운현의 관아였다. 그는 낮에 보았던 현리에게 부탁해 지금까지 운현 일대에서 실종된 여인들의 기록이 적힌 장부를 살폈다. 한참을 뒤적거리던 헌원지가 현리에게 물었다.

"기록을 보면 최근 두 달 동안 운현 일대에 벌써 서른 명에 달하는 여인들이 실종됐는데, 사건을 목격한 사람이 없소?"

"찾아봤지만 없었소. 왜 그러시오?"

"아무리 조직적으로 움직이는 인심매매단일지라도 증거나 목격자가 전혀 없다는 것이 수상해서 그러오."

말과 함께 그는 다시 종이 뭉치를 뒤적거렸다.

"산속에서 실종된 것도 있지만 집 안에서 납치를 당한 경우도 있군요. 그런데도 목격자가 한 명도 없다는 것은 놈들이 무공을 익히고 있다는 것으로 봐야 할 겁니다. 그것도 경공술과 잠행술이 뛰어난 자들일 거요."

현리가 고개를 끄덕였다.

"관에서도 그 점에 주목하고 있소. 하지만 워낙 신출귀몰한 녀석들인지라 넋 놓고 있는 수밖에."

순간 헌원지가 무언가 생각난 듯 재빨리 기록이 적힌 서류 뭉치를 넘겼다. 그리고는 현리에게 고개를 숙였다.

"시간 내주셔서 감사합니다. 이만 가보겠습니다."

관을 나오자 장타가 물었다.

"짚히는 거라도 있어요?"

"글쎄, 있을 것 같기도 하고, 아닌 것 같기도 하고……."

"무슨 대답이 그래요?"

"아무튼 해야 할 일은 정해졌다. 단지 시간이 많이 걸리는 것이 탈이지만."

"무슨 방법인데요?"

"따라와 보면 알아!"

장타는 내심 불안했지만 어쩔 수 없이 헌원지를 따라갔다.

그리고 그날 밤! 장타는 핼쑥해진 얼굴로 헌원지가 내밀고 있는 옷을 바라보았다.

"어, 어떻게 저보고……."

낮에 옷집에 들어가 여자 옷을 살 때부터 무언가 불안했던 장타였다. 그런데 설마 자신에게 입힐 줄이야……!

"제가 왜 이걸……."

여장한 미끼 213

"네가 미끼가 되어줘야겠다."

"아무리 그래도 그렇지, 어떻게 제가 납치될 때까지 이런 옷을 입고 돌아다녀요. 언제 납치될지도 모르는데……. 그리고 저는 여장을 해도 여자처럼 보이지 않아요. 차라리 형이 입으면 더 어울릴 거예요."

"뭐?"

험악하게 구겨지는 헌원지의 얼굴을 보자 장타는 꼬리를 말았다. 하지만 고이 입기는 싫었던 모양, 투덜거리는 것이 끊이지 않았다.

"알았어요, 알았어! 입으면 될 것 아니에요. 하지만 이 옷을 입고 성내를 돌아다니라는 것은 아니겠죠?"

"그야 물론이지. 관에서 조사 기록을 본 바로는 처음 한 달간 이루어진 실종 사건은 여기에서 이십 리 떨어진 대웅산 숲길이었어. 그 후 소문이 나자 숲길로 사람들이 다니지 않았지. 그때부터 성내까지 납치 사건이 줄을 이었던 거고."

헌원지의 말을 빌리자면 여장을 하고 대웅산 숲길을 오락가락해야 한다는 말이었다. 장타가 슬며시 불안한 표정을 내비쳤다.

"그런데 형은 어떻게 하실 거예요?"

"당연히 숨어서 너를 따라다녀야지."

"하지만 납치범들의 수가 많거나 형보다 무공 실력이 더 뛰어나면 어떡해요?"

"대충 지켜보다가 혼자 처리할 수 있을 것 같으면 나서고, 그렇지 않으면 미행했다가 본거지를 알아낸 후 관군들에게 알려야지."

순간 장타가 입을 벌렸다.

"그런 게 어딨어요? 그럼 저는 어떻게 하라고요?"

"만약 일이 뜻하지 않게 흘러가면 내가 관군들을 이끌고 올 때까지 너는 거기에서 여자인 척하고 있어라."

드디어 장타는 말도 안 된다는 듯 황당하단 표정을 지었다. 무책임해도 너무 무책임하다고 생각했던 것이다.

"그러다가 저를 덮치기라도 하면 어쩌라고요?"

헌원지가 음흉한 웃음을 흘렸다.

"호호호, 고이 당하는 수밖에 없지. 왜? 첫 상대가 남자인 것이 억울하냐?"

"무, 무슨 말을 하는 거예요. 당할 리가 없잖아요! 그전에 여장했다는 것을 들킬 텐데……. 저를 죽일지도 몰라요."

"그건 네 운에 맡기는 수밖에 달리 방법이 없지! 아무튼 준비해."

여장과 함께 여행자처럼 복장을 꾸민 장타는 도살장에 끌려가는 기분으로 헌원지를 따라 대웅산으로 향했다. 한참 동안 걸어간 그들은 으슥한 숲길에 이르자 우선 불을 지폈다. 가만히 기다리는 것보다는 불을 최대한 밝게 해 멀리서도 시선을 끌 수 있게 하는 것이 나을 것 같아서였다. 물론 그것은 헌원지의 생각이었고 장타는 반대했다. 하지만 법보다 주먹이 가까우니……. 헌원지만 의지하며 살고 있는 장타로서는 어쩔 수 없었다. 시키면 시키는 대로 하는 수밖에!

"이곳에 숨어 있을 테니까, 최대한 여행하다 쉬어가는 것처럼 행동해라."

길 옆 숲 속으로 몸을 숨기는 헌원지를 향해 장타는 애처로운 눈길을 보냈다. 하지만 헌원지는 그의 시선을 여지없이 무시해 버렸다.

부웅—! 부웅—!

모닥불 타는 소리와 올빼미 우는 소리만 제외한다면 숲은 적막 그 자체였다. 그것이 장타를 더욱 불안하게 만들었기에 그는 헌원지가 몸을 숨기고 있는 쪽을 계속해서 바라보았다. 하지만 일각이 지나고, 이각, 반 시진, 그리고 한 시진이라는 시간이 지나도록 납치범들의 그림자조차 보이지 않자 드디어 장타는 꾸벅꾸벅 졸기 시작했다. 따뜻한 모닥불 앞에 있는데다, 오랜 시간 동안 납치범들이 나타나지 않자 긴장감이 풀린 탓이었다.

그런데 그때였다. 막 꿈나라에 한 다리를 걸쳐 고개를 떨구려는데, 등 뒤쪽에서 '사부작' 거리는 소리가 들려왔다. 번쩍 잠이 달아난 장타가 놀라 주위를 두리번거렸다. 그러자 그의 귀로 헌원지의 전음이 전달되었다.

"조용히 자는 척해라! 깨어 있으면 오히려 적들의 경계심을 살지 모른다."

말은 쉽지만 두려운 마음에 가슴이 요동을 치니 자는 척하는 것이 그리 쉬운 일은 아니었다. 하지만 헌원지의 말에 일리가 있었으므로 장타는 다시 조용히 눈을 감았다. 그때 다시 헌원지가 전음을 보내왔다.

"어설프게 설잠 든 척하지 말고, 누워서 자!"

'무서워 죽겠는데 누워서 자라니…….'

가슴속에서 우러나오는 불만을 크게 뱉어버리고 싶었지만 어쩔 수 없었다. 곧이어 장타는 헌원지의 말대로 모닥불을 바라보며 슬며시 누워버렸다. 그러길 일각 정도!

스스슥!

숲을 뚫고 두 명의 인영이 모습을 드러냈다. 복면을 쓰지는 않았지만 목에 걸린 검은 복면으로 보아 충분히 은밀한 일을 꾀하는 자들임에 분명했다. 그중 하나가 누워 있는 장타를 보고 입 꼬리를 말아 올렸다.

"불빛 때문에 혹시나 해서 왔는데, 여자 혼자 있을 줄은 몰랐군. 멍청한 거야, 아님 둔한 거야?"

"글쎄, 어쨌든 잘됐네. 여자 혼자 이런 숲에서, 그것도 야밤에 잠을 자다니 완전히 '나 잡아가쇼' 잖아!"

"그러게. 아무튼 다행이군. 우리야 운현까지 가지 않아도 되니까. 보아하니 다른 지방에서 여행을 온 것 같은데, 어떻게 할까? 깨워서 좀 놀아줄까? 아니면 혈도를 짚은 후 산채로 데려갈까?"

그러면서 사내는 장타에게 다가가 불빛에 드리워진 그의 얼굴을 유심히 살펴보았다. 그리고 구겨지는 인상!

"젠장, 바지 입히면 완전 남자로 착각하겠군. 얼굴이 영 아닌데?"

"그럼 그냥 데려가자."

"형님에게 혼나지 않을까? 그래도 얼굴이 반반한 여자들을 데려가야 하는데 말이야."

"몰래 가서 창고에 있는 다른 계집들과 섞어버리면 형님이 알게 뭐야. 머릿수만 맞으면 됐지."

"그렇겠지?"

"그래. 운현까지 왔다 갔다 하기 귀찮으니 이 녀석을 잡아가는 걸로 일을 끝내자."

말과 함께 사내는 즉시 장타의 혈도를 점해 버렸다. 그 때문에 청력을 끌어오려 그들의 대화를 엿듣고 있던 헌원지는 섣불리 나설 생각을 할 수 없었다. 우선 장일이 있는 곳을 알아내는 것이 이번 일의 중요한 부분이었기 때문이다. 대화 내용으로 보아 두 명의 사내 말고도 협력자가 더 있는 것 같아 조용히 미행하는 것이 나을 것 같아서였다.

예전 같았다면 두 사내를 주리를 틀어 장소를 물어보았겠지만, 은근히 사내들의 몸 밖으로 피어오르는 기도로 상당한 수련을 거친 고수임을 짐작할 수 있었다. 설사 헌원지 자신에게 승산이 있다 하더라도 사내들이 도주라도 한다면 두 명을 모두 제압할 자신은 없었다. 한 명이라도 빠져나가 저들이 말하는 형님이라는 자에게 알린다면 타초경사의 우를 범할 수도 있었다.

헌원지는 이미 혈도가 찍혀 기절해 버린 장타를 업는 사내를 보며 몸을 최대한 가볍게 했다. 내공을 익힌 무인이라도 특별히 청력을 끌어올리지 않으면 미세한 소리를 잡아내지 못하지만, 그래도 평범한 사람들보다 귀가 상당히 밝을 수밖에 없었다. 그렇기에 저들을 미행하기 위해서는 낙엽을 밟는 소리조차 없애야 했던 것이다. 그런데 사내들이 장타를 업고 채 몇 걸음을 떼기도 전에 뜻하지 않은 일이 벌어졌다. 장타를 업었던 사내가 장타를 다시 내려놓으며 시간을 지체했던 것이다. 그 사내의 행동에 다른 사내가 고개를 갸웃거렸다.

"왜?"

"아니, 좀 시간을 때우다 가는 것이 나을 것 같아서. 왜 이렇게 일찍 왔냐고 물으면 할 말이 없잖아."

"흐음, 그것도 그렇군! 그런데 뭘 하며 시간을 때우자는 거냐? 술이라도 있다면 모를까…….."

"흐흐흐, 혹시나 해서 내가 준비를 했지."

말과 함께 장타를 내려놓았던 사내가 품속에서 작은 술병 하나를 꺼내놓았다.

"자식, 준비성 하나는 철저하군. 좋아, 불이나 쬐며 술이나 마시자."

그들이 술을 마시기 시작하자 헌원지는 인상을 찌푸렸다. 하지만 어쩔 수 있나? 목마른 사람이 우물을 팔 수밖에! 그런데 그들의 행동 때문에 진짜 문제가 발생하고야 말았다. 이 야밤의 숲길에 또 다른 사람들이 등장했던 것이다.

새로 등장한 인물들은 모두 일곱 명이었다. 한 명을 제외한 나머지는 모두 검을 든 사내들. 그중 한 명은 나이가 지긋한 노인이었다. 그런데 노인의 외모가 상당히 특이해 시선을 끌었다. 귀고리뿐만 아니라 여인들이나 할 법한 화려한 장신구를 몸에 달고 있었기 때문이다. 그 외 사내들 사이에서 걷고 있는 여인은 고급 비단옷이 잘 어울리는 외모였다. 나이는 이제 묘령 정도? 하지만 차분한 인상과 겉으로 풍기는 모습, 옅은 화장은 어딘가 모르게 그녀를 애처롭게 보이게 하였다. 전체적으로 보아 사내들이 여인을 호위하는 것 같은 인상을 주어 여인의 신분을 짐작할 수 있게 했는데, 바로 금천방주의 손녀 양향과 유 총관, 그리고 호위들이었다.

헌원지는 유심히 장타를 납치한 두 사내를 지켜보았다. 다행히 그들은 납치범들의 티를 내지 않고 모닥불에 의지해 술을 마실 뿐이었다. 태연함을 가장해 일곱 명의 외인의 의심을 사지 않기 위함인 것이 분명했다. 헌원지 또한 그냥 넘어가기를 바랐다. 괜스레 시비가 붙거나 사내들의 수상쩍은 행동에 일이 틀어지면 장일의 행방을 더욱 찾기 힘들어질 테니 말이다. 하지만 세상일이 다 그렇듯 뜻대로 상황은 이루어지지 않았다.

호위 무사로 보이는 사내 하나가 행렬을 이탈하더니 두 납치범들에게 다가가며 물었다.

"운현까지 얼마나 더 가야 되오?"

그러자 납치범들이 급히 눈빛을 교환했다. 그중 하나가 손을 슬그머니 허리 뒤로 돌려 검집을 잡으려 했다. 여차하면 공격을 가할 태세였다.

하지만 그의 행동은 또 다른 동료에 의해 저지당했다. 보이지 않게 인상을 찡그리며 고개를 미세하게 흔들었던 것이다. 아직 문제가 일어나지 않았으니 조용히 대답해 주고 넘어가자는 무언의 제의였다. 잠시 후 검집을 잡으려던 사내가 표정을 고치며 대답했다.

"글쎄요. 저희도 이곳 지리는 잘 모릅니다. 가다 보면 도착하겠지요."

"흐음!"

호위 무사는 침음을 흘리더니 급히 일행 쪽으로 가 여인에게 고개를 조아렸다.

"저들도 타지 사람인 것 같습니다. 어떻게 할까요?"

그러자 여인, 양향이 유 총관을 바라보며 나직이 물었다.

"어떻게 하죠?"

"너무 급히 왔던 것이 탈이었습니다."

"어쩔 수 없잖아요. 낮에 운현에 갔다면 진룡문에서 마중을 나왔을 텐데."

"그렇기는 합니다만 굳이 몰래 운현에 들어가서 진룡문을 살펴보는 것이 잘하는 일인지 모르겠습니다. 어차피 저들은 우리 금천방을 도와주기로 약조한 문파가 아닙니까?"

"하지만 그렇게 하지 않으면 어떻게 진룡문을 파악할 수 있겠어요? 진룡문이 우리를 도와주기로 한 이상 저들의 세력과 힘을 정확히 파악해 둘 필요는 있어요. 겉으로 보이는 것과는 다를 수 있으니 어떤 문파인지, 문주는 어떤 사람인지 세밀한 것을 알아내는 것도 중요하죠. 진룡문으로 들어가는 것은 그 후의 일이에요."

"알겠습니다. 하지만 이럴 줄 알았다면 정령에서 하루를 쉰 후 내일 낮에 출발할 걸 그랬습니다. 밤에 도착하려는 계획과는 달리 너무 늦어버렸습니다."

잠시 얼굴을 붉힌 양향이 입을 열었다.

"그럼 이 근처에서 야숙을 한 후 하루를 쉬었다가 내일 저녁에 다시 출발하는 것이 어때요?"

"그렇게 하도록 하지요."

대답과 함께 유 총관이 납치범들에게 다가가 공손히 손을 모았다.

"거리를 잘못 계산하여 숲에서 밤길을 가게 되었는데, 불편하지 않으시다면 잠시 불을 쬐다 가도 되겠소?"

또다시 납치범들이 시선을 빠르게 교환했다. 그리고 이내 누워 있는 장타에게 난감한 시선을 주었다. 갑자기 등장한 외인들이 오래 머무른다면 중간에 떠나기가 상당히 어려워지기 때문이다. 같은 일행으로 알고 있을 장타를 깨우지 않고 업고 가면 분명히 이상하게 생각할 것이다.

"그, 그렇게 하시오."

의심을 사지 않기 위해 어쩔 수 없이 허락한 그들과 금천방의 일행이 한자리에 마주하게 되었다. 그 외 두 명의 무사가 야숙을 할 수 있는 공터를 찾기 위해 주위로 흩어졌다. 숲이지만 사람이 지나다니는 길에서 야숙을 할 수는 없었기 때문이다. 뿐만 아니라 위험한 강호에서 일행이 아닌 자들과 같이 야숙을 할 수도 없는 노릇이었다.

그때 헌원지는 깊숙이 짜증스러운 한숨을 내쉬고 있었다. 일이 잘 풀린다 싶더니 이렇게 꼬일 줄은 생각지도 못했기 때문이다. 그러나 어쩔 수 있나! 우선 새로 나타난 외인들이 빨리 자리를 뜨길 기다리는 수밖에는 달리 방도가 없었다. 그런데 모닥불에 비친 외인들 중 여인과 노인의 얼굴이 자세히 눈에 들어오자 그의 두 눈이 번뜩였다. 언젠가 한 번 만났던 기억이 가물가물 떠올랐던 것이다. 귀주에서 이곳으로 올 때 만났던 사람들! 건달패와 시비가 붙었을 때, 자신을 도와주었던 자들임에 분명했다. 그때 여인은 눈여겨보지 않아 착각할 수도 있겠지만 노인의 특이한 복장과 얼굴은 뇌리에 확실히 남아 있었다.

'뭐, 상관은 없지.'

그들이 누구이든 간에 자신의 일에 방해만 되지 않으면 되니 헌원지로서는 당연한 생각이었다. 아무튼 빨리 저들이 자리를 뜨기만을 기다리는 수밖에 없다.

제15장
구출

"그런데 저 여자 분은 일행이오?"

야숙을 할 만한 공터를 찾으러 간 무사들이 돌아오지 않자 유 총관이 침묵을 깨고 궁금증을 드러냈다. 그러자 납치범들 중 하나가 너털웃음을 터뜨렸다.

"하하하, 우리 사매입니다. 오랜 여행으로 몸이 피곤한 모양인지 잠에 취해 버렸습니다."

"그렇군요. 그런데 사문이 어디오?"

"양천문입니다."

"양천문? 처음 들어보는 곳이군요."

"쌍강(雙江) 끝 자락에 있는 작은 문파이니 그리 알려지지는 않았습니다."

"흐음, 그럼 실례가 되지 않는다면 양천문의 무공이 무엇인지 알려 줄 수 있겠소?"

"무공이랄 것도 없습니다. 뿌리가 깊어 독문무공이 있는 것도 아니고, 그저 무림에 흔히 알려져 있는 무공들을 익히고 있습니다."

유 총관은 무료한 시간을 달래기 위함인지 계속 질문을 던져 댔다. 하지만 대답하는 당사자, 납치범들은 있지도 않은 말을 지어내야 했으니 진땀을 뺄 수밖에! 게다가 그들을 가장 곤란하게 하는 것은 노인의 질문이 아니라 바로 장타가 깨어나는 것이었다. 그들의 본거지가 그리 멀지 않은 곳에 있었기에 혈도를 그리 깊게 짚지 않았던 것이다. 술을 마시며 시간을 때울 생각이었지만, 그때 깨어난다 하더라도 다시 짚으면 그만이었다. 그런데 생각지도 못한 자들이 떡하니 합석했으니……. 혈도를 짚은 지 벌써 이각이 다 되어가자 장타가 깨어날 수도 있다는 불안감이 납치범들을 조바심나게 했다. 하지만 그들 못지않게 조바심을 내는 사내가 또 있었다.

'젠장, 언제까지 기다려야 하는 거야?'

헌원지는 숲 속에 몸을 숨긴 지 한 시진이 훌쩍 넘어가자 초조해지기 시작했다. 그런데 그때 더 이상 참기 힘든 그의 머리 속에 번개 같은 생각이 스치고 지나갔다.

'가만, 어차피 납치범들의 본거지를 찾는 것이 중점 아닌가? 그렇다면 이렇게 있을 필요는 없지.'

헌원지 혼자였다면 모르겠지만 납치범들과 오순도순 앉아 있는 자들까지 합세한다면 간단하게 해결될 수 있는 문제라는 생각이 들었다. 물론 저들이 헌원지 자신을 도와준다는 전제 하에서겠지만, 예전에 자신을 도와줬을 때를 생각해 본다면 그냥 넋 놓고 구경할 자들은 아니었다.

'어차피 이렇게 된 거, 할 수 없지. 계획 변경이다.'

생각과 함께 그는 조심스럽게 몸을 이동시켰다. 갑자기 풀숲에서 튀어나온다면 왜 그곳에 숨어 있었는지 할 말이 없었기 때문이다. 하지만 기척을 숨긴 채로 이동한다는 것은 여간 힘든 일이 아니었다. 그런 쪽의 기술은 전문적으로 익히지 않은 헌원지였기에, 흉내를 낼 수는 있었지만 제대로 하기가 상당히 까다로웠다. 작은 소리라도 낸다면 실패할 수밖에 없는 것이다. 자연 속도가 느릴 수밖에 없는데, 그 속도가 너무 느려지자 이번에는 다시 좀 더 기다려 볼까 하는 생각이 들었다. 중간에 공터를 찾으러 간 무사들이 돌아와 떠나 버린다면 낭패이기 때문이다. 하지만 이미 움직인 몸, 끝까지 가볼 수밖에 없었다.

그렇게 얼마간의 거리가 벌어지자 헌원지는 몸을 일으켜 걸음을 옮기기 시작했다. 기어갈 때보다는 조금 속력이 붙기는 했지만, 혹시 몰라 경신법을 이용해 몸을 최대한 가볍게, 하지만 걸음은 천천히 했다.

오십 장 정도 벌어졌다고 생각되자 그제야 그는 숲길로 나와 장타가 있는 곳으로 달리기 시작했다. 표정은 최대한 긴장감을 드러낸 채, 또 체력은 떨어져 힘이 든다는 듯 연기를 하면서. 다행히 양향 일행은 아직 자리를 지키고 있었다. 헌원지가 헐레벌떡 달려오자 모두의 시선이 그에게로 향했다.

"뉘시오?"

양향을 호위하던 무사 하나가 경계의 눈빛을 드러냈다. 하지만 헌원지는 대답도 하지 않고 장타에게 다가가 사람들이 들으라는 듯 외쳤다.

"누가 내 누이동생을 납치했느냐?"

순간 장내의 인물들이 멍한 표정으로 서로를 바라보았다. 그중 유 총관이 고개를 갸웃거리며 알 수 없다는 듯 물었다.

"소협은 누구신데 저 여자 분을 동생이라고 하는 거요? 노부는 이분들의 사매인 것으로 알고 있는데, 혹시 잘못 보신 것 아니오?"

"당치 않은 말씀입니다. 학당에서 글을 읽고 있는데 갑자기 인기척을 느꼈습니다. 이상해서 나와봤더니 두 사내가 제 동생을 들쳐 업고 담을 넘어 도망치는 것을 보고 이렇게 쫓아온 것입니다."

능청스런 그의 말에 납치범들의 안색이 순식간에 싸늘하게 변했다. 마른하늘에 날벼락이었던 것이다. 납치하려 했던 것은 사실이었지만 담을 넘어 도망온 것은 아니었으니 그들로서는 황당할 수밖에 없었다.

"닥쳐라! 감히 우리 사매보고 어찌 네 동생이라고 하는 것이냐?"

급기야 발뺌을 하기 위해 납치범들 중 하나가 노한 표정으로 외쳤다. 그러자 그를 바라보며 헌원지가 잘 걸렸다는 듯 같이 마주 말했다.

"그러고 보니 네놈들이로구나! 검은 옷을 입었던 것을 내가 분명히 보았다. 목에 걸고 있는 검은 천도 복면으로 사용하기 위한 것이 아니냐?"

순간 납치범들은 할 말을 잃은 듯 말이 없었다. 그러자 분위기를 파악한 양향과 유 총관, 그리고 남아 있던 세 명의 호위가 자리에서 벌떡 일어섰다. 그중 호위들이 재빨리 검을 뽑아 들었다. 역시 납치범들 또한 자리에서 일어나 검을 뽑았다.

"저 사내의 말이 진실이오?"

유 총관의 물음에 납치범이 인상을 찌푸렸다. 하지만 수적으로 불리하다고 생각했는지 그들 또한 능청스럽게 우겼다.

"무슨 소리입니까? 난데없이 나타나 갑자기 우리에게 납치범이라니……. 그 말을 믿으시는 겁니까?"

그러면서 사내가 헌원지에게 검을 들이댔다. 그때 유 총관이 그 앞을 가로막았다.

"손을 쓰지 마시오. 당신들의 말이 진실이라면 관에 가서 진위 여부를 밝혀내면 될 것이 아니겠소?"

"저희가 왜 저자의 거짓말 때문에 관까지 가야 합니까?"

이쯤 되자 헌원지는 속으로 득의의 미소를 지었다.

"좋다. 너희가 그렇게 내 동생을 사매라고 주장한다면 당사자에게 물어보면 되겠지. 동생을 깨워 물어볼 테니 딴말하지 말아라!"

"이 녀석이!"

납치범 중 하나가 수세에 몰리자 유 총관을 가로질러 헌원지에게 검을 찔러 넣으려 했다. 하지만 유 총관이 가만히 보고만 있지 않았다. 순간적으로 몸을 돌려 발로 검신의 옆면을 차버려 공격을 무력화시켰다. 그와 동시에 남은 납치범이 사방으로 검초를 펼쳤고, 호위 무사들이 양향을 보호하며 그에게 맞서기 시작했다.

납치범들의 실력은 상당했다. 무공 실력도 실력이었지만, 실전을 많이 겪어본 변초와 허초가 심한 검법이었다. 하지만 화경을 넘어선 유 총관, 유대적에게는 어림이 없었다. 간단히 공격을 흘리더니 수도의 기법으로 사내의 아랫배를 쳤다.

'퍽' 하는 소리와 함께 사내는 답답한 비명을 지르며 그 자리에서 절명해 버렸다. 그리고 남은 납치범은 호위 무사 세 명을 상대로 고전하고 있었다. 호위 무사들의 실력도 상당했던 것이다. 단지 호위 무사들은 양향을 보호하기 위한 움직임만 보였기에 납치범과 어느 정도 균형을 유지할 수 있었던 것이다. 하지만 그것도 잠시, 유 총관이 남은 납치범을 향해 달려들었다. 섬전과 같은 속도는 이미 납치범과 유 총관 사이의 거리를 없애 버렸다.

"죽이면 안 됩니다."

살수를 펼치려던 유 총관이 뒤에서 들리는 헌원지의 목소리에 살수를 거둬들였다. 대신 자신에게 찔러 들어오던 검의 옆면을 쳐 흘려 버린 후 반대편 손으로 납치범의 어깨에 타격을 가했다.

팍!

둔탁한 소리와 함께 납치범의 어깨뼈가 괴이하게 뒤틀렸다. 그사이에 유 총관이 사내의 혈도를 순식간에 여덟 군데나 짚어버렸다.

"크윽!"

고통스런 비명과 함께 사내가 혼절하는 것으로 상황은 간단히 종료되었다. 그 후 유 총관이 헌원지를 못 미덥다는 눈빛으로 바라보았다.

"이들이 손을 쓰는 바람에 어쩔 수 없이 대처하기는 했지만 어서 저 여인을 깨워보아라. 만약 네 말이 거짓이라면 그만한 대가를 치를 것이다."

예전에 만났었지만 그때 헌원지는 도망자의 신분으로 제대로 씻지도, 먹지도 못해 몰골이 말이 아니었다. 그에 반해 지금도 그리 좋은 편은 아니지만, 백색 유삼에 긴 장포를 입고 있고, 머리도 깔끔하게 빗어 넘겼으니 양향과 유대적이 알아보지 못하는 것은 당연했다.

유대적의 말에 헌원지가 급히 장타를 깨웠다. 혈도가 막혀 혼절했던 상태였기에 상당 시간을 흔들어서야 장타를 깨울 수 있었다. 그가 정신을 차리자 헌원지가 피식 웃으며 말했다.

"정신 차렸으면 옷이나 갈아입어."

"예? 여, 여기는 어디죠?"

"어디긴 어디야? 숲이지. 그새 잊어버렸나?"

"아, 그러고 보니 납치범들을 잡는다고……."

장타의 목소리가 이상하자 유대적이 눈을 동그랗게 떴다. 그뿐만이 아니라 양향과 호위 무사들도 놀란 듯했다.

"여, 여자가 아니었나?"

"아닙니다."

"그런데 왜 여장을 한 건가?"

"납치범들을 잡기 위해 어쩔 수 없었습니다."

"납치범들을 잡아? 자네 둘이서?"

헌원지가 고개를 끄덕이자 유대적이 혀를 찼다.

"목숨이 두 개가 아닐진데……. 달려오는 모습을 보아하니 무공도 모르는 것 같던데 어찌 그런 위험한 생각을 한 겐가?"

"어쩔 수 없었습니다. 저희 마을에 장일이라는 여인이 실종되었기에 관에도 알려보고, 근처 무림문파에도 사정을 해보았으나 귀찮아하더군요."

"그래도 그렇지. 아무튼 앞으로 어쩔 셈인가?"

헌원지가 손을 들어 혼절한 납치범을 가리켰다.

"저자에게 본거지를 알아낸 후 납치된 여인들을 구해야지요."

"그게 말처럼 쉬울 것 같나? 저자의 실력을 보아하니 제대로 무공을 익힌 것 같은데. 자네로는 무리일세."

"상관없습니다. 확실한 물증을 잡아낸 후 관에 신고만 하면 그만이니까요."

그러자 유대적이 웃었다.

"허허허, 무공을 익힌 무사의 입을 어떻게 열게 할 건가? 관에 데려간다 해도 저자가 입을 열지 않으면 그만 아닌가?"

"그건 제가 알아서 하겠습니다."

"흐음……!"

잠시 생각하던 유대적이 돌연 물었다.

"자네 이름이 뭔가?"

"그건 왜 물으십니까?"

"아니, 안면이 익어 그러네. 우리 언제 만난 적 없었나?"

"저는 어르신을 처음 봅니다."

유대적이 고개를 갸웃거렸다. 그러자 지금까지 침묵을 지키고 있던 양향도 헌원지의 얼굴이 익는지 입을 열었다.

"그럼 저는 만난 적 없나요?"

"글쎄요……. 저는 두 분 다 본 적이 없습니다."

"이상하네요."

"……?"

"저도 유 총관님처럼 당신의 얼굴이 많이 낯이 익거든요. 분명 어디선가 마주친 듯한데…… 무슨 일을 하시죠?"

"운현에서 오십 리 떨어진 당황에서 아이들을 가르치고 있습니다."

"학장님이시군요."

"굳이 갖다 붙이자면 그렇다고 할 수 있습니다."

"그렇다고 할 수 있다니요?"

"작은 마을에 있는 허름한 폐가를 고쳐 사용하고 있는지라……. 마을 주민들은 부끄럽게도 저를 학장이라 불러주지만 제가 배움이 작아 글만 가르치는 수준일 뿐 스스로 학장이라 생각해 본 적은 없습니다."

"그렇군요."

말과 함께 그녀가 유대적을 향해 물었다.

"그럼 이제 우리는 어쩌죠?"

"어쩌다니요? 하루 정도 쉰 후, 계획대로 내일 밤에 운현에 들어가야지요."

"그러니까 내일 저녁까지 시간이 남는데……."

교묘히 말끝을 흐리는 그녀의 말에 유대적이 슬며시 미소를 지었다. 언제나 많은 경험을 하고 싶어하는 그녀라는 것을 잘 알고 있었고, 이번에도 상당한 호기심이 일었다는 것을 눈치 챘던 것이다. 그의 미소에 양향이 변명하듯 입을 열었다.

"이분의 말대로 저자의 입을 열게 해도 관에서 출동하는 데는 많은 시간이 걸릴 거예요. 그동안 저자가 돌아오지 않으니 납치범들은 아마 일이 잘못됐다는 걸 짐작하고 도망칠 거구요. 차라리 우리가 이분을 돕는 것이 낫지 않을까요?"

"그 말이 맞습니다만 납치범들의 수가 생각과 달리 많으면 어쩌겠습니까?"

"아무리 그래도 유 총관님이 있는데 별일이야 있겠어요? 그리고 우리가 돕는 것이 좋잖아요. 우선 납치된 여인들을 빨리 구해내는 것이 중요하니까요."

떡 줄 사람은 생각지도 않는데 자기네들끼리 기다, 아니다를 결정하고 있으니 헌원지로서는 조금 황당했다. 하지만 좀 전에 보여주었던 이들의 무공을 생각한다면 도움을 받는 것이 여러모로 편할 것이 사실이었다.

납치범들이 아무리 많다 해도 현과 현을 이동할 때는 대로를 타야 했고, 직업(?)의 특성상 눈에 띌 정도로 많이 몰려다닐 수는 없다. 노인과 호위 무사들의 실력이라면 납치범들 십여 명 정도는 순식간에 제압할 수 있을 것 같으니, 도움을 받기만 한다면 헌원지는 장일에게 자신이 무공을 익혔다는 것을 들킬 염려가 없었다.

그가 이런 저런 계산을 하고 있을 때, 결정이 났는지 유대적이 헌원지에게 물었다.

"아가씨의 말대로 저자를 심문하는 데 시간이 걸릴 걸세. 게다가 수가 얼마인지는 모르나 적들은 무공을 익히고 있으니 관군만으로는 피해가 클 수밖에 없네. 그러니 관에서는 인근 문파에 책임을 물어 합동 작전을 펼치려 할 것이고, 그 때문에 시간은 더욱 걸릴 걸세. 뭐, 납치된 여인들을 구할 수만 있다면 그런 것은 상관없겠지만, 일이 잘못되어 그사이 납치범들이 도주를 하면 어쩌겠나?"

"어르신의 말씀은……?"

"우리가 자네를 돕겠다는 말일세. 우리가 나선다면 관에 왔다 갔다

할 필요 없이 오늘 밤 안에 자네가 찾는 마을 여인도 구하고, 다른 여인들도 구할 수 있을 걸세. 자네 생각은 어떤가?"

"저희 때문에 수고롭지 않겠습니까?"

"자네 개인적인 사정이라면 나도 돕지 않았을 걸세. 하지만 사람들을 납치해 팔아 넘기는 자들을 그냥 두고 볼 수는 없지 않겠나? 하물며 능력이 있는데도 못 본 척하는 일은 차마 못하겠네."

"굳이 그렇게 말씀하신다면야 저야 감사하지요."

"그럼 무사들이 모두 돌아오면 같이 가세. 참, 그전에 저자를 깨워 본거지를 알아내는 것이 좋겠군!"

몇 채의 통나무집들이 험준한 숲에 의지해 은밀함을 유지하고 있었다. 사방을 둘러보아도 나무들이 울창하게 들어차 있어 바로 옆을 지나간다 해도 모를 만큼 위장이 잘돼 있었다. 심지어는 통나무 지붕도 나뭇잎으로 덮여 있다.

"이런 곳에 숨어 있으니 아무도 몰랐지!"

헌원지는 나직한 말과 함께 주위를 유심히 살폈다. 그의 곁에는 양향과 유대적, 그리고 그들을 호위하는 다섯 명의 무사가 나무에 의지해 몸을 숨기고 있었다. 장타는 어리다는 이유로 처음 모닥불이 있는 장소에 남겨두고 왔다. 심한 고문으로 탈진한 납치범이 있었기에, 지킬 만한 사람이 한 명 정도는 있어야 했기 때문이기도 했다.

"경계도 없는 것 같은데, 어떻게 할까요?"

나이가 제법 많아 보이는 무사의 말에 유대적이 되물었다.

"여인들이 어디에 있을 것 같나?"

무사가 다시 한 번 주위를 살피며 입을 열었다.

"모두 일곱 채의 집이 있지만 분명 그중 중앙에 위치한 제일 큰 건물에 여인들을 감금해 놨을 겁니다. 나머지는 많아봐야 세 명 정도가 생활할 수 있는 크기이니, 최대한으로 잡아봐야 스물 안쪽일 것입니다."

"그럼 그자의 말에 거짓이 없는 것이군."

"그런 것 같습니다. 그 정도 고문을 했는데, 바로 불지 않는다면 이상한 거지요. 모두 열세 명이라고 했으니 이대로 공격해도 될 듯싶습니다."

그러자 유대적이 고개를 끄덕인 후 양향과 헌원지를 바라보았다.

"아가씨와 선생은 여기에서 대기하고 계십시오."

순간 양향의 표정이 굳어졌다. 헌원지야 힘들이지 않고 일을 해결하게 되었으니 옳다구나 받아들였지만, 그녀는 자신의 무공을 자신하고 있는 만큼 나서고 싶었던 것이다. 유 총관이 언제나 자신을 아이 취급하며 고이 받드는 것이 못내 서운한 그녀였다. 그 표정을 읽은 유대적이 미소를 지으며 말을 이었다.

"혹시 저희가 이롭지 못할 때 퇴로를 확보해야 하니 그렇게 해주십시오."

"하지만 유 총관님이 나서는데 우리가 이롭지 못할 일이 있겠어요?"

"강호에는 변수가 많은 법입니다."

말과 함께 그는 무사들을 이끌고 조심스럽게 앞으로 접근하며 명을 내렸다.

"둘은 여인들이 감금된 건물 입구에서 상황이 끝날 때까지 적들의 접근을 막아라."

그러자 약속이나 한 듯 두 명이 고개를 끄덕이며 큰 건물로 향했다.

"나머지는 통나무집 중앙에서 대기하며 건물 밖으로 나오는 적들을 맞아라. 나는 건물 하나하나 찾아 들어가 적을 처리하겠다."

"존명!"

그들이 멀어지는 것을 보며 헌원지가 고개를 갸웃거렸다.

"저분들의 무공이 대단한 모양입니다."

"왜 그러시죠?"

"기습이라고는 하지만 너무 자신만만해 보이는 것 같아서요. 솔직히 저는 조용히 여인들만 구출할 줄 알았거든요."

"하지만 서른 명에 달하는 여인들을 몰래 도주시키는 것은 불가능해요. 어차피 들킬 거라면 적들을 먼저 공격해 흩어버리는 것이 여인들의 안전에 더 좋을 거예요."

"하지만 아까 전 납치범들의 무공 실력으로 보건대, 분명 녹록한 자들은 아니던데……."

그러자 양향이 피식 미소를 지었다.

"유 총관님이 없었다면 이렇게까지는 하지 않았을 거예요."

"저 나이 드신 분의 무공이 그렇게 대단합니까?"

"두고 보시면 알아요."

말과 함께 가장 가까운 건물 안에서 비명성이 들렸다. 헌원지가 바라보자 건물 중앙에 세 명의 무사가 주위를 경계하며 서 있고, 다른 두 명은 여인들을 감금한 건물 입구 앞에 서 있었다. 유 총관이라 불리는 노인이 보이지 않는 것으로 보아 그가 직접 적들을 소탕하는 것이 분명했다.

'저런 식의 대응이라면 일이 잘못돼도 납치된 여인들에게는 피해가 가지 않겠군.'

그의 생각대로 일은 그리 어렵지 않게 해결되고 있었다. 첫 번째 건물에서 두 명의 비명이 들림과 동시에 창문을 뚫고 유대적이 몸을 드러냈다. 그는 한 번의 도약도 없이 곧바로 다음 건물 창문을 뚫고 사라져 버렸다. 그리고 또다시 비명성이 들렸다.

그렇게 두 건물에서 연이어 비명이 울리자 여기저기에서 범상치 않아 보이는 자들이 속옷만 입은 채 튀어나오기 시작했다.

"웬 놈들이냐!"

물음에 대한 답은 들려오지 않았지만, 납치범들 또한 답을 기대하지는 않은 모양이었다. 우렁찬 외침과 함께 중앙에 떡하니 버티고 서 있는 세 명의 무사를 향해 달려들었다.

채채챙―!

납치범들과 무사들의 대결은 수적으로 불리한 무사들이 밀리고 있었다. 하지만 이어 몸을 드러낸 유대적이 합세하자 금세 상황이 역전되었다. 헌원지가 보기에도 유대적의 무공은 놀라웠다. 검이 있음에도 사용하지 않고 권각으로만 대처를 하는데, 아무도 그를 막을 자가 없었다. 그때 한쪽에서 위엄있는 목소리가 장내를 울렸다. 잠시 무기를 거두고 모두가 바라보자 목소리만큼이나 험악하게 생긴 사내와 그를 따르는 두 사내가 모습을 드러냈다.

선두에 선 사내의 한쪽 눈에는 검은 안대가 덮여 있어 납치범들의 두목이라고 하기에 딱 어울리는 생김새였다.

"보아하니 관군도 아닌 것 같은데, 누가 감히 우리를 공격하는 것이냐?"

그의 말에 금천방의 호위 무사 하나가 외쳤다.

"닥쳐라! 법을 어기고 사람들에게 해를 입히는 너희의 악행을 모를 줄 아느냐? 조용히 항복하고 관으로 간다면 목숨만은 부지하게 해줄 것이다."

"목숨만은 부지해 준다?"

순간 사내가 음침한 웃음을 흘렸다.

"흐흐, 너희 여섯 명으로 우리 모두를 당할 수 있을 것 같으냐?"

그러면서 그는 손을 뻗어 공격 신호를 내렸다.

"쳐랏!"

말과 함께 곁에 있던 두 사내까지 합세하여 공격을 퍼붓기 시작했다. 두 사내의 실력을 자신하는지 두목은 나설 생각조차 하지 않았다. 확실히 지금까지 금천방의 무사들과 무공을 겨루던 자들과는 실력이 달랐다. 한 명은 산만한 덩치에, 이마에서부터 눈을 이어 볼까지 상처가 나 있는 자였다. 구레나룻과 수염이 덥수룩하게 나 있어 전체적으로 지저분하게 보이는 그는, 두목과 견주어도 전혀 외모가 뒤떨어지지 않는 험악함을 자랑했다. 반면 다른 한 명은 마른 외모에 키가 작고 왜소해 보였다. 그렇지만 가는 눈이 날카롭게 보여 예사롭지는 않았다.

두 사내의 실력은 역시 상당했다. 구레나룻 사내와 왜소한 사내는 둘 다 창을 썼는데, 창이 가지는 모든 장점을 살리는 것 같았다. 오히려 그들의 화려한 창술 때문에 같은 편의 납치범들이 주춤주춤 물러날 정도였다.

 오히려 금천방이 밀리기 시작하자 유대적이 검을 뽑아 들었다. 창에 번뜩이는 불빛으로 상대가 상당한 경지의 내공을 보유하고 있다는 것을 눈치 챘기 때문이다. 아무리 화경의 경지에 들어섰다고는 하나 유형의 빛을 발하며 뻗어 나오는 창날을 맨손으로 막을 수는 없었다.

 스르릉!

 청아한 소리와 함께 검신이 모습을 드러내자 은은한 빛이 검을 감싸 안았다.

 멀리서 그것을 보고 있던 헌원지는 내심 놀랍다는 표정을 지었다.

 '특별한 초식에 의하지 않고 곧바로 검강을 뿌릴 태세를 갖추는 것으로 보아 화경의 경지에 접어든 늙은이였군! 어쩐지 일 년 전에 만났을 때 예사롭지 않은 늙은이라는 생각이 들었어!'

 헌원지는 기대감을 가지고 눈을 빛냈다. 화경의 고수를 만날 수 있는 기회는, 특히 그런 고수들의 무공을 구경할 수 있는 기회는 특별한 신분이 아닌 이상 무림인이라 하더라도 별로 없었기 때문이다. 같은 문파에 화경의 고수가 있다면 모를까, 그 외에는 화경의 고수들이 펼치는 무공을 구경하기 힘든 것이 사실이다.

 헌원지 또한 악마금이라는 이름으로 만월교에서 활동했기에 만원교의 장로들을 제외하고는 단 두 명, 만독부주와 적룡문에 있을 때 화경인지 아닌지 애매한 희강이라는 웃기는 별호를 가지고 있는 곽대정 정도를 보았을 뿐이었다. 아무튼 유대적의 검에서 엄청난 기운이 뿜어져 나오자 창을 든 두 사내도 경악하며 뒤로 훌쩍 물러섰다. 창과 검을 몇 번 부딪쳐 보자 자신들의 상대가 아니라는 것을 본능적으로 느꼈기 때문이다.

쉬이익!

창을 든 사내들이 물러서는 것을 본 유대적은 그들을 버려두고 옆으로 검을 뻗었다. 그러자 검에서 일자형 강기가 뻗어 나와 두 사내 몸통에 구멍을 뚫었다.

"크윽!"

신음과 함께 납치범들이 주춤거리며 물러서기 시작했다. 동시에 힘을 얻은 금천방의 무사들이 유대적의 뒤를 받치며 무위를 뽐내니 납치범들과 금천방 간의 팽팽했던 기세가 단숨에 기울어졌다. 그것을 보고 있던 두목인 듯한 사내가 인상을 똥 씹은 표정으로 구기더니 우렁찬 일갈과 함께 장내로, 정확히 유대적에게로 뛰어들었다.

"으얍!"

생긴 것답게 험악한 기합성이 터져 나오고, 동시에 두목의 손에 들린 창이 현란하게 움직이기 시작했다. 유대적이 그것을 보고 마주 달려들었다.

채채챙—!

순식간에 삼초를 주고받은 그들의 주위로 불똥이 튀었다. 창에서 뻗어 나오는 푸른 기운과 우대적의 검에서 뻗어 나오는 검기가 부딪쳤던 것이다.

"이런!"

직접 무공을 섞어보자 유대적의 실력이 한 수 위라는 것을 알아차린 모양이었다. 상대는 전신의 모든 내공을 동원한 공격을 아주 쉽게 받아낼 뿐만 아니라, 창과 검이 부딪치자 창을 놓칠 뻔한 것을 간신히 참을 정도로 손에 충격이 뒤따랐기 때문이다.

그것을 지켜보며 헌원지는 감탄할 수밖에 없었다. 찰나의 시간이었지만 유대적의 손에서 움직이는 검의 부드러움이 그의 마음속에 뚜렷이 각인되었기 때문이다. 보통 사람이라면 눈으로 쫓을 수 없을 만큼 빠른 검술이었지만, 그가 보기에는 검이 움직일 때마다 흡사 시간이 정지된 듯한 느낌이었다. 움직이지 않는 거대한 산악의 기운이 유대적의 검법에는 있었다. 더 정확히 말해 검법이라기보다는 유대적의 움직임에 무거움이 있어 보였다.

'저것이 신검합일인가?'

신검합일인지 아닌지는 모르겠지만 유대적의 무공이 헌원지의 호기심을 자극했던 것은 사실이다. 아무튼 유대적과 삼초를 주고받은 두목은 뒤로 몇 걸음이나 물러서며 경악성을 터뜨렸다.

"누, 누구시오?"

유대적 또한 검을 거두며 놀랍다는 듯한 표정을 지었다.

"그것을 알리고 싶지는 않네. 하지만 자네는 누군가? 한낱 납치범들의 두목이라고 하기에는 아까울 정도로 강하지 않은가! 그리고 자네 수하들도 무공을 제대로 익힌 것 같은데, 정말 조직적인 납치범들이 확실한가?"

그때 옆에서 지켜보고 있던 사내가 자부심 섞인 목소리로 입을 열었다.

"비록 우리가 납치범이 맞긴 하지만 우리 큰형님으로 말할 것 같으면……."

"그만!"

두목으로 보이는 자가 인상을 쓰며 그의 말을 끊었다. 이어 그는 유대적을 바라보았다.

　"노인이 신분을 숨기는 것 같이 우리도 신분을 말할 수 없소. 아무튼 노인 정도의 실력이라면 우리가 다 덤벼도 이길 수 없을 것 같으니 마음대로 하시오. 무엇을 원하오?"

　"최근 들어 자네들이 이 일대의 여인들을 납치한 것으로 알고 있네. 그들을 모두 풀어주게. 굳이 창칼을 맞대어 피를 보지 않고 내 제안을 들어준다면 자네들을 그냥 보내주겠네."

　"그, 그건……."

　두목은 잠시 난감한 표정을 지었다. 하지만 어쩔 수 없다고 판단했는지 이내 고개를 끄덕였다. 그러자 주위에 있던 수하들이 인상을 찡그리며 반발했다.

　"형님, 큰형님에게는 뭐라고 말하려고요?"

　"닥쳐라. 죽은 다음에야 그게 무슨 소용 있나? 큰형님도 이해해 주실 거다."

　그러면서 그는 유대적을 다시 바라보았다.

　"하지만 다음에 만날 때는 절대 노인을 가만두지 않겠소."

　자존심 상한 그의 말에 유대적이 웃었다.

　"자네 실력으로는 무리일세. 쓸데없는 데 원한 같은 것을 가지지 말고 다른 일을 해보는 것이 어떻겠나? 자네들의 무공 실력이라면 이런 일을 하지 않아도 충분히 좋은 환경에서 좋은 대우를 받을 수 있을 것이 아닌가?"

　"우리는 큰형님의 명을 받들 뿐이오. 그리고 내 실력이 노인에 미치지 못해 오늘은 참지만, 큰형님이 있었다면 당신은 목숨을 부지할 수 없었을 것이오."

유대적이 고개를 갸웃거렸다.

"큰형님이라면… 자네보다 더 높은 자가 있는 것 같은데, 자네는 서열이 몇 번째인가?"

"내가 둘째요. 큰형님은 다른 곳에 있소."

"자네 큰형님의 이름을 물어봐도 되겠나?"

"말할 수 없소. 아무튼 보내주겠다니 노인의 말대로 여인들은 풀어주겠소. 모두 산채를 버리고 간다. 준비해라!"

일은 쉽게 풀렸다. 납치범들은 미련없이 옷을 챙기고 바로 산채를 벗어나 버렸다. 그때까지 혹시 몰라 경계하던 유대적과 무사들은 납치범들이 사라진 후에야 여인들이 감금되어 있는 건물을 열었다. 문을 열자 건물 안에는 서른 명의 여인이 불안에 떨고 있는 것이 보였다. 밖에서 병장기 부딪치는 소리 때문에 놀랐던 것이다.

헌원지는 문을 열자마자 급히 장일을 찾았다. 큰 건물이라지만 서른 명의 여인이 있었기에 선뜻 찾을 수가 없었다.

"여러분을 구하러 왔으니 안심하십시오. 혹시 장일이라는 여인이 여기에 있소?"

말을 마침과 동시에 어디선가 힘없는 목소리가 들려왔다.

"저, 저예요. 저 여기 있어요."

"납치범들은 도망갔으니 모두 나오십시오."

여인들이 밖으로 나가자 헌원지가 장일에게 다가갔다.

"괜찮소?"

"네. 그런데 학장님이 어떻게 여기에……."

말과 달리 그녀의 안색은 초췌해 보였다. 헌원지는 대답없이 겉옷을 벗어 그녀에게 덮어준 후 밖으로 데리고 나왔다. 그것을 보고 유대적이 물었다.

"그 여인이 자네가 찾고 있는 사람인가?"

"그렇습니다."

대답을 한 그는 장일을 바라보며 유대적 등을 설명했다.

"이분들이 도와주셨기에 쉽게 일을 해결할 수 있었습니다. 납치범들은 이미 멀리 도망갔으니 안심하십시오."

"고, 고맙습니다."

"허허, 고마울 것은 없소. 응당 해야 할 일을 했을 뿐이니……. 고마움은 저 학장 선생에게나 하시오. 젊은 학장 선생께서 꼬마 아이와 함께 당신을 구한답시고 일을 꾀했는데, 그 때문에 우리와 인연이 닿아 도와준 것일 뿐이오."

그러면서 유대적은 고개를 설레설레 저었다.

"아무리 사람 구하는 일이 중하다고는 하나 적들이 어떤 사람들인지도 알아보지 않고 무작정 행동에 옮긴다면, 큰일을 겪을지도 모르니 학장 선생도 앞으로는 조심하시오."

"알겠습니다."

유대적의 훈계 같은 소리에 헌원지는 은근히 속이 뒤틀렸으나 유대적 일행 때문에 쉽게 일을 해결했으니 아무 말 하지 않고 고개를 숙였다. 하지만 더 이상 이들과 있기 싫었던 헌원지는 어느 정도 주변이 정리되자 곧 작별을 고했다. 물론 학장답게 정중히…….

"저희는 먼저 가보겠습니다."

그 말에 양향이 놀라며 물었다.

"이 밤에요?"

"기다리고 있을 장타에게도 빨리 가봐야 하고, 마을 어르신들도 걱정하고 계시기에 지금 가는 것이 좋겠습니다."

"하지만 저분의 몸이 별로 안 좋은 것 같은데……."

그녀의 말에 장일이 손을 저었다.

"저는 괜찮습니다."

"그렇다면 할 수 없죠. 다른 여인들은 저희가 내일 운현에 안전하게 모셔갈 테니 걱정하지 마세요."

"수고를 끼쳐 죄송합니다."

"별말씀을요. 아무튼 가는 길, 조심하세요. 아, 그리고 그 소년 이름이 장타라고 했던가요?"

"……."

"그 아이가 지금 납치범 한 사람을 지키고 있잖아요. 그 납치범은 어떻게 하시겠어요?"

잠시 생각하던 헌원지가 피식 웃었다.

"제가 알아서 처리하겠습니다. 그럼 안녕히 계십시오."

말과 함께 헌원지는 그곳을 빠져나와 장타에게로 갔다. 그와 장일이 모습을 드러내자 장타가 달려왔다. 장일을 구했다는 기쁨도 잠시 장타가 곧이어 투덜거렸다.

"그런데 왜 이렇게 늦었어요? 저자 때문에 얼마나 무서웠다고요."

헌원지는 고문으로 인해 아직까지 쓰러져 있는 납치범에게 다가갔다. 혹시 몰라 몸을 포박해 놓았지만 깨어나도 제대로 힘을 쓸 것 같지는 않았다. 장타가 그에게 바짝 붙어 따라오며 물었다.

"어떻게 하실 거예요?"

헌원지는 대답없이 그를 깨우기 시작했다. 손으로 뺨을 몇 대 치자 납치범이 신음을 흘리며 정신을 차렸다. 헌원지는 음흉한 미소와 함께 그를 일으켜 길 옆 큰 나무에 묶기 시작했다. 그러자 납치범이 아픈 와중에도 놀라 외쳤다.

"뭐, 뭐 하는 짓이냐?"

"사람들이 잘 보이는 곳에 묶는 중이지. 알면서 왜 물으시오?"

납치범이 부들부들 몸을 떨었다.

"이러고도 네가 무사할 줄 아느냐?"

"내가 어디 사는 누구인지 알지도 못할 텐데 어떻게 보복을 하려고 하시오? 게다가 당신은 관에 잡혀 나오질 못할 테니 나를 볼 수도 없을 것이오."

말과 함께 헌원지는 끝이 날카로운 돌을 하나 집어 들더니 나무 위에다 웃으면서 이렇게 적었다.

나는 납치범이오. 두 달간 운현에서 일어났던 모든 납치 사건은 나의 짓이며, 납치되었던 여인들에게 물어보면 사실을 알 수 있을 것이오.

"다른 자들은 모두 도망갔지만 자네만은 잡혀가야 그나마 관에서도 체면이 서겠지."

"이, 이 자식이! 당장 지우지 못해!"

나무와 바닥에 뚜렷이 볼 수 있게 쓴 글을 본 납치범이 험악하게 인상을 구겼지만 헌원지는 상관하지 않고 장타, 장일과 함께 그곳을 떠나 버렸다.

"고, 고맙습니다."
마을 입구까지 아무런 말 없이 걷던 장일이 불쑥 입을 열었다. 그러자 헌원지가 속내와는 달리 미소를 지어 보였다.
"고맙다니요? 저는 할 일을 했을 뿐입니다."
"하지만 저 때문에 위험을 무릅쓰고……."
"하하, 그분들의 도움 때문에 아주 쉽게 일을 해결할 수 있었으니 너무 마음 쓰지 마십시오. 그리고 그분들 때문에 계획이 틀어지기는 했지만 사실 그리 위험한 일도 아니었습니다."
하지만 장일은 여전히 미안한 표정을 지우질 못했다. 헌원지로서는 제발 그냥 넘어가기를 바랐지만 말이다. 아무튼 그가 우려하던 바는 다음날 아침에 일어났다. 장일을 무사히 구해왔다는 소문을 듣고 마을 촌장과 주민들이 헌원지에게 우르르 몰려와 고맙다는 인사를 했기 때문이다.
헌원지로서는 별스럽지 않은 일로 이렇게 귀찮아야 하나라는 생각에 짜증이 났으나, 별수없이 언제나 학장으로서 보이는 겸양과 미소를 잃지 않고 그들을 맞이할 수밖에 없었다. 그리고 그날 저녁, 장일 때문에 전에 하지 못했던 추수 잔치에 초대되어 마을 사람들과 함께 식사까지 해야 했다.
물론 조촐할 것만 같았던 촌마을 잔치에 헌원지에 대한 고마움의 표시로 장일의 아버지가 소까지 잡아 성대한 식사를 대접받았지만……. 장일을 구할 때 가장 고생했던 장타는 눈물을 흘릴 수밖에 없었다. 삼일이나 말없이 빠지면 안 된다는 헌원지의 협박(?) 때문에 마을 잔치는 구경도 못하고 기루로 일을 나갔기 때문이다.

제16장
살수의 길

아무도 오지 않는 깊은 숲 속. 그 숲 속 자그마한 모옥의 방 안엔 한 남자가 좌정한 채 눈을 감고 있었다. 감은 눈에 드러난, 애처롭게 보이기까지 하는 야윈 얼굴의 사내는 아침나절부터 벌써 두 시진째 그런 상태였다. 흡사 침묵이 밥이요, 고요가 취미인 듯한 자연스러운 모습이었다.

하지만 그 침묵과 고요는 잠시 후 방문을 조용히 열고 들어서는 한 흑의인에 의해 깨어질 수밖에 없었다. 그는 방 안으로 들어서더니 명상에 잠겨 있는 사내를 방해하기 싫은 듯 극히 조심스러운 동작으로 그 맞은편에 앉았다. 그리고 다시 침묵이 흘렀다.

그렇게 반 시진이 더 지났을까? 더 이상의 이 숨막힐 것 같은 침묵이 싫었던지, 아니면 바쁜 일이 있는 것인지 흑의인이 약간의 조급함을 드러내며 입을 열었다.

"오랜만에 뵙습니다."

철그렁!

흑의인은 말과 함께 품속에서 미리 준비해 왔던 주머니를 바닥에 내려놓았다. 묵직한 소리로 보아 상당량의 쇠붙이가 들어 있음이 분명했다. 흑의인은 다시 조용히 말을 이었다.

"염치가 없는 줄 알지만 부탁이 있어 찾아왔습니다. 들어줄 수 있겠는지요?"

"······!"

사내는 대답이 없었다. 방 안에 아무도 없다는 듯 계속 명상만 하고 있는 것이다. 흑의인이 그의 목소리를 들은 것은 그로부터 이각이 더 지난 후였다.

"어쩐 일이오? 그리고 나는 남의 부탁을 들어줄 정도로 대단한 인물이 아니오. 내 한 몸 추스르기도 힘이 드니······."

눈을 살며시 뜬 사내의 안색은 의외로 맑았다. 그리고 목소리 또한 그의 눈빛과 마찬가지로 선하기만 했다. 하지만 그를 알고 있는 자라면 백이면 백, 그가 결코 생긴 것과 같이 힘없고 선한 사람이 아니라고 외칠 것이다. 아니, 그 누구보다 냉철하고 무정한 사람이라고 말할 것이 분명했다.

흑의 사내는 그것을 알고 있는 자였다. 그는 앞의 선하게 보이는 사내를 찬찬히 훑어보며 말했다.

"이제 그만 일을 할 때도 됐습니다. 무당파에서도 이미 포기했을 것이니······. 벌써 사 년이 지난 일이 아닙니까? 썩히기에는 너무 아까운

살수의 길

실력입니다."

순간 사내의 눈빛이 번뜩였다. 하지만 나타남과 같이 사라짐 또한 빨라 웬만한 자가 아니라면 알아볼 수도 없을 정도였다. 하지만 흑의인은 그것을 알아챌 수 있었고, 더욱 그를 부추기기 시작했다.

"아주 마음에 드는 일일 겁니다. 대가는 이것입니다."

흑의인은 자신의 앞에 놓인 묵직한 꾸러미를 사내의 무릎 앞으로 내밀었다.

"금화 오십 냥입니다."

사내의 눈빛이 흔들리기 시작했다. 결코 돈에 욕심이 나서 그런 것은 아니었다. 그것을 받음으로 해서 사 년 만에야 자신의 존재 여부를 확인할 수 있게 되었기 때문이다. 그는 지금껏 자신의 존재를 잊고 살아왔다. 그리고 예전으로 돌아가고 싶은 생각이 간절했다.

사내는 짧은 순간 생각을 했고, 입은 그보다 더욱 빨랐다. 아직까지 일에 대한 습관이 남아 있었기 때문이다. 아니, 그 어느 때보다 자신이 했던 일에 적합한 몸과 마음을 겸비하고 있었다는 말이 옳았다.

사내의 입이 열렸다. 하지만 놀랍게도 처음의 선한 음성이라기보다는 죽음의 사신이 살아 숨 쉬는 어둠의 목소리였다.

"목표물의 신상은?"

"만월교의 교주!"

"만월교? 귀주에 있는……?"

"그렇습니다. 알다시피 남무림의 일입니다."

흑의인은 만월교에 대해 자신이 알고 있는 바와 청부받은 일을 설명하기 시작했다. 그렇게 일각을 설명한 뒤에야 그는 마지막으로 당부의 말을 했다.

"이 일은 중원에서 저밖에 알지 못합니다. 그리고 당신. 그 외에는 아무도 알아서는 안 됩니다. 중원이 남무림 일에 관련되었다는 것이 알려진다면 큰 혼란이 일어날 것입니다. 그래서 아무런 세력에도 몸을 담지 않고 홀로 행동하는 당신에게 청부를 넣는 것입니다."

"시간은?"

"빠르면 빠를수록 좋습니다만 늦어도 상관은 없습니다. 단, 만월교의 교주가 교로 돌아가기 전까지 해결해 주면 됩니다. 교주의 신상과 지금의 사정에 대해 좀 더 정확히 파악할 수 있도록 자료를 준비했으니 보십시오."

흑의인은 말과 함께 품속에서 책자 하나를 꺼내 밀었다.

사내는 책자를 찬찬히 살펴보기 시작했다. 그리고 마지막 장을 넘겼을 때 그의 눈에 어둠의 그림자가 깔렸다

"거물이군!"

흑의인은 대답하지 않았다. 사내의 말대로 너무 커서 한 번에 삼키기에는 체할 우려가 농후한 먹이였다.

"할 수 있겠습니까?"

"호위들에 대한 자세한 정보는 없군!"

"교주 이외의 사람들은 신경 쓰지 말고, 죽이지도 마십시오. 만약 증거를 남길 것 같으면 사전에 포기하셔도 됩니다."

사내는 고개를 끄덕였다. 해보겠다는 확답을 한 것이었다.

"살수는 먹이를 제외한 그 어떤 자도 해하지 않소. 그것이 진정한 살수의 길이자 나의 길."

짧은 말을 뒤로하고 흑의인은 고개를 끄덕였다.

"믿겠습니다. 그럼 저는 이만……."

그는 들어올 때와 같이 조용히 사라졌다. 그가 나가고 문이 닫히자 사내는 그의 앞에 놓여진 꾸러미를 지그시 노려보았다.

"금화 오십 냥이라……. 훗!"

그는 드러나지 않는 미세한 미소를 잠시 짓고는 다시 명상에 들어갔다. 이미 그의 생활의 일부가 되어버린 고요와 침묵에 동화되기 위해서였다.

은화 이십 냥은 금화 한 냥의 값어치와 같다. 그렇게 따진다면 금화 오십 냥 또한 많은 금액이었다. 비단 많은 것뿐만이 아니라 세인들은 평생 가도 한 번 만져 보지 못할 상상을 불허하는 금액이다. 하지만 사실 그에게 있어 금화 오십 냥은 결코 큰돈이 아니었다. 한때는 한 사람 목숨에 금화 일백 냥까지도 맞바꾸던 몸이 아니던가.

사 년 전 돌연히 종적을 감춘 중원제일살수!

그의 이름, 남궁훈 앞에 언제나 따라붙던 수식어였다. 살수야 어차피 종적을 감추며 숨어 지낸다지만, 그는 살수 세계에서도 몸을 숨겼다.

단 한 명, 방금 왔다간 흑의인만 빼고 말이다. 무당에 쫓길 때, 그가 아니었다면 일의 성공 여부는 오 할이었다. 흑의인 때문에 남은 오 할의 성공이 주어졌고, 지금 이곳에 그가 온전한 몸으로 도망 나와 있을 수 있었던 것이다.

사내가 명상에서 빠져나온 시간은 달빛이 가장 밝은 축시(丑時) 초였다. 그는 평소라면 훨씬 이전에 명상을 멈췄겠지만, 지금은 그렇지 못했다. 아무도 오지 않는 숲 속이라지만 살수 청부를 받은 그 순간부터는 조심 또 조심 해야 했다. 그는 어둠 속을 헤매며 모옥 뒤쪽으로 십 장가량 떨어져 있는 큼지막한 오동나무 밑으로 다가갔다.

그는 잠시 나무 근처를 살핀 후 흙을 파기 시작했다. 빠른 손놀림 때문에 반 각도 걸리지 않아 반 장 정도의 깊이가 파졌고, 그곳에 은은한 빛을 발하는 한 자루의 얄팍한 검이 모습을 드러냈다. 사내는 그것을 꺼내 잡고는 무슨 여인의 손이라도 되는 양 조심스럽게 쓰다듬었다. 사 년 전 자신의 가장 친한 벗이자 수많은 사람의 목숨을 한순간에 빼앗았던, 검은 검집의 검이었다!

"오랜만이구나, 묵룡!"

사내에게 묵룡수(墨龍手)라는 별호를 만들어준 검! 그는 조심스럽게 묵룡이라는 이름을 가진 검을 검집에서 빼어냈다. 그러자 묵룡은 오랫동안 자신을 보러 오지 않았던 주인을 원망하기라도 하는 듯 '스르릉' 거리는 소리와 함께 찬란한 보기(寶氣)를 매섭게 뿜어내기 시작했다.

그는 다시 주위를 세심히 살핀 후 아무도 없는 것이 확인되자 묵룡검을 품 안에 품고 모옥으로 걸어갔다.

차분한 마음으로 사 년간이나 자신을 세상으로부터 감춰줬던 허름한 모옥을 그는 지그시 바라보았다. 초라하기 그지없었으나 그에게 있어서는 그 어떤 호화로운 집보다도 더욱 마음에 드는 곳이었다.

"쓸데없는 잡념에 빠져드는군!"

이내 머리를 흔들며 방으로 들어간 그는 흑의인이 남겨두었던 오십 냥짜리 주머니와 책자를 가지고 그곳을 나왔다. 이제 남은 것은 다시 세상 속으로 뛰어드는 것뿐이었다.

사내는 멀어지는 모옥을 한 번 쳐다보았다.

"이제 묵룡을 만났지만 그로 인해 정들었던 너와는 안녕이로구나! 잘 있거라. 이번 일을 성공한다면 언제가는 한 번 찾아오마. 아니, 노년은 너와 함께 보내리라……."

사내의 몸은 귀신같이 어둠 속으로 사라져 갔다.

사 년 전 마지막 목표인 무당의 무극 진인을 암살하고 이곳에 나타났던 것처럼…….

제17장
하룻강아지 범 무서운 줄 모른다

아이들을 가르친 헌원지는 장타를 기루에 보낸 후, 홀로 뒤뜰로 향했다. 그는 저 멀리 두둥실 떠다니는 구름을 유심히 바라보았다. 며칠 전 유대적의 무공을 구경한 후, 그에게는 시간이 날 때면 이렇게 하늘을 바라보는 습관이 생겼다. 특별한 초식에 의존하지 않고 부드럽게 검을 쓰던 모습이 그의 무공에 대한 욕심을 자극했고, 생각하게 만들었던 것이다. 그것은 진령이라는 기녀의 무공을 보았을 때완 또 다른 느낌이었다. 유대적의 움직임이 몇 단계 더 발전된 움직임이랄까!

'음공에 초식이 있는 것은 아니지만, 분명 다른 무공과 같이 마음만으로 자유롭게 내공을 조절하고, 좀 더 부드럽게 무공을 시전하는 방법이 있을 텐데……'

그는 한참 동안 하늘에서 눈을 떼지 못하더니 이내 고개를 저었다.

'하기야, 음공이 다른 무공과 궤를 달리 하니 전혀 방향이 다를 수도 있겠지.'
　"젠장!"
　생각과 함께 그는 조용히 욕지기를 내뱉었다. 며칠 동안 아무리 골머리를 썩혀도 해답은 나오지 않았기 때문이다. 시간 낭비라는 생각이 불현듯 들었다.
　"하기야, 지금 내 처지가 음공의 발전된 깨달음을 얻는 것에 고심할 때는 아니지. 내력조차 예전의 절반도 찾지 못했는데, 깨달음은 무슨 얼어죽을……."
　그러면서도 여전히 미련이 남는 헌원지였다.
　그는 다시 방으로 들어가 가부좌를 틀고 앉아 내공 수련에 들어갔다. 우선은 예전의 내공을 되찾는 것이 급선무였다. 하지만 여기에도 헌원지를 곤란하게 하는 것이 있었다. 바로 내공의 성질이었다.
　분명 악마대에서 수련할 때와 같은 방법으로 운기를 하는데도 불구하고, 음기보다는 양기가 더욱 쌓이는 것이 항상 그에게 의문을 불러일으켰다. 예전에는 단전이 파기됨으로 해서 그 성질이 변했을 거라 추측했지만, 최근에 들어서는 그것조차 모호하기만 했다. 정말 기의 성질이 변해 버린 것인지, 아니면 단전이 파괴되면서 몸이 음기를 받아들이는 방법을 거부하게 되었는지 아무것도 알 수가 없었다.
　내공 수련에 있어 혼란한 생각은 심마에 빠져들게 하기 쉽다. 그렇기에 몸 속에서 내력이 용솟음치며 혈도를 따라 거세게 움직이기 시작하자 헌원지는 의문을 멀리 날려 버렸다. 그렇게 얼마의 시간이 지났는지도 알지 못하게 되었을 때 방문이 열리는 것이 느껴졌다.

"또 내공 수련하세요?"

헌원지는 서서히 단전 속으로 기운을 밀어 넣으며 눈을 떴다. 그러자 장타가 멀뚱히 쳐다보고 있는 것이 보였다.

"오늘은 일찍 왔군!"

"일찍 왔다뇨. 일이 많아서 늦었어요."

"그래? 시간이 어느 정도 됐지?"

"벌써 오경초(五更初)가 훌쩍 넘었어요. 아무튼 내공 수련만 했다 하면 시간 가는 줄 모른다니까."

장타는 말과 함께 이불을 펴 그 위에 누웠다.

"계속 수련하실 거예요?"

헌원지는 대답없이 눈을 감았다. 그것으로 수련을 계속할 거란 뜻을 밝힌 셈이었다. 그때 장타가 생각난 듯 급히 입을 열었다.

"아, 맞다! 루주님이 내일 형을 데리고 오랬어요."

"날 왜?"

"전에 말했다던데, 진룡문에 관한 거라고 말하면 아실 거라던데요?"

"그렇군. 그러고 보니 그 문제를 잊어버리고 있었어."

그는 잠시 생각하더니 고개를 저었다.

"일은 하지 않겠다고 전해. 요즘 수련하기에도 시간이 모자랄 지경이니까!"

"알겠어요."

그런데 잠시 후 헌원지는 생각을 바꾸었다. 내공 수련을 해도 이상하게 잡념에 자꾸 시달려 제대로 된 수련이 되지 않았기 때문이다.

한가하다면 한가한 나날을 보내는 그였기에 아주 잠깐 동안이라도

하룻강아지 범 무서운 줄 모른다 257

다른 일에 한 번 매달려 보는 것도 좋겠다는 생각이 들었다. 혹시 다른 일에 몰두하게 되면 유대적의 무공을 목격한 이후, 혼자 있는 시간마다 부쩍 늘어난 잡념이 잊혀지지 않을까, 하는 생각에서였다. 크게 시간을 빼앗기는 일이 아니라면 한번 해보는 것도 나쁘지 않았다. 오늘과 같은 날이 반복된다면 수련에 오히려 장애가 될 것이 분명했다.

"아니다. 내일 찾아가지."

"갑자기 왜요?"

"넌 알 필요 없다."

그 말을 뒤로하고 헌원지는 다시 침묵에 잠겼다. 장타야 그가 하는 일에 간섭할 필요가 없었기에 그러려니 생각하며 피곤에 찌든 몸을 쉬게 할 뿐이었다.

다음날이 되자 헌원지는 장타와 함께 평소보다 조금 일찍 명화루로 향했다. 명화루에 도착해 명화루주가 집무를 보는 방으로 들어가자 루주, 황기자가 헌원지를 반겼다. 그는 기녀에게 차를 내오게 한 후 자리에 앉으며 물었다.

"그래, 결정은 했나?"

마주 앉은 헌원지가 대답 대신 궁금증을 먼저 드러냈다.

"우선 무슨 일인지 정확히 알고 싶습니다. 알아보셨습니까?"

"무슨 일이긴……. 당연히 개문식에 악사가 필요한 것 아니겠나!"

"그 일은 알고 있습니다. 그것 말고 진룡문에서 악사가 필요하다고 하지 않았습니까?"

"아! 그 일은 나도 잘……. 아무튼 생각이 있는 것 같군!"

"크게 시간을 빼앗길 일이 아니라면, 그리고 낮에 하는 일이라면 한 번 해보고 싶습니다."

"알겠네. 잠시만 기다리게. 지금 알아보겠네."

그러면서 황기자가 자리에서 일어서자 헌원지가 급히 말렸다.

"그것 때문에 진룡문까지 가실 필요는 없습니다. 나중에 장타를 통해 알려주시면 됩니다. 확실한 결정은 그때 내리겠습니다."

"아니네. 지금 기루에 진룡문의 총관께서 와 계시네. 잠시만 기다리게."

황 루주는 말과 함께 방을 나갔다. 그리고 한참 후, 오십은 훌쩍 넘어 보이는 사내 한 명을 데리고 들어왔다. 황 루주는 헌원지를 가리키며 그 사내에게 설명했다.

"전에 말했던 자입니다."

"아, 그 학장이라던 분인가?"

"그렇습니다. 작은 마을이지만 거기에서 아이들을 가르치고 있습니다. 금 실력도 우리 기루에서 가장 뛰어나니, 아가씨를 가르치는 데 문제가 없을 것입니다."

그러면서 황 루주는 헌원지에게 사내를 설명했다.

"인사하게. 진룡문의 총관님이시네."

"안녕하십니까, 헌원지라고 합니다."

"생각보다 상당히 젊은 문사로군. 그 나이에 시골 학당을 운영하기란 상당히 고생이 될 텐데, 대단하군!"

"과찬이십니다. 그런데 제가 할 일이 무엇입니까?"

"황 루주에게 들었네. 시간을 많이 빼앗기는 일이 아니니 걱정 말게.

우리 진룡문의 문주님에게는 조민이라는 딸이 있는데, 그 아이가 악기 연주에 상당히 관심이 많지. 그래서 악기를 가르쳐 줄 선생을 찾아달라고 황 루주에게 부탁을 했지. 할 수 있겠나? 보수는 섭섭치 않게 주겠네."

"시간은……?"

"시간이야 자네가 편한 대로 하게. 자주 오면야 조민에게는 좋겠지만 굳이 자네 시간을 버려가면서까지 할 필요는 없지. 어차피 악기를 가르쳐 줄 사람만 구하면 되거든. 아이들도 가르친다고 하니, 조민과 편한 시간을 맞춰보게."

잠시 생각하던 헌원지가 고개를 끄덕였다. 그 정도면 자신의 수련에 방해가 되지 않을뿐더러, 비교적 잡생각이 많아지는 낮 시간을 다른 일로 때울 수 있었기 때문이다. 게다가 악기 연주를 가르치는 일이니 마다할 이유도 없었다.

"알겠습니다. 그럼 하도록 하지요."

"그럼 조민에게 말해 두겠네. 내일 시간이 어떨 것 같나?"

"신시초(申時初)에 진룡문으로 찾아가겠습니다."

"그렇게 하게. 참, 그리고 개문식도 자네가 했으면 한다면서?"

"그렇습니다. 정확히 시일이 언제입니까?"

"열흘 후에 오 일간 열릴 걸세. 많은 악사들을 구하고 있는데, 보수는 한 명당 은전 두 냥이네."

"상당히 많군요."

고개를 끄덕인 엽 총관이 이번에는 황 루주를 바라보았다.

"그런데 개문식에 참가할 연주자들은 명화루에서 몇 명 정도 보낼 생각인가?"

"저희 루주에서는 세 명을 보내기로 했습니다. 이번에 들어온 진령이라는 아이와 소홍, 그리고 헌원지죠. 헌원지 말고도 두 명 다 실력이 상당히 좋습니다."

"이곳 기녀들의 연주 실력이야 나도 잘 알지. 그런데 좀 더 구할 수는 없나? 다른 기루의 연주자들은 믿을 수가 있어야지……. 또 실력이 좀 알려진 기녀들은 손님들을 받아야 한다며 루주들이 꺼려하는 눈치고……."

그 말에 황 루주가 난감한 표정을 지었다. 사실 세 명을 보내는 것도 상당히 무리를 한 것이었기 때문이다. 헌원지야 가끔 한 번씩 들러 연주를 하기에 덤으로 넣은 셈이기도 했다. 아무런 대꾸도 없는 그를 향해 엽 총관이 말을 이었다.

"명화루가 이 일대에서 가장 크고 기녀들도 많으니 좀 더 빼줘도 상관은 없을 것 같은데, 아닌가?"

"하하, 저야 그러고 싶지만 세 명도 상당히 무리를 한 것인지라 조금 어렵겠습니다. 죄송합니다."

"흐음, 어쩔 수 없지. 그럼 차질없이 개문식 전날 보내게. 밤에 술자리가 많을 테니 오 일간은 진룡문에서 머무는 것이 좋을 게야."

"알겠습니다."

"그럼 나는 이만 가겠네."

"살펴 가십시오."

엽 총관이 가고 곧이어 헌원지도 집으로 향했다.

다음날 헌원지는 약속대로 신시초에 진룡문에 도착할 수 있게 수업을 조금 일찍 마치고 곧바로 집을 나섰다. 중간에 사람이 뜸한 숲길에서는 당연히 경공술을 펼쳤기에 조금 일찍 당도할 수 있었다. 진룡문에 도착한 그는 문지기로 보이는 무사들 중 한 명에게 다가가 공손히 손을 모으며 말했다.

"진룡문주님의 따님과 약속이 되어 있습니다. 기별을 넣어주십시오."

"아, 이미 들었소. 따라오시오."

무사를 따라 몇 개의 건물을 지나치자 내원의 정문에 당도할 수 있었다. 그곳에 도착하자 무사는 가고 시녀 하나가 헌원지를 안내했다. 내원은 지금까지 헌원지가 본 문파들의 것보다 크지는 않았지만 운치가 있었다. 일자로 쭉 뻗은 길 양옆에 건물들이 늘어서 있고, 그 앞에는 가을이라 색이 바뀐 붉은 나무들이 모습을 뽐내고 있었다.

헌원지가 안내된 곳은 오른쪽으로 다섯 번째에 지어진 건물이었다. 오른쪽 길로 시녀를 따라가자 건물 앞에 인공으로 만든 작은 호수와 정자 하나가 솟아 있는 것이 보였다. 시녀는 정자 앞에서 멈춰 서며 그 안에 있는 여인에게 고개를 숙였다.

"모시고 왔습니다."

시녀의 말과 함께 정자에서 묘령의 여인이 내려왔다. 그것으로 보아 그녀가 진룡문주의 딸인 조민이라는 것을 헌원지는 짐작할 수 있었다.

"어서 오세요. 조민이라고 합니다."

문주의 딸이라고 해서 조금은 거만할 줄 알았던 헌원지는 그녀의 단정한 몸가짐과 조신한 행동에 약간 의아함을 느꼈다. 그리 많이 겪어

보지는 못했지만 만월교에 있을 때 몇몇 문파들의 자제들을 보았는데, 하나같이 건방지기 짝이 없었던 것이다.

'의외로 속 뒤틀릴 일은 없겠군.'

내심 그렇게 생각한 헌원지가 마주 포권하며 고개를 숙였다.

"헌원지라고 합니다."

"오시느라 수고가 많으셨죠? 우선 정자로 올라오세요. 차를 준비해 놨습니다."

조민은 헌원지를 정자 안으로 안내했다. 두 사람이 정자에 자리잡기 바쁘게 조민이 미소를 지으며 물었다.

"엽 총관님께 들었습니다. 시골에서 아이들을 가르치신다고요?"

"그렇습니다. 하지만 그리 대단한 것은 아닙니다. 아는 것이 작아 글이나마 틈틈이 봐주는 정도지요."

"그래도 젊은 나이에 대단하네요. 보통 선생님 정도의 나이라면 아이들을 가르치기보다는 공부에 몰두해 과거시험을 준비하잖아요."

"저야 제 실력을 잘 알고 있으니 이미 포기를 한 것이죠."

헌원지의 능청스러운 거짓말에 조민은 곧이곧대로 받아들이며 여전히 미소로 일관했다.

"참, 그런데 시간은 언제가 가능하겠어요? 아이들을 가르치려면 지금 시간이 좋겠죠?"

"저야 그렇지요."

"그럼 선생님이 편한 시간을 잡아보세요."

헌원지는 잠시 생각하는 척하더니 대답했다.

"보름에 네 번 정도로 하는 것이 어떻겠습니까?"

"기루에서 일을 한다고 들었습니다. 그럼 어차피 운현으로 오실 테니 그때로 하죠."

그러자 헌원지는 고개를 저었다. 아이들의 수업을 마친 이후, 낮 시간을 조금 바쁘게 생활하기 위해 일을 맡은 것이니 다른 날이 좋을 것이라 판단했기 때문이다.

"기루에서 일하는 날은 제외하고, 그때그때 날을 정하는 것이 나을 것 같습니다. 내일 기루에서 일을 해야 하니 아가씨께는 이틀 후 이 시간에 찾아오도록 하겠습니다. 그리고 다음날은 그날 정하지요."

"하지만 힘들지 않겠어요? 그렇게 되면 이틀에 한 번 꼴로 운현과 당황을 왔다 갔다 해야 하는데……."

"저는 상관없습니다. 요즘 책만 보느라 체력이 많이 약해졌거든요. 운동도 되니 오히려 좋습니다."

"선생님이 굳이 그러시겠다면 어쩔 수 없죠. 그런데 왜 기루에서 일하시는 거죠? 만약 돈 때문이라면 저를 가르쳐 주시는 대가로 보수를 넉넉하게 해드릴 테니 그만두는 것이……."

"아닙니다. 제가 사람들 앞에서 연주하는 것을 즐기기에 소일거리로 하는 것입니다."

"음, 그렇군요."

"……."

처음 만나는 자리였기에 잠시 어색한 침묵이 흘렀다. 그러자 조민이 금에 대한 것으로 슬며시 화제를 돌렸다.

"금을 잘 다루신다고 들었는데, 언제부터 다루었나요?"

"아주 어릴 때부터 배웠습니다. 아버지께서 금 연주를 즐기셨거든요."

"아버님께서 학문 이외에도 예술적인 부분에 상당히 관심이 많으셨나 봐요?"

헌원지가 학문을 배우고 익힌 문사라고 확신하고 있는 그녀였기에 그 아버지 또한 그랬을 거라 추측하고 물은 말이었다. 헌원지는 사실을 말할 필요가 없었기에 그에 맞장구를 쳤다.

"그렇다고 볼 수 있죠."

"그럼, 금 말고 다른 악기도 다룰 줄 아시나요?"

"실력이 많이 부족하지만 어깨 너머로 여러 가지를 배웠습니다."

"부럽네요. 보아하니 연주에 상당한 재능을 타고나신 것 같은데, 저는 그런 면에선 관심만 있을 뿐 전혀 자질이 없거든요."

그러자 이번에는 헌원지가 미소를 지었다.

"사람마다 잘하고 못하는 것이 있기 마련입니다. 그리고 자질이 있다고 잘하는 것도 아니요, 없다고 못하는 것도 아니죠. 중요한 것은 얼마나 관심을 가지고 노력하느냐에 따라 달라질 수 있다 배웠습니다. 특히 음악은 재능보다는 즐길 수 있는 마음가짐이 먼저입니다. 억지로 배우는 것보다는 좋아서 하는 것이 중요하지요. 그런 면에서 아가씨는 분명히 좋은 연주를 하실 수 있게 될 겁니다."

"말씀만이라도 감사합니다."

헌원지의 끊어지지 않는 차분한 언변에 살짝 얼굴을 붉힌 조민이었다. 그녀는 약간 쑥스러운 표정을 지으며 다음 질문을 했다.

"악기 말고도 다른 것은 무엇을 할 줄 아나요?"

잠시 생각하던 헌원지는 어릴 적 악마대에 있을 때 지옥 같은 낮의 수련 후, 저녁마다 동기들과 같이 배웠던 서예나 그림, 시에 대해 말하기 시작했다. 물론 악마대에서 배웠다는 이야기는 쏙 빼고, 모두 아버지에게 배웠다고 설명했다.

금 외에는 글줄이나 읊었을 줄만 알았던 사내가 의외로 금 외에도 예술적인 면에서 상당히 해박한 지식을 가지고 있자, 조민은 안 그래도 잘생기고 인상 좋은 앞의 사내를 좀 더 좋게 평가하기 시작했다. 그러니 좀 더 편해진 마음으로 대화가 오갈 수 있었고, 그 후는 자연 선생과 제자의 사이라기보다는 공통된 관심을 가지고 있는 친구와의 대화처럼 변해 버렸다. 그런데 그때 저 멀리서 그들의 대화를 방해하며 다가오는 사내가 있었다.

"아직도 면담이 안 끝났냐?"

조민이 돌아보자 자신의 오빠 조양황이었다. 조양황은 눈에 넣어도 아프지 않을 여동생이 금을 가르쳐 줄 선생과 첫 대면을 한다기에 부랴부랴 찾아온 것이었지만 조민으로서는 기분이 좋지 못했다. 아니, 오히려 불안하기까지 했다. 예전의 장령 선생처럼 헌원지에게 해를 입히지나 않을까 걱정되었기 때문이다. 그녀의 생각대로 오빠, 조양황의 눈빛은 선생의 얼굴이 궁금해서 찾아왔다기보다는 어떻게 생겨먹은 녀석인지 한 번 확인이나 해두자는 것 같았다.

짜증이 섞여 있는 조양황의 말에 조민이 자리에서 일어서며 헌원지에게 오빠를 소개했다.

"제 오라버니입니다."

헌원지가 다급히 일어서며 포권을 했다.

"안녕하십니까, 이번에 동생 분을 가르치게 된 헌원지라고 합니다."

정중한 인사였지만 조양황은 퉁명스러운 표정으로 고개만 까딱거릴 뿐이었다. 그의 눈에는 헌원지의 멀끔한 외모가 처음부터 마음에 들지 않았던 것이다. 뭐 눈에는 뭐만 보인다고, 여자를 밝히는 그였기에 헌원지 또한 곱게 보일 리 없었다. 어딜 내놔도 튀는 동생, 조민의 외모와 운현에서 알아주는 진룡문의 금지옥엽이니 당연히 흑심을 품은 놈팡이로만 비춰질 수밖에!

당연히 언성이 거칠게 나왔다.

"외호는 무엇이오? 전에 어떤 놈은 장령이라는 멋들어진 외호를 가지고 있었소만."

그의 의도를 알고 있는 조민이 순간 난감한 얼굴로 끼어들었다.

"오, 오라버니, 예의없이 무슨 말씀을 하시는 거예요?"

"난 단지 이 선생 분의 외호는 얼마나 대단한지 궁금해서 물었을 뿐이다."

"그래도 그렇지……."

두 남매의 대화를 듣고 있던 헌원지는 미소를 지었다. 하지만 속이 뒤틀리는 것은 어쩔 수 없었다. 생각 같아서는 바로 사내의 목을 비틀어 버리고 싶었지만, 아니, 진룡문 한가운데가 아닌, 아무도 없는 곳이었다면 죽는 것이 나을 정도의 고통을 준 후 목을 비틀어 버렸겠지만 시기와 장소가 받쳐 주지 않으니 어쩔 수 있나!

'모험을 한번 해봐?'

순간 진룡문이든 뭐든 상관하지 않고 일을 저질러 버릴까도 생각한 그는 내심 고개를 저었다. 당황에 자신의 집이 있다는 것을 뻔히 알고 있는 자들이니, 일을 벌이면 또다시 다른 곳으로 피해가야 하기 때문이다. 이럴 때면 새삼 하루빨리 예전의 힘을 되찾고 싶은 심정뿐이었다.

'나중에 한번 두고 보자! 날 잡아서 조용한 곳으로 데려가 버릇을 고쳐 주지.'

생각과 달리 헌원지는 여전히 미소를 지으며, 또는 조금은 난감한 표정을 지으며 대답했다.

"배운 것이 짧아 거창한 외호를 쓸 정도로 대단치 않습니다. 그냥 헌원지라고 불러주시면 됩니다."

"대단하지 않다면 왜 내 동생을 가르치는 것이오? 우리 진룡문 정도라면 실력있는 악사를 불렀을 터. 자신의 실력을 자신하지도 못하면서 남을 가르칠 수는 없지 않소?"

"보아하니 제가 마음에 들지 않으시는 것 같은데, 말하고자 하시는 바를 말해 주십시오."

"선생이 그렇게 말씀하시니까, 누가 들으면 내가 꼭 시비를 걸러 온 줄 착각하겠습니다. 아무튼 연주 실력이나 들어봤으면 해서 왔소."

"지금 말입니까?"

그러자 조양황이 비소를 흘리며 고개를 저었다.

"나야 무식한 무인이니 선생의 연주를 들어봐야 판단도 못하고, 다음에 한번 들려주시오. 내가 아는 사람 중에 금에 대해 꽤 실력을 인정받는 사람이 있거든."

"그게 누구죠?"

돌연히 나타나서 하는 말에 조민이 관심을 드러냈다. 하지만 조양황은 고개를 저었다.

"나중에 보면 알 수 있어."

"굳이 그렇게 해야 한다면 어쩔 수 없지요. 저는 이틀 후 이 시간에 다시 올 것입니다. 그때 금을 들려 드리도록 하겠습니다."

더 있다가는 인내력에 한계를 느낄 것 같았던 헌원지는 고개를 숙여 다시 포권한 후 정자에서 내려왔다.

"그럼 저는 이만 가보겠습니다. 이틀 후에 뵙지요."

"죄, 죄송해요. 제가 배웅해 드리죠."

"아닙니다. 나오실 필요 없습니다."

헌원지는 조민을 돌아보지도 않고 휭 하니 진룡문을 나가 버렸다. 그러자 그녀는 평소와 달리 진정으로 조양황에게 성을 냈다.

"도대체 무슨 짓이에요!"

"무슨 짓이라니?"

"처음 본 사람에게 그렇게 무례하게 굴면 제 체면이 뭐가 되냐고요!"

"널 가르칠 실력이 되는지 알아보고자 한 것뿐인데, 무슨 체면까지 들먹이냐? 그리고 잘됐지, 뭘 그래?"

그녀는 대답없이 조양황을 노려볼 뿐이었다. 그러자 무안해진 그가 너스레를 떨었다.

"헤헤, 이번에 널 위해서 애들에게 사람을 알아봐 달라고 했거든."

"뭘 알아봐요?"

"전에 내가 발이 넓다고 했잖아."

"……?"

"듣고 놀라지나 마라. 황궁에서 악사까지 지낸 진조경이라는 분이 있는데, 그분이 양성(釀成)에 집을 마련했다는 소식을 우연히 들었거든. 그래서 그분을 모셔오라고 애들에게 시킬 생각이야."

조민이 약간의 호기심을 드러냈다.

"궁에서 악사까지 지낸 분이 왜 그런 촌으로 왔죠? 그리고 양성이라면 여기에서도 꽤 먼 곳인데."

"나야 그 사정을 모르지."

"설마, 헌원 선생님이 오는 날 그분을 모셔오려고요?"

순간 그녀가 고개를 저었다.

"저는 그 정도 명성과 실력있는 악사는 필요없어요. 오히려 부담스럽다고요. 아직 금을 제대로 뜯지도 못하는데……."

"아무려면 어때? 알아본 바로는 나이도 이미 예순을 넘긴 고명한 분이시니까, 아까 그놈처럼 쓸데없는 흑심은 품지 않을 거다."

"역시 그런 이유 때문이군요. 그리고 그분이 무슨 흑심을 품었다고 그러세요?"

"넌 남자를 몰라서 그래. 아무튼 진 선생님을 불러서 그 녀석에게 창피 좀 줘야겠다. 한껏 으스대는 녀석인 것 같던데……. 솔직히 생긴 것부터가 마음에 안 들어. 그래도 이틀 후 자존심 상한 얼굴을 하면 볼 만할 거야, 하하하!"

"치졸하게 꼭 그런 짓을 하고 싶으세요?"

그녀의 말에 조양황이 무슨 소리 하냐는 듯 펄쩍 뛰었다.

"치졸한 짓이라니? 난 너에게 좋은 선생을 소개시켜 주려는 의도밖에는 없어. 너도 이름있는 악사에게 기초부터 탄탄히 배우면 좋지 뭘 그래?"

"하지만……."

"넌 모른 척, 가만히 보고만 있으면 돼. 이틀 후에 제대로 된 금 연주가 무엇인지 구경할 수 있게 해줄 테니까!"

제18장
법의 무서움

이틀 후 헌원지는 약속 시간에 맞춰 진룡문에 도착했다. 예상대로 정자에는 조민뿐만 아니라 조양황도 함께 자리를 지키고 있었다. 하지만 그들보다 그 외의 인물이 헌원지의 눈길을 끌었다.

푸른 비단 장포에, 백발을 단정히 기른 노인. 나이가 제법 든 모습과는 달리 눈이 맑고 선하게 생겨 헌원지를 움츠러들게 하는 묘한 분위기를 지닌 노인이었다.

"안녕하십니까?"

정자에 올라가 인사를 건네자 조민이 마주 인사를 했고, 조양황은 마지못해 고개만 까딱거리는 것으로 인사를 대신했다.

"먼길 오시느라 수고하셨습니다."

"아닙니다. 그런데 저분은 누구십니까?"

물음이 떨어지기 무섭게 조양황이 득의의 미소를 지으며 나섰다.

"내가 초청한 분이오. 진 선생님이라고 예전에 궁중 악사를 지내셨소."

"그럼 일전에 말한, 제 연주를 평가하실 분이로군요."

"그렇다고 할 수 있지!"

말과 함께 조양황이 진조경을 바라보았다.

"제가 말씀드린 악사입니다. 제 동생을 가르칠 실력이 되는지 한 번 평가해 주십시오."

그러자 진조경이 고개를 저었다.

"제가 어찌 다른 이의 연주를 평가할 수 있겠소? 다만 조 소협의 부탁을 거절할 수가 없어 왔을 뿐이오. 그런데 성함이……."

"헌원 선생이라고 합니다. 조그만 시골에서 학장으로 계신데, 이번에 제 동생을 가르치게 되었죠."

"그렇군요. 헌원 선생은 금을 얼마나 연주했소?"

"어릴 때부터 익혔습니다."

"그럼 지금 나이가 어떻게 되시오? 그리 많아 보이지는 않는데……."

"올해로 스물둘이 됐습니다."

"금 외에도 다른 악기도 다룰 줄 안다고 들었는데, 어떤 것들이 있소?"

"다룰 줄 안다고까지는 할 수 없습니다. 취미로 간간이 연주하는 정도지요. 그렇게 따지면 금 연주도 그리 뛰어나지 못합니다. 남들에게 욕먹지 않을 만큼입니다."

고개를 끄덕인 진조경이 무언가 더 물으려 할 때, 이상하게 분위기가 좋게 돌아가는 게 싫었던 조양황이 다급히 그의 말을 끊으며 권했다.

"우선 앉아서 이야기하지요."

그러면서 정자 밖에서 대기하고 있던 두 명의 시녀 중 한 명에게 명했다.

"가서 간단히 즐길 수 있는 음식과 술을 내오너라."

미리 준비를 해놨기에 명이 떨어지기 바쁘게 시녀가 음식과 술을 탁자에 올려놓고 내려갔다. 그런 와중에도 진조경은 계속 헌원지에게 질문을 던졌고, 헌원지는 군말없이 대답했다. 역시 그 때문에 기분이 상한 조양황이 끼어들었다. 어차피 헌원지가 궁중 악사까지 지낸 진조경에게 실력이 미치지 못할 거란 확신이 있었기에, 빨리 창피를 주고 쫓아낼 생각이었던 것이다. 진조경 또한 자신의 귀에 차지 않는 헌원지의 연주를 듣는다면 지금까지의 관심을 접게 될 것이란 계산도 잡은 조양황의 처세였다.

"자, 이야기는 나중에 하기로 하고, 우선 헌원 선생의 연주를 듣고 싶소. 연주해 줄 수 있겠소?"

대답도 듣지 않은 그는 급히 시녀를 시켜 금을 가져오게 했다. 시녀에게 금을 건네받은 헌원지가 금을 찬찬히 살핀 후 감탄한 듯 입을 열었다.

"대단히 좋은 금이로군요."

맞은편에서 바라보고 있던 진조경도 금을 알아보고는 고개를 끄덕였다.

"상당히 오래 된 듯 보이지만, 안족이 휘어져 있지 않고, 몸통이 부드러운 곡선과는 달리 굳게 뻗어 있어 강함을 상징하니 산맥의 기운을 가진 악기로군요!"

"그, 그렇습니까?"

금에 대해서는 문외한인 조양황이 멋쩍은 표정을 지었다. 쑥스러운 듯 헛웃음을 흘리며 말을 이었다.

"하하하, 저희 아버님이 조민을 위해서 상당히 좋은 금을 여럿 사셨지요. 그중 하나일 뿐입니다."

그 말에 이번에는 조민이 얼굴을 붉혔다.

"금을 배운 지 얼마 되지도 않아 실력이 하찮은데, 금만 좋은 것이라 제가 부끄럽습니다. 아무튼 헌원 선생님의 연주를 저도 들어보고 싶으니 연주를 들려주시면 감사하겠습니다."

"알겠습니다."

헌원지는 줄을 몇 번 퉁기더니 조율을 시작했다. 그것을 보고 진조경이 놀랍다는 빛을 드러냈다. 대부분 음이 틀어져 있을 경우, 조금씩 줄을 조이거나 늘린 후 다시 퉁겨 음을 듣는 작업을 몇 번 반복해 조율하기 때문이다. 그런데 헌원지는 한 번에 여러 줄의 음을 모두 기억해 조율을 하는데다, 조이고 푸는 작업을 한 번 이상 하지 않고 끝을 냈으니 진조경으로서는 놀랄 수밖에.

마지막으로 헌원지가 일곱 줄을 확인차 차례로 훑고 지나가자, 혹시나 하는 마음을 가지고 있던 진조경의 얼굴에 경이롭다는 표정이 감돌았다. 모든 줄이 정확히 그 음을 내고 있었기 때문이다. 결국 감탄사를 내뱉었다.

"대단하군요. 평생 금을 만져 온 나도 헌원 선생만큼 음의 차이를 한 번에 맞추지는 못할 것이오."

창피를 주기 위해 자리를 마련했던 조양황이 그 말에 인상을 구겼다. 시작도 하기 전에 진조경이 칭찬을 하고 있으니 기분이 나쁠 수밖에 없었다.

"그, 그것이 그렇게 대단한 것입니까?"

"그렇소. 한 번의 조율만으로 음색의 차이를 찾는다는 것은 보통 악사로는 불가능한 것이지요. 그것은 음의 높낮이를 잘 알고 있다 하더라도 얼마나 조여야 얼마만큼의 음이 높아지는지, 얼마나 풀어야 낮아지는지 제대로 파악할 수가 없기 때문이오."

그러면서 진조경이 헌원지를 보며 물었다.

"선생은 절대음감을 가지고 있을 뿐만 아니라, 금에 대해서도 통달했군요. 재능이오, 아니면 그만큼 금을 많이 다루어 몸으로 터득한 것이오?"

"글쎄요. 제가 재능이 있다고 생각해 본 적은 없습니다. 다만 금을 좋아했지요. 지금도 그렇고요."

"흐음! 아무튼 빨리 연주를 해주시오."

진조경이 헌원지에 대해 더욱 관심을 보이기 시작했다. 하지만 헌원지는 그의 바람에 맞지 않게 오히려 여유를 부렸다. 금을 이리저리 살펴보기도 하고, 줄을 받치고 있는 안족을 꼼꼼히 만져 보기도 했다. 그것이 경청하는 사람으로 하여금 더욱 기대감을 불러일으킨다는 것을 헌원지는 잘 알고 있었기 때문이다. 연주를 들려주기 전에 듣는 사람에게 최대한 기대하게 하는 것이 그만의 습관과 같은 방법이었다. 그 때문에 조양황까지 은근히 기대감을 가지게 되었다. 물론 그의 내심은 그것을 부정하고 있었지만 말이다.

"얼마 전에 기루에서 연주했던 청청만리라는 곡입니다. 어줍잖은 실력이지만 들어주십시오."

말과 함께 드디어 헌원지의 연주가 시작되었다.

뚜두둥—!

중현부터 울리는 청청만리라는 곡은 기루에서 연주할 때와는 달리 중후하면서도, 그 안에 약간 가벼운 느낌을 주고 있었다. 연주에 은은한 음의 색채를 띠기보다는 기교 속에 깊은 의미를 담으려고 노력했기 때문이다.

투웅! 투뚱—!

중반부로 곡이 넘어가자 이번에는 기교에서 벗어나 음에 무게를 담기 시작했다. 먼 여행으로 힘들어지는 내용을 그 부분에 담아내려 했고, 자연 사람들이 눈치 채지 못하게 약간의 내력을 담아 음의 파동을 인위적으로 늘렸던 것이다.

그 부분이 조금 지나자 정자 밖에 기립해 있던 시녀가 눈물을 흘렸다. 그리고 조민 또한 인상을 굳히며 지금까지 헌원지에게 고정되어 있던 시선을 돌려 눈을 감았다.

조양황은 멍한 표정이었다. 그가 비록 금에 대해서는 아무것도 모르는 무식한 자라도 연주가 듣기 좋다, 싫다의 느낌 정도는 알 수 있었다. 그런데 지금 헌원지의 연주에는 무엇인가 홀리게 하는 듯한 매력을 무의식적으로 느끼고 있었다. 본래의 의도를 떠나 지금 연주를 듣는 순간, 그 또한 금음을 음미하고 있는 중이었다. 그만큼 헌원지의 연주에는 사람을 끌어들이는 매력이 있었다.

그들과 달리 진조경은 두 눈을 부릅뜨고 헌원지의 행동을 놓칠세라 하나하나를 뚫어지게 바라보고 있었다. 그때쯤 연주는 막바지에 다르고 있었다.

뚜둥―!

다시 중현으로 마무리 짓는 청청만리는 긴 여운을 정자와 그 주위에 퍼뜨렸다. 연주가 끝나자 슬며시 술잔을 치우고 탁자 위에 금을 올려놓는 헌원지의 행동을 보며 진조경이 자리에서 벌떡 일어났다.

"선생은 누구에게 금을 배웠소?"

"……!"

"…….."

돌연한 그의 행동에 잠시 침묵이 흘렀다. 헌원지가 싫지 않은 기분으로 미소를 지으며 공손히 대답했다.

"아버지에게 배웠습니다."

"성함을 물어봐도 되겠소?"

"그것은 대답하기가 조금 곤란합니다."

"흐음!"

침음과 함께 약간의 실망감을 드러낸 진조경이 다시 자리에 앉으며 고개를 저었다.

"선생의 장점은 연주의 기교보다는 음의 색깔과 곡의 의미를 제대로 살리는 것에 있지만, 지금은 기교에 조금 신경을 쓴 느낌을 받았소, 아니오?"

"맞습니다."

"좋군, 좋아! 아쉬운 부분이 있기는 하지만 금에 대해서 제대로 알고 있다는 느낌이오."

그때 정신을 차린 조양황이 똥 씹은 표정으로 나섰다.

"그, 그게 무슨 소리입니까? 제가 지금까지 들어본 연주와 별로 차이가 나지 않는데요."

"그게 무슨 소리예요? 오라버니, 눈물이나 닦고 그런 소리 하세요."

조민이 빤히 쳐다보며 그렇게 말하자 조양황이 화들짝 놀라며 손으로 눈을 만졌다. 그러자 촉촉한 물기가 손에 묻어 나왔다. 자신도 모르게 감정이 동해서 흘러나온 눈물을 조양황이 인정할 리가 없었다. 그는 자리에서 벌떡 일어서며 딴소리를 했다.

"잠시 졸려서 하품을 참느라 그랬다."

변명 같지 않은 변명을 한 후 그는 정자를 떠났다. 더 이상 있다가는 무슨 창피를 당할지 알 수 없었던 것이다.

'빌어먹을 놈, 두고 보자!'

조양황이 속으로 이를 갈며 자신의 방으로 사라지자 진조경이 조민을 보며 은근한 어조로 말했다.

"좋은 가르침을 받을 수 있을게요."

"저도 놀랐어요. 지금까지 많은 연주를 들어본 것은 아니지만 헌원 선생님의 금 연주 실력은 너무 뛰어나네요."

헌원지가 멋쩍은 마음에 손을 모아 예를 표했다.

"과찬의 말씀이십니다. 그런데 조 소협의 기분이 별로 좋지 않은 것 같군요."

자신의 연주 실력을 의심했던 조양황이 탐탁지 않았던 헌원지였기에 내심 통쾌했지만 겉으로나마 난감한 표정을 드러냈다. 그래야 학장으로서의 모습으로 비칠 테니까. 그러자 그의 말에 조민이 고개를 저었다.

"너무 심려치 마세요. 좋은 분이지만 제가 걱정되어 저러는 것입니다. 뒤끝은 없는 분이시니 금세 풀어지실 거예요."

"그렇다면 다행이군요. 그런데 진 선생님의 연주도 듣고 싶습니다. 한 곡 들려주실 수는 없습니까?"

"흠, 오늘 좋은 선물을 받았으니 당연히 그에 합당한 답례를 해야겠지요."

말과 함께 이번에는 진조경이 헌원지에게 금을 받아 연주를 시작했다. 연주가 시작되자 다시 침묵이 이어졌다. 확실히 궁중 악사여서인지 그의 금 연주 실력은 뛰어났다. 연주가 끝나기를 기다려 헌원지가 탄성을 질렀다.

"대단하군요. 군더더기가 하나도 없는 연주였습니다."

하지만 조민이 듣기에는 조금 지루했던 모양이었다. 헌원지와는 달리 의아함을 드러냈다.

"그런가요? 제가 듣기에는 너무 느려 곡이라는 느낌보다는 그냥 금을 퉁기는 것 같던데요?"

"아닙니다. 저와는 차이가 많이 나는 연주입니다."

"어째서 그렇죠?"

헌원지에게 물었지만 대답은 진조경이 했다.

"헌원 선생의 연주가 사람들에게 들려주기 위한 것이라면, 제 연주는 제 만족을 위한 것이기 때문입니다. 그렇지 않소?"

"그렇습니다. 누가 낫다, 못하다를 판단할 수 없는 미묘하면서도 전혀 다른 차이입니다."

"하지만 나는 헌원 선생의 연주가 훨씬 연주가다운 연주라 생각하오. 악사는 남에게 들려주기 위해 존재하는 것이오. 아무도 들어주지 않는 연주는 연주가 아니지요."

"아닙니다. 저는 오히려 선생님의 마음이 담긴 연주가 부러울 따름입니다."

"아니지, 아니야. 음악이 만들어진 본론에 충실한 연주가 악사가 가야 할 진정한 길이오. 나 같은 연주자는 숙수로 비교하자면 자신의 멋에 흠뻑 취해 남들이 먹지 못하는, 하지만 겉멋은 예술이라고 찬양받을 음식을 만든 요리사에 불과하오. 음식은 자고로 사람이 먹을 수 있게 만들어야 음식인 것이오. 먹지는 못하고 요리사의 기분에만 맞게 만들어진 음식은 음식이 아니라 조각품일 뿐이오. 말 그대로 요리사가 아니게 된 셈이지……. 지금의 내가 그렇소. 헌원 선생은 부디 나처럼 자만심과 자부심에 빠진 음악의 길을 걷지 마시길 바라오. 언젠가 나이가 들면, 나처럼 자신의 마음을 음에 담으려고 할 때가 오게 되는데, 그 순간을 적절히 넘긴다면 진정한 장인이 될 것이오."

"그럴까요……. 하지만 저는 생각이 조금 다릅니다."

죽이 잘 맞는 것인지, 헌원지와 진조경의 대화는 끝 모르게 이어지고 있었다. 그리고 그 중간에 끼어 그것을 듣고 있던 조민은 둘의 대화에 저도 모르게 빠져들고 있었다. 세상의 굴레를 벗어 던진 선인들의 심오한 대화처럼 들렸기에 그녀로서는 새로운 예술의 세상을 보는 듯한 느낌을 받았기 때문이다.

한편 정자를 빠져나온 조양황은 복수의 칼날을 갈고 있었다. 좋게 떼어내려 했던 헌원지에게 오히려 자신이 창피를 당했기에 더욱 기분이 상했던 탓이었다. 본래 그렇게 속 좁은 인간은 아니었지만 유독 동생의 일에만은 너그럽지 못한 그였다.

조양황은 얼마 전 운현에서 일어났던 진룡문 무사들의 살인 사건 때문에 밖으로 나가지 못했기에, 아는 수하를 시켜 자신들의 동생들을 불러오게 했다. 동생이라 함은 그간 뒷골목을 배회하면 사귀었던 운현의 건달패들이었다. 잠시 후 평소 알고 지내던 동생 네 명이 방으로 들어서자 그가 반겼다.

"어서들 오게."

"무슨 일입니까, 형님?"

"자네들에게 부탁할 일이 있어서 불렀어."

"부탁이라니요?"

"이번에도 자네들의 실력이 필요해."

그러자 동생 중 하나가 음흉한 웃음을 흘렸다.

"저희가 실력이라는 단어를 쓸 수 있는 것은 협박하고 주먹질밖에 없지요. 이번에는 누굽니까?"

"전과 똑같애. 기생오라비같이 생긴 놈이 내 동생 선생이랍시고 왔는데, 눈에 거슬린단 말이지. 자네들이 좀 떼어내 줘야겠어."

"흐흐, 그런 거야 저희가 전문이죠. 어디 사는 놈입니까? 그리고 언제 처리하면 됩니까?"

"지금 진룡문에 와 있어. 당황에 살고 있으니 조금 있으면 돌아갈걸세. 오늘 그자가 돌아가는 길목에서 조용히 지키고 있다가 손 좀 봐줘. 내 따로 섭섭치 않게 사례를 하지. 우선 이거 받고 오늘 밤에 회포나 풀게."

조양황이 품속에서 은전 두 냥을 내밀었다. 그러자 사내들의 입이 함지박만하게 벌어졌다.

"헤헤, 우리 사이에 이러지 않으셔도 되는데……. 아무튼 확실히 처리합죠."

"고맙네. 일을 끝내고 찾아오면 지금 준 금액의 두 배를 더 줄 테니 찾아오게."

"두, 두 배나요?"

"왜, 작나?"

"작다니요? 저번 녀석을 처리했을 때랑 많이 차이를 두는 것 같아서 그러죠."

"그만큼 이번 녀석이 싫다는 거지."

"아무튼 알겠습니다. 그런데 어떻게 생겨먹은 녀석입니까? 얼굴을 알아야 잡아서 으름장을 놔주죠."

"지금 건너편 건물 앞 정자에 있는 젊은 놈이니 갈 때 숨어서 얼굴을 익혀놓으면 될 거야. 차질없이 해야 돼!"

"염려 붙들어 매십시오."

말과 함께 그들이 방을 빠져나가자 조양황은 비로소 득의의 미소를 지었다.

"호호호, 두고 보자. 감히 내 동생에게 환심을 사려고 별짓을 다 한다만, 내 눈은 속일 수 없지. 조금 있으면 다리 하나를 쩔뚝거리면서 당황까지 걸어가야 할 거다, 호호호!"

"시간도 늦었으니 저는 이만 가보겠습니다."

시간 가는 줄 모르고 이야기를 나누다 보니 어느덧 그만 저녁 해가 뉘엿뉘엿 지고 있을 시간까지 지났다. 헌원지가 자리에서 일어서며 미안함을 드러냈다.

"죄송합니다. 진 선생님과의 대화 때문에 오늘은 가르쳐 드리지 못했군요."

"신경 쓰지 마세요. 두 분의 대화를 엿들은 것만으로도 좋은 공부가 되었으니까요."

"그, 그렇다면 다행이군요. 아무튼 삼 일 후 오늘과 같은 시간에 오겠습니다. 시간 괜찮으시겠습니까?"

"네, 기다리겠습니다."

"그럼 그때 뵙기로 하지요."

그때 진조경도 자리에서 일어섰다.

"저도 이만 가보겠습니다. 그런데 헌원 선생?"

"예, 어르신."

"다음에 시간이 나면 당황에 찾아가도 되겠소? 오늘 못다 한 이야기를 좀 더 나누고 싶은데……."

"저야 감사할 따름입니다. 그런데 어르신은 어디에 살고 계십니까?"

"양성 끝 자락에 대나무 숲이 있소. 거기에서 진씨 노인을 찾으면 모두 알 것이오."

"알겠습니다. 저도 시간날 때 한번 찾아뵙겠습니다."

그들은 진룡문을 나와 헤어졌다. 양성과 당황이 서로 반대 방향이었기 때문이다. 헌원지는 진조경을 보낸 후 당황으로 길을 잡았다. 명화루에 가서 장타와 함께 갈까, 하는 생각도 했지만 그렇게 되면 새벽까지 기다려야 했기에 생각을 접었다.

오랜만에 마음이 맞는 진조경이라는 사람을 만나 악기와 연주, 그리고 인생에 대한 진지한 이야기를 나누어 기분이 좋은 헌원지는 조민을 가르치기로 결정한 일을 잘했다고 생각했다. 예전 해화도 악사로서 좋은 대화 상대였지만, 진조경과의 대화는 또 다른 재미를 느낄 수 있게 해주었다. 그리고 헌원지가 알 수 없었던 많은 것을 배울 수 있었다.

진조경이 해주었던 조언들을 되짚어보며 운현을 빠져나온 그는 산길로 접어들었다. 한참을 걸었을까? 운현에서 삼 리 정도 떨어진 으슥한 숲길 한쪽에 네 명의 사내가 모여 이야기를 나누는 것이 보였다. 헌원지로서는 처음 보는 자들이었기에 신경 쓰지 않고 지나치려 했다. 그런데 갑자기 낮게 깔린 목소리가 헌원지의 걸음을 멈추게 했다.

"어이, 진룡문에서 오는 길이지?"

"누구시오?"

물음에 대답하지 않은 네 장한이 갑자기 헌원지를 둘러싸더니 그중 하나가 헌원지의 어깨에 손을 올렸다. 그러면서 누런 이를 드러내는데, 인상으로 보아 그리 좋은 의도가 아니라는 것을 알 수 있었다.

"얼굴 반반해서 좋겠어?"

"무, 무슨 소리오?"

헌원지는 굳이 자신을 드러내고 싶지 않아, 평범한 사람이 흔히 숲속에서 낯선 사내들에게 둘러싸였을 때의 반응을 보였다. 보아하니 운현의 건달패 같은데, 자신의 실력이 드러나면 소문이 날 수도 있었기 때문이다. 그런 그의 생각도 모르고 네 명의 사내는 더욱 비꼬는 어조로, 하지만 충분히 위협적인 표정으로 입을 열었다.

"그 반반한 얼굴로 여자 꼬시니까 넘어와?"

"도대체 무슨 소리를 하는 거요?"

"무슨 소리는? 아무리 출세를 하고 싶어도 그렇지, 감이 네가 뭔데 아가씨에게 수작을 걸어? 언감생심(焉敢生心)이라는 말도 몰라?"

그 말을 듣자 헌원지는 순간 짚이는 것이 있었다.

'어쩐지 정자에서 빠져나갈 때 표정이 예사롭지 않더니······.'

생각과 함께 헌원지가 물었다.

"조양황 소협이 보냈소?"

"그건 네가 알 필요 없고. 우선 몇 대 맞아줘야겠다."

그러면서 한 녀석이 헌원지의 멱살을 잡고 숲 속으로 끌었다. 인기척이 없는 곳이었지만, 혹시나 사람이 지나가다 본다면 약간 곤란해질 수도 있었기 때문이다. 자신들의 무덤 자리로 가는 것인지는 모르고······.

아무튼 헌원지 또한 그들과 같은 생각을 하고 있었기에 힘에 붙이는 듯 그들에게 끌려 숲 속으로 갔다.

길에서 십 장 정도 떨어진 작은 공터에 이르자 헌원지의 멱살을 잡은 사내가 거칠게 그를 밀쳤다. 그런데 바닥에 곤두박질을 쳐야 할 헌원지는 멀쩡하고, 오히려 멱살을 잡았던 사내가 몇 걸음 물러섰다. 갑자기 손에 충격이 전해졌기 때문이다. 하지만 사정을 모르는 다른 사내들 중 하나가 헌원지에게 다가가 음침한 미소와 함께 고개를 저었다.

"우릴 원망하지 마라."

말과 함께 손가락 마디를 '뚜둑' 꺾으며 위험 신호를 보내는데, 헌원지의 입 꼬리가 슬며시 올라갔다. 그것을 본 사내가 기분 나쁜 표정으로 주먹을 내지르려는데, 헌원지의 손이 더 빨랐다.

쉬이익!

퍽!

헌원지의 주먹은 사내의 얼굴에 그대로 꽂혔다. 내력을 실지는 않았지만 어릴 때부터 무공을 익히고, 부단히 수련한 단단한 주먹에 사내가 성할 리 없었다. '쿠엑!' 거리는 돼지 멱 따는 소리와 함께 사내는 뒤로 벌렁 자빠져 버렸다.

"어어, 이 녀석이!"

다른 사내가 당황해 순간 무슨 일이 벌어졌는지 자각도 하지 못한 채 황당하단 표정을 지었다. 하지만 헌원지의 손은 가만있지 않았다. 반대 주먹이 그를 향해 날아가고, 본능적으로 상대가 두 손을 올려 막자 무릎을 올려 그의 배를 가격했다.

"크윽!"

배에서 전해지는 고통은 사내의 허리를 굽히게 했다. 그때를 놓치지 않은 헌원지는 팔꿈치로 무방비 상태가 된 사내의 목을 찍어버렸다.

'털썩!' 거리며 비명도 지르지 못하고 그 자리에서 쓰러진 사내를 뒤로하고 남은 두 명이 그제야 상황 판단을 하고 달려들었다. 그것을 보고 있던 헌원지가 비릿한 웃음을 흘렸다.

"조양황, 그 녀석 때문에 기분도 더러웠는데, 네놈들이 걸려든 거다. 재수없었다고 생각해라."

범의 무서움 287

다음으로는 처절한 구타가 이루어졌다. 당연히 헌원지에 의한 구타였고, 두 사내는 처음 몇 대 맞고 쓰러진 동료가 부러울 정도의 화끈한 헌원지의 주먹과 발길질을 일각 동안 받아내야만 했다. 더 이상 두들기면 죽겠다 싶을 정도가 되자 헌원지의 구타가 멈췄다. 그는 일어설 힘도 없는 두 사내를 버려두고 기절해 버린 두 명을 깨웠다. 그리고 몇 대 더 주물러 준 후, 비교적 상태가 괜찮은 놈에게 말했다.

"조양황이 보냈지?"

"조양황이 누구인지 모르오."

"오호, 그래? 꼴에 의리는 있는 것 같다만, 그것이 얼마나 갈지 두고 볼까?"

말과 함께 헌원지의 발이 쓰러져 있는 사내의 어깨를 밟았다. 처음에는 그냥 얹는 느낌이었지만, 힘을 주자 어깨뼈에서 으드득거리는 소리와 사내의 비명성이 뒤따랐다. 동료의 고통을 보고 있던 사내가 두 눈을 부릅떴다. 조금만 더 한다면 죽을지도 모른다는 생각이 들었던 것이다.

"마, 맞습니다. 형님이 시켰습니다."

"역시, 그랬군. 흐흐흐, 그럼 지금부터 내가 시키는 대로 일을 처리해라. 안 그러면 나중에라도 끝까지 찾아내 목을 따버릴 테니까."

"어, 어떻게 하면 되겠습니까?"

"별것없어. 우선 조양황에게는 날 계획대로 혼내줬다고 하면 돼. 그리고 두 번째는 소문내지 않고 오늘 일을 그대로 함구하는 거지. 어때? 그리 어려운 조건은 아니지?"

사내가 고개를 끄덕이자 헌원지는 피식 웃으며 몸을 돌렸다.

"하기야 시골 학장에게 파락호 네 명이 두들겨 맞은 일이 알려지면 너희도 곤란하겠지. 아무튼 잘 있으라고. 다음에 만나며 내 눈에 띄지 않게 재빨리 숨는 거 잊지 말고."

유유히 사라지는 헌원지를 보며 힘겹게 몸을 일으킨 사내가 그 앞의 사내에게 난감한 표정으로 물었다.

"어떻게 할 거야?"

그러자 사내가 버럭 소리를 질렀다.

"젠장, 어떻게 하긴 어떻게 해. 저 녀석 말대로 조용히 넘어가야지. 이 일이 알려지면 어떻게 얼굴 들고 돌아다녀?"

"그렇기는 하지만 형님에게는 알려야 하지 않을까?"

"모른 척해. 은자 네 냥이 애 이름도 아니고······. 일이 끝나는 대로 수고료를 준다고 했으니 받고 조용히 입 다물고 있으면 되겠지."

그러자 또 다른 사내가 신음을 흘리며 말했다.

"그러다 형님이 아시면 어쩌려고?"

"형님이 어떻게 알아? 이 일은 우리하고 저 녀석밖에 모르는데. 저 녀석은 작정하고 속일 생각인 것 같고, 우리가 입 다물면 아무도 몰라. 괜스레 입 열었다가 곤란한 일 만들지 말고, 형님에게 수고료 받은 돈으로 당분간 조용히 틀어 박혀 있자."

범의 무서움

제19장
대립

운남 외각에 자리잡은 허름한 객잔. 그 안에는 차분한 인상을 주는 여인과 특이한 외모의 노인이 마주 앉아 있었다. 여인의 아름다운 외모와 노인의 특이한 용모가 사람들의 시선을 끌 만했지만 다행히 객잔 안에는 그들뿐이었다. 여인과 노인이 그 객잔 전체를 며칠간 빌렸기 때문이다. 여인은 금천방주의 손녀 양향이었고, 노인은 총관 유대적이었다.

양향은 그간 호위 무사들을 시켜 진룡문에 대해 조사한 문서를 훑어보고 있었다. 잠시 후 그녀가 입을 열었다.

"진룡문주는 상당히 공명정대한 분이군요. 게다가 무공 실력도 상당히 좋은 편이고요."

"저야 소문을 잘 믿지 않는 편이지만 주민들의 평판이 좋은 것은 사실입니다. 하지만 성정이 굳세고, 자신의 생각과 맞지 않으면 타협을 모르는 고지식한 면도 있는 것 같습니다."

"그런 것 같네요."

양향은 보고서를 탁자에 내려놓으며 피식 웃었다.

"그래도 믿을 만한 사람이라는 것은 확실하니 우리 금천방이 지원을 해도 크게 걱정할 필요는 없겠어요."

"그럼 언제 찾아가실 생각입니까?"

"오늘 찾아가죠."

"알겠습니다. 준비하지요."

오전에 객잔을 나온 그들은 반 시진 후 진룡문에 도착할 수 있었다. 정문을 지키던 경계 무사에게 금천방에서 왔다고 알리자 곧바로 문주의 집무실로 안내되었다.

"어서 오십시오."

조막의 인사에 유대적이 먼저 나서서 포권을 했다.

"반겨주셔서 감사합니다. 저는 금천방의 총관을 맡고 있는 유대적이라고 합니다. 그리고 이분은 방주님의 손녀, 양향 아가씨입니다."

"안녕하세요, 문주님!"

양향의 공손한 인사에 조막이 미소를 지으며 답례했다.

"허허, 방주님의 손녀 분께서 개문식을 축하해 주려고 직접 오셨군요. 영광입니다."

"별말씀을요."

"그래 먼 길을 오셨는데 힘들지는 않았습니까?"

"일 년간 총단을 떠나지 못해 답답했었는데, 이번 여행을 계기로 운남의 아름다운 풍경을 마음껏 감상할 수 있어 오히려 좋았습니다."

"하하하, 그렇다면 다행이군요. 그런데 아무런 연락을 받지 못했는데, 혹시 운현으로 오는 길목에 저희 진룡문의 무사들이 마중을 나와 있지 않던가요?"

얼마 전 일부러 진룡문에 대해 조사하기 위해 밤에 도착했던 양향 일행이었지만 속내를 감추며 둘러댔다. 사실대로 말해서 좋을 것이 없었기 때문이다.

"때를 잘못 맞추어 오늘 새벽에 도착했습니다. 그리고 운현이 어떤 곳인지 궁금해 오전 동안 한 번 둘러본다고 늦었으니 기분 나쁘지 않으셨으면 합니다."

"허허, 기분이 나쁠 리가 있겠습니까. 아무튼 피곤하실 테니 쉬십시오. 따로 내원에 거처를 준비해 뒀습니다."

말과 함께 조막이 하인을 불러 양향 일행을 안내하게 했다. 축하객으로 방문한 타 문파의 경우는 외원에 머물게 했지만, 그들 대부분이 금천방에 대해 좋게 생각하지 않고 있었기에 배려한 것이었다.

그들이 나가고 잠시 후 엽 총관이 찾아왔다.

"금천방에서 왔다고 들었습니다."

"방금 전에 도착해 거처로 안내했네. 그래, 다른 문파에서는 얼마나 왔나?"

"지금까지 모두 스물두 개의 문파에서 사람을 보내왔습니다. 대부분 우리와 친분이 있거나, 아니면 전혀 관계가 없는 문파들로 대조를 이루고 있습니다. 그리고 모용세가에서도 축하객이 왔습니다."

"모용세가?"

"그렇습니다."

"흐음!"

조막의 표정에 걱정이 깃들었다. 모용세가는 운남금룡회를 전폭적으로 지지하는 무림 세력이었기 때문이다. 진룡문과 모용세가의 거리가 그리 멀지 않아 참석했을 수도 있지만, 아무런 친분도 없는 문파의 개문식에 축하객을 보낼 정도로 가까운 거리도 아니었다.

"혹시 우리가 금천방 쪽을 돕는 것에 대해 문제를 삼으려는 낌새는 없던가?"

"아직은 없습니다. 하지만 개문식 날이 가까워질수록 운남금룡회를 돕는 다른 문파에서도 참석하지 않을까 생각합니다."

"흠! 개문식이야 한 문파의 가장 큰 경사이니 문제를 일으키지는 않겠지만 어느 정도 몰려와 수를 과시하며 시위성 위협을 할 것 같은데, 자네 생각은 어떤가?"

"제가 생각할 때도 그렇습니다. 보이지 않는 무언의 위협을 하겠지요."

"어차피 그런 정도야 예상을 했으니 상관없지. 하지만 무사들 단속을 엄히 하게. 다른 문파의 무사들과 충돌이 일어나지 않아야 해. 특히 운남금룡회를 돕는 문파에 빌미를 잡혀서는 안 되네. 알겠는가?"

"알겠습니다."

"음식과 술은 어떻게 했나?"

"많은 숙수들을 초빙해 충분히 준비해 뒀습니다. 그리고 연회장도 진성장과 만조장을 전부 비워 많은 사람들이 자리할 수 있게 개조해

났고, 연회의 흥을 돋울 악사들과 광대들도 차질없이 준비해 놨습니다."

"수고했네."

"아, 그리고 모양각에서 선물을 보내왔습니다."

"흐음, 신경을 많이 써주는군!"

"그렇습니다. 금천방을 도와 운남으로 진출할 생각을 하고 있는 것 같은데……."

"모양각의 각주는 야심이 큰 여자지. 아무튼 자네가 따로 선물을 준비하여 감사의 뜻을 전하게."

"알겠습니다."

"참!"

"……?"

"요즘 조양황은 조용히 지내고 있나?"

"심려치 마십시오. 진룡문에서 한 발자국도 나가지 않고 있습니다."

하지만 뭐가 못마땅한지 조막이 클클 혀를 찼다.

"당연히 수련은 뒷전이고 방에만 틀어박혀 있겠지, 아닌가?"

엽 총관은 대답없이 난감한 표정만 지을 뿐이었다. 그러자 조막이 탄식하듯 중얼거렸다.

"재능만큼 무공 수련에 노력을 했으면 좋으련만……."

"왜 이렇게 귀가 가렵지?"

조막이 자식 문제 때문에 탄식하고 있을 때, 그 걱정의 장본인인 조양황은 한심하게도 방 안 침상에 누워 귀를 후비고 있었다. 최근 며칠 동안 진룡문을 나가지 못했던 그는, 진룡문 내를 여기저기 쑤시고 다녔지만 그것도 한계가 있었던 것이다. 따분한 일상의 반복은 오히려 그를 방 안에만 있게 만들었다.

"따분해서 미치겠군! 차라리 몰래 담을 넘을까?"

생각은 깊었지만 현실성이 없었다. 진룡문의 내부를 잘 알고 있으니 가능할 수도 있겠지만, 혹여 들키기라도 한다면 개망신이었기 때문이다. 타 문파 사람들도 잔뜩 와 있는 상황에 분명 소문이 날 것이고, 그것은 그렇게도 무서워하는 아버지의 위신을 떨어뜨리는 일이었다.

"젠장!"

나직한 욕지거리를 내뱉은 그는 문을 열고 밖으로 나왔다. 산책이라도 하며 마음을 달래기 위해서였다. 며칠 동안 질리게 봐왔던 곳이지만 그래도 달리 할 것이 없었다. 그런데 막 건물 밖으로 나왔을 때, 어디선가 청명한 금음 소리가 들려왔다. 처음에는 동생 조민의 것일 거라 생각했지만 자세히 들어보니 그녀의 실력이라 하기에는 무리가 있었다.

순간 조양황의 얼굴이 굳어졌다.

"설마, 그 녀석이 온 것은 아니겠지?"

그는 확인하기 위해 급히 금음이 들리는 곳으로 달려갔다. 우려하던 대로 조막이 머무는 건물 밖 정장에 헌원지와 같이 있는 조민이 눈에 들어왔다.

'저, 저럴 수가? 분명 손을 봐줬다고 했는데……..'

동생들이 하지도 않은 일을 가지고 거짓말을 했을 리 없다고 확신하고 있기에 그는 어안이 벙벙할 수밖에 없었다. 동생들의 거친 성격을 잘 알고 있으니 확실히 위협을 했을 터. 그런데도 다시 자신의 동생을 찾아왔다는 것이 믿어지지 않았다.

"도대체 얼마나 헐렁하게 다뤘기에 다시 찾아올 생각을 했지? 이 녀석들, 일을 믿고 맡겼더니 어떻게 처리 한 거야?"

그는 자신의 아우들을 원망하며 정자로 향했다. 그가 다가오자 연주를 멈춘 헌원지가 능청스럽게 인사를 건넸다.

"그간 안녕하셨습니까, 조 소협?"

"험험, 그렇소. 그런데 헌원 선생은 괜찮으시오? 어디 불편한 곳 없소?"

그 말에 헌원지의 입가에 미소가 번졌다.

"선물은 잘 받았습니다. 하지만 아가씨와의 약속을 어기면 안 될 것 같다는 생각이 들어 다시 왔습니다."

"그게 무슨 소리죠? 선물을 잘 받았다니요?"

헌원지의 말을 이해하지 못한 조민의 물음에 조양황이 떨떠름한 표정으로 흘려 넘겼다.

"그런 것이 있으니 너는 신경 쓸 필요 없다. 널 잘 좀 가르쳐 달라고, 내가 헌원 선생께 조그마한 선물을 했을 뿐이니까."

"오라버니가 웬일이세요?"

"그렇게 물으니까, 헌원 선생께서 날 이상하게 생각하겠다. 아무튼 선물을 잘 받으셨다니 다행이오. 혹시 받지 못했을까 봐 걱정했는데 말이오."

'빌어먹을! 그럼 동생들에게 당하고도 왔다는 말인데, 어떻게 생겨 먹은 녀석이기에 이따위로 날 열받게 하는 거지? 한 대만 쳐도 죽어버

릴 것 같은 계집 같은 놈이…….'

생각과 달리 조양황은 헌원지의 전신을 살펴보았다.

"그런데 정말 불편한 곳이 없소?"

"사실 다리를 조금 다쳤습니다만 걷는 데는 지장이 없습니다. 그리고 어깨와 몸 여기저기에 멍이 조금 들었지요."

헌원지의 거짓말을 그대로 믿은 조양황은 확신했다. 간이 배 밖으로 나온 녀석이라는 것을. 그렇지 않고서야 그 정도 다쳤는데 다시 올 생각을 할 리가 없는 것이다.

'조금 더 강도를 높여야겠어. 두고 보자!'

그가 속으로 이를 갈고 있을 때, 헌원지가 천진난만한 미소를 지으며 말했다. 그것이 조양황의 속을 더욱 긁는 것이었지만 동생 앞이라 참을 수밖에 없었다.

"그렇게 계속 지켜보실 겁니까?"

"왜 그러시오? 방해라도 되오?"

"그럴 리가 있겠습니까? 다만 서 있으니 마음이 불편해서 그럽니다."

그 말에 조양황은 헌원지의 하는 양을 지켜보기 위해, 정확히 자신의 동생에게 이상한 짓을 하지 못하도록 지키기 위해 자리에 털썩 앉았다. 하지만 그의 심정을 아는지 모르는지 헌원지는 계속 조민을 가르치는데 열을 올릴 뿐이었다. 자신이 연주를 들려주고, 조민이 따라 하게 하는 식이었다. 그렇게 한 시진이 지나자 조민이 연주하는 것을 멈추게 한 헌원지가 자리에서 일어서며 입을 열었다.

"오늘은 이만 하는 것이 좋겠습니다. 시간이 많이 흘렀군요."

그러자 기울어지는 태양을 바라본 조민이 고개를 끄덕였다.

"벌써 이렇게 됐네요. 다음은 언제……?"

"사흘 후에 개문식이 열린다고 알고 있습니다. 거기에 참가하기로 했으니 이틀 후부터는 이곳 진룡문에 머물러야 합니다. 그때 뵙도록 하지요."

"그러면 개문식 기간 동안은 자주 가르침을 받을 수 있겠군요?"

"그렇겠지요. 그럼 저는 이만 가보도록 하겠습니다. 나오지 마십시오."

헌원지는 말과 함께 정자를 빠져나왔다. 그러자 조양황도 은근슬쩍 따라 일어나 정자에서 내려왔다. 그는 조민의 시선을 벗어나자 급히 헌원지를 뒤따랐다. 그리고는 헌원지를 불러 세웠다.

"잠깐 나 좀 봅시다."

"무슨 일이십니까?"

"할 말이 있으니 따라와 보면 알 것이오."

그가 헌원지를 데려간 곳은 평소 사람이 기거하지 않는 건물 뒤편이었다. 둘만의 조용한 장소가 되자 조양황이 본색을 드러냈다. 분노로 가득한 눈빛을 숨김없이 드러내며 위협적인 목소리로 말하는 것이다.

"그렇게 당하고도 이곳에 올 생각을 하다니, 그 무식한 용감함에 경의를 표한다. 하지만 오늘로서 끝이야. 좋게 말할 때 촌구석에서 아이들이나 가르쳐!"

"하지만 이미 가르치기로 약조를 했습니다."

"닥쳐! 감히 내 동생에게 흑심을 품고 접근하려는 속셈을 모를 줄 알아? 만약 다시 내 눈에 보이면 그때는……."

"그때는?"

순간 조양황이 헌원지의 멱살을 잡아끌었다.

"내가 몸소 네 버릇을 가르쳐 줄 거다. 무슨 뜻인지 알아듣겠어?"

"잘 모르겠는데."

"뭐얏!"

비릿한 웃음을 흘리는 헌원지의 말에 화가 머리끝까지 치밀어 오른 조양황은 반대 손을 번쩍 치켜들었다. 한 방에 나불대는 주둥이를 박살 내버릴 생각을 했던 것이다. 하지만 막 주먹이 움직이려 할 때, 건물 뒤편으로 들어오는 길목에서 여인의 목소리가 들려왔다.

"멈춰요."

조양황이 인상을 찌푸리며 목소리의 주인을 바라보았다. 그리곤 당황하며 떠듬거렸다. 어떻게 알고 왔는지 조민이 화난 표정으로 자신을 노려보고 있었기 때문이다. 그녀는 급히 조양황과 헌원지 사이에 끼어들었다.

"지금 무슨 짓을 하려는 거죠?"

"나, 난 그냥……."

"됐어요. 어련하시겠어요?"

"무슨 소리야? 내가 뭘 어쨌다고 그래?"

"지금 헌원 선생님을 위협하려고 하신 거잖아요. 제 말이 틀린가요?"

"난, 그냥 할 이야기가 있어서 불렀을 뿐이야."

"멱살을 잡고 할 이야기가 뭐죠?"

순간 난감해진 조양황이 오히려 화를 냈다.

"나를 그렇게 못 믿어? 실망이다."

뭐 낀 놈이 성낸다더니 조양황이 딱 그짝이었다. 하기야 그럴 수밖에 없었다. 아니면 더욱 난감해질 수밖에 없었을 테니까. 아무튼 그는 자신을 못 믿는 동생이 섭섭하다는 듯 능청스럽게 눈에 뻔히 보이는 연기를 하며 자리에서 벗어나 버렸다.

"괜찮으세요?"

조양황이 사라지자 조민이 걱정스럽게 물었다. 그러자 헌원지가 고개를 끄덕였다.

"저는 괜찮습니다."

"죄송해요. 오라버니가 저를 걱정한 나머지……. 다음부터는 이런 일 없도록 하겠어요."

진심이 섞인 그녀의 말에 헌원지는 미소로 답한 후 진룡문의 내원을 나왔다. 조민이 정문까지 배웅하겠다는 것을 뿌리친 채였다.

사실 조양황 못지않게 헌원지 또한 조민이 나타난 것을 아쉬워했다. 아무도 없는 건물 뒤편, 보는 사람이 없으니 조양황을 제대로 두들겨 줄 생각이었던 것이다.

지금까지 지켜본 조양황이라면 자존심이 강한 무인! 그렇기에 자신 같은 서생에게 당하고도 절대 떠벌리지는 않을 것이란 판단이 섰다. 오히려 자신을 보면 꼬리를 내리고 피해 다니게 만들 생각이었는데, 조민의 등장으로 계획이 틀어졌으니 짜증까지 나는 헌원지였다.

"뭐, 상관은 없지. 그 녀석의, 마지막에 날 쳐다보는 눈빛으로 봐서는 얼마 안 가 다시 시비를 걸어올 것이 분명할 테니까! 시간이 조금

늦춰진 것뿐이니, 그때 좀 더 착실히 주물러 주지. 흐흐흐!"

　조용히 혼잣말을 하며 웃음을 흘린 그는 진룡문을 나와 당황으로 가 버렸다.

　　　　　　　　　　　　　　　　『음공의 대가』 제5권 끝

FANTASTIC ORIENTAL HEROES

청 어 람 신 무 협 판 타 지 소 설

최고의 신무협 작가 『설봉』의 최신작!

다시 한번 당신을 잠못들게 만들
불후의 대작!

獅 子 吼

사자후(獅子吼) / 설봉 지음

깊게 깊게 빠져드는 몰입의 세계!
온몸을 전율케 하는 짜릿 듯한 강렬함을 느낀다!

그에게서는 묘한 악취가 풍겼다. 그가 창을 겨눴을 때……
화염이 이글거리는 눈동자를 보았을 때……
비로소 악취의 정체를 짐작해 냈다.
피와 땀이 켜켜이 쌓여 자연스럽게 뿜어져 나오는 살인마의 냄새.
그는 허명(虛名)을 좇아 바무를 즐기는 낭인(浪人)이 아니라 야성(野性)이 살아서 꿈틀거리는 진짜 살인마였다.
투지가 끓어올라 활화산처럼 꿈틀거렸다.
그의 눈길을 정면으로 맞받으며 묘공보(妙空步)를 밟기 시작했다.
우리의 첫 만남은 그렇게 시작되었다.

- 환봉개(幻棒丐)의 회고록(回顧錄) 中에서 -

- 유행이 아닌 자유추구 -
WWW.chungeoram.com

청어람신무협판타지소설

『초일』,『건곤권』으로 유명해진 작가 백준의 신작!!

송백(松百) / 백준 지음

"강해지고 싶었다!"

그녀의 검끝… 그 검끝에 닿은 그의 목젖… 목젖에 맺힌 붉은 피 한 방울.
그리고 그 피 한 방울이 흘러… 닿아버린 반쪽의 승룡패……

"당신… 누구?"
"너를 위해 살아왔다."
"…저의 과거는… 아무것도 없어요."

『초일』의 끈끈함, 『건곤권』의 시원화끈함!

이번 작품 『송백(松百)』에
작가 백준의 모든 것을 걸었다!

유행이 아닌 자유추구 —

WWW.chungeoram.com

FANTASTIC ORIENTAL HEROES

청어람 신무협 판타지 소설

「Go! 무림판타지」를 점령한
최고의 인기와 화제를 뿌리는 대작!

화산질풍검(華山疾風劍) / 한백림 지음

화산에는 질풍검이 있고 무당에는 마검이 있으니, 소림에는 신권이 있어 구파의 영명을 드높인다.
육가에는 잠룡인 파천과 오호도가 있고, 낭인들은 그들만의 왕이 있어 천지에 제각기 힘을 뽐내도다.

겁난의 시대에 장강에서 교룡이 승천하니, 법술의 환신이 하늘을 날고,
광륜의 주인이 지상을 배회하며, 천룡의 의지와 살문의 유업이 강호를 누빈다.
천하 열 명의 제천이, 도래하는 팔황에 맞서 십익의 날개를 드높이고…
구주가 좁다 한들, 대지는 끝없이 펼쳤구나.

"잔잔한 미풍으로 시작한 한 사람이, 천하를 질주하는 질풍이 될 때까지.
그의 삶은 그의 이름처럼 한줄기 바람과 같았다."

유행이 아닌 자유추구 -

WWW.chungeoram.com